VERONIKA PETERS

Das Meer in Gold und Grau

GOLDMANN
Lesen erleben

Buch

Katia Werner steht kurz vor ihrem dreißigsten Geburtstag, als sie von einem auf den anderen Tag ihren Job samt Wohnung verliert und keinen Plan hat, wie es mit ihrem Leben weitergehen könnte. In dem Bedürfnis, alles hinter sich zu lassen, macht sie sich kurzerhand auf den Weg zu ihrer alten Tante – einer Halbschwester ihres Vaters, die sie bisher noch nicht kennt. Tante Ruth betreibt das malerisch abgelegene „Strandhotel Palau" an der Ostsee, in dem die Zeit stehen geblieben zu sein scheint. Seine reichlich betagten Bewohner und vor allem die ebenso ruppige wie auf ihre ganz eigene Weise beeindruckende Tante sorgen dafür, dass aus dem spontanen Wochenendbesuch viele Monate werden. Nach chaotischen Beziehungen und zahllosen Fluchten lässt Katia sich zum ersten Mal auf das Wagnis des Bleibens ein – und ahnt doch nicht, dass sie damit die größte Herausforderung ihres Lebens annimmt.

Weitere Informationen zu Veronika Peters
sowie zu lieferbaren Titeln der Autorin
finden Sie am Ende des Buches.

Veronika Peters

Das Meer in Gold und Grau

Roman

GOLDMANN

Dieses Buch ist auch als E-Book erhältlich

MIX
Papier aus verantwortungsvollen Quellen
FSC® C014496

Verlagsgruppe Random House FSC® N001967
Das FSC®-zertifizierte Papier *Holmen Book Cream* für dieses Buch liefert Holmen Paper, Hallstavik, Schweden.

2. Auflage
Taschenbuchausgabe Juni 2013

Umschlaggestaltung: UNO Werbeagentur München
Umschlagmotiv: FinePic, München;
plainpicture / STOCK4B; plainpicture / vonwegener
AG · Herstellung: Str.
Druck und Bindung: GGP Media GmbH, Pößneck
Printed in Germany
ISBN 978-3-442-46789-1
www.goldmann-verlag.de

Besuchen Sie den Goldmann Verlag im Netz

»Ei was, du Rotkopf«, sagte der Esel,
»zieh lieber mit uns fort,
wir gehen nach Bremen,
etwas Besseres als den Tod findest du überall.«

Brüder Grimm

1
Die Insel von Palau

Früher habe ich ohne zu zögern gesagt: Ich mag alte Leute. Ich habe ihnen die Türen aufgehalten, meinen Sitzplatz im Bus angeboten oder Einkaufstaschen in den vierten Stock getragen.

Meine Großeltern habe ich oft und unaufgefordert besucht. Sie waren lieb zu mir, manchmal geradezu rührend, vor allem wenn sie meinten, mich aufheitern zu müssen. Ich aß Kirschstreuselkuchen, hörte zu, wenn sie von Arztbesuchen, verstorbenen Nachbarn oder vergangenen Urlaubstagen am Comer See erzählten, und wurde dafür ein braves Mädchen genannt. Sie lebten in ihrer Welt, so wie ich in meiner, das bewahrte uns in Zuneigung und vor Missverständnissen. Ab und zu blieb ich für ein oder zwei Stunden, verschwand wieder, und alle waren zufrieden. Bis zu ihrem letzten Tag hat meine Großmutter mit mir den Neid ihrer vereinsamten Tischnachbarinnen geschürt. Ich war die Enkelin, die regelmäßig auftauchte, die auch mit anderen Heimbewohnern ein paar Worte wechselte, an Feiertagen eine Runde Canasta mitspielte. Das hätte ich auch gemacht, wenn nicht die immer gleiche Packung *Merci* mit dem Geldschein unter der Zellophanhülle auf der Kommode für mich bereit gelegen hätte. Ich war froh, dass die Alten mich mochten, und vermisste die Nachmittage, als Großmutter gestorben war. Sie waren so etwas wie ein Rückzugsraum gewesen, ein Platz, an dem ich nichts weiter tun musste als jung und zuvorkommend sein.

Dass ich aber mit Leuten über siebzig leben, arbeiten, sie zu Freunden haben könnte, so ein Gedanke wäre mir nie gekommen. Hätte mir jemand den Vorschlag unterbreitet, wäre, bei allem Respekt, die Antwort klar gewesen: »Danke, das nun doch nicht!«

»Zu kompliziert, zu anstrengend, zu umständlich für jemanden, der nicht zur Selbstaufgabe neigt«, hätte ich gesagt, »eine klare Trennung der Wohnbereiche und kein unnötiges Durcheinander, was mich und die ältere Generation angeht: Jeder lebt dort, wo er hingehört, das erhält die Freundschaft.«

Ein Glück, dass ich vorher nicht gefragt worden bin.

Was nicht heißen soll, dass das Zusammensein mit Tante Ruth und ihrem eigenartigen Hausstand keine Überforderung gewesen wäre, für alle Beteiligten. Es *war* kompliziert, anstrengend und umständlich, aber vor allem war es … Schwer zu sagen, wie es »vor allem« gewesen ist. Das Einzige, was mir einfällt, um es zu beschreiben, sind diese Wörter aus den Fernsehzeitungen für den Mittwochsfilm. Und damit hatte die Zeit dort nun wirklich gar nichts zu tun.

Jetzt sitze ich hier, beobachte, wie im Südosten Wolkenfelder aufziehen, die Sturm bedeuten können, und frage mich, wie am besten von Ruth zu erzählen ist. Knapp oder ausufernd, sorgfältig rekonstruiert oder als improvisierte Erinnerung? Wie ich es auch drehe: Ich werde ihr nicht gerecht werden. Nicht weil sie so großartig gewesen wäre, das war sie gar nicht. Sie war einfach und schwierig, geradlinig schräg und verlässlich launisch, Letzteres manchmal sehr, und ich kann mir bis heute keinen Reim auf sie machen.

Sie war meine alte Tante, eine, die mir einen Ort gegeben hat und Menschen, bei denen ich eine Zeit lang sein konnte; sie hat meine Sicht auf ein paar Dinge verändert, aber vielleicht trifft es auch das nicht genau. Sie hat eine Spur hinterlassen, von der ich gerne einen Gipsabdruck hätte. So ist das.

»Irgendwann ist alles Vergangenheit«, sagte sie oft, wenn die Nachrichten liefen, »c'est la vie.«

Ich habe ihr jedes Mal widersprochen. Ruth hielt es für Unsinn, sich dagegen aufzulehnen, wie es in der Welt zugeht. Menschen sterben, Häuser brennen ab, dagegen hatte sie im Großen und Ganzen nichts einzuwenden.

Ich schon.

Jetzt ist sie tot und das Palau ein Haufen Asche.

Ich kann ohne sie. Aber ich will nicht, dass sie verschwindet.

Ruth sagte: »Man wird nie jemandem gerecht.«

Wenn das stimmt, ist es mir egal.

»Was erzählt worden ist, bleibt.«

Noch so ein Spruch.

Dass man sich seine Verwandten nicht aussucht, trifft in unserem Fall nicht zu.

Als ich Ruth kennenlernte, war sie dreiundsiebzig, ich neunundzwanzig, eine Differenz von vierundvierzig Jahren. Es stand also reichlich Lebenszeit zwischen ihr und mir. Aber *ihr* bot man nicht ungestraft den Sitzplatz an, ihr hielt man die Tür besser nur dann auf, wenn sie keine Hand frei hatte, und man nahm ihr höchstens etwas ab, wenn sie ausdrücklich den Befehl dazu erteilt hatte.

Tante Ruth war eine Halbschwester meines Vaters, aus der ersten Ehe des Großvaters, und ich war überzeugt, dass niemand unseres Zweigs der Familie sie vorher kennengelernt hatte. Mein Vater wusste, dass sie existierte, seit Großvaters Tod auch, dass sie ein Hotel an der Ostsee betrieb. Bei der Hochzeit eines Vetters hatte er es mir nach dem siebten Glas Sekt erzählt. Nein, da war kein dunkles Geheimnis, versicherte er, nur ein blutjunger, ratloser Witwer, der sein Kind in die Obhut der Schwägerin gegeben hatte und später seine neue Familie nicht mit einem weiteren Mitglied belasten wollte. Dem Kind ging es gut dort, wo es war, es liebte seine Pflegeeltern, daran hatte der Großvater nicht rühren wollen und in eine Adoption eingewilligt. Fortan wurden die familiären Stränge in gegenseitigem Einvernehmen auseinandergehalten, auch finanziell. Das war alles.

Ob der Großvater es sich da nicht ein bisschen einfach gemacht habe, fragte ich meinen Vater, und ob er selbst nie neugierig gewesen sei auf die unbekannte Schwester, zumindest auf eine mögliche andere Version der Geschichte, aber er zuckte mit den Schultern, sagte, nein, und das sei nur eine von Tausenden solcher Geschichten aus dieser Zeit. Ich kannte meinen Papa gut genug, um ihn nicht weiter zu bedrängen, und so nahm ich mir vor, der Sache irgendwann selbst nachzugehen, was ich aber bald wieder vergaß, weil ich mich verliebt hatte und glaubte, Wichtigeres herausfinden zu müssen.

Bis mir dann eines Tages wieder einfiel, dass es diese vergessene Tante gab, und ich mich auf den Weg machte, einfach so. Na ja. So einfach auch wieder nicht.

Es gefiel mir zu sagen: »Ich fahre zum Palau.«

Nicht dass mich jemand danach gefragt hätte. Ich erzählte es dem Bäcker, der Zeitungsfrau, meiner Freundin Manu, die ihr Gästezimmer anderweitig benötigte. »Macht mir nichts aus, dann fahre ich eben so lange ins Palau«, sagte ich und probierte den Satz noch ein, zwei Mal, bis ich ihn selbst glaubte. Es klang weit weg, und da wollte ich hin, auch wenn es nur ein Wochenende und bloß die Ostsee war. Zu diesem Zeitpunkt wäre ich überallhin gefahren, wo nicht Hamburg auf dem Ortsschild stand, am liebsten ans Meer, und für die Reise nach Halsung reichte mein Budget gerade noch. Eine Tante im Hotelgewerbe könnte interessant sein, unter Umständen eine Chance, dachte ich, Hauptsache, erst einmal weg von hier.

Ursprünglich war es vielleicht ein Mangel an Alternativen, eine Verlegenheitslösung, eine Laune, wenn man so will, aber trotzdem: Ich habe sie mir ausgesucht.

Ausgerechnet Palau. Vor der Abreise hatte ich in Manus Computer nachgeschaut und eine Unmenge von Einträgen gefunden. Ich schaute mir ungefähr die ersten fünfzig an, Texte, Bilder, Videos. Es war alles dabei: Amateurtaucherfilme, Palmenstrände, Wasserfall, Südseeidyll, Moosgrün auf Azur, hübsch anzusehen. Ein One-Way-Ticket nach Palau, Mikronesien, *Ende des Regenbogens*, kostete anderthalbtausend Euro. Abgesehen davon hätte ich mir mit Freude eins gebucht, auf der Stelle. Den gelben Sonnenball auf himmelblauer Flagge wehen sehen, im lauwarmen Türkis schnorcheln und Delphine vorbeigleiten lassen, dagegen hätte ich wirklich nichts gehabt. Ich verbrachte eine Stunde mit Südseefantasien, bis mir wieder einfiel, was ich eigentlich suchte.

Es gab aber keine Informationen über ein deutsches Hotel mit Namen Palau.

Warum sollte jemand, der nicht einmal über eine Homepage verfügte, sein Haus nach einem südpazifischen Inselstaat nennen, wenn es am Rand eines Fischerdorfs an der holsteinischen Ostseeküste lag? Andererseits: Warum nicht? Der Name wirkte: Palau. Ein Wort, das sich um die Zunge dreht, wenn man es mehrmals hintereinander spricht: Palau, Palau, Palau, man kann kaum wieder damit aufhören.

Sie hatte es aus einem Gedichtband von Gottfried Benn: *Rot ist der Abend auf der Insel von Palau.*

In der Schule war meine Freundin Manu wegen der Weigerung, einen seiner Texte zu interpretieren, einmal beinahe nicht versetzt worden. »Mit jemandem, der sich von den Nazis vor den Karren spannen ließ, muss ich mich nicht beschäftigen!«, hatte Manu der Deutschlehrerin entgegen geschleudert.

Ruth hatte gelacht, als ich ihr davon erzählte, und gesagt: »Alles in einen Topf werfen und durcheinanderbringen ist vielleicht ein Vorrecht der Jugend, aber glaub mir: So erhält man kein Menü, und niemand wird satt!« Ich starrte sie verständnislos an, aber sie lachte schon wieder ihr unverwechselbares Ruth-Gelächter: Laut und anfallartig, eher ein Gebrüll. Elisabeth sagte, sie habe ein Holzhackerlachen, das traf es.

Sosehr mir Ruth auch gelegentlich auf die Nerven gegangen ist, es gibt vieles, das ich vermissen werde.

»Die trunkenen Fluten fallen. Um die Insel von Palau«, hatte sie ein anderes Mal Herrn Benn zitiert, nachdem lediglich die Frage nach dem Wetterbericht gestellt worden war. Erst vor kurzem habe ich auch dieses Gedicht gefunden, dank eines aus Franks Bücherstapelwald herausragenden Lesezeichens: *Die Fluten, die Flammen, die Fragen – und dann auf Asche sehn,* steht da, und es erschreckt mich ein wenig, wenn ich daran denke, dass nicht einmal die Erwähnung eines Grabspruchs fehlt. Aber: *Tu sais – du weißt,* die Zeile steht da auch, und das hätte Ruth bestimmt nicht von sich behauptet.

Am Ende sind es nicht die Fluten gewesen, derentwegen das Palau gefallen ist.

Der Tod, die Trauer und das Feuer sind gekommen, wenn

man es in Benn'scher Feierlichkeit sagen möchte, »bis auf die Grundmauern«, stand später in der Zeitung.

Und trotzdem: Es wird mehr bleiben als ein Haufen Erinnerungen, viel mehr als Zorn und Traurigkeit. Aus und vorbei sieht anders aus.

Ruth hätte gesagt: »Das liegt an dir.«

Eine Stunde Bahnfahrt bis Kiel, zwei weitere in diversen Bussen, den letzten verpasste ich in Halsung knapp.

Jetzt stand ich da im Aprilregen, den Rucksack geschultert, und fragte mich, was als Nächstes passieren würde. Schlimmstenfalls ein verregneter Tag am Meer mit Strandspaziergang, Fischbrötchen, frischer Luft. Das war auch nicht zu verachten. Zigaretten und Lesestoff hatte ich ausreichend. Der letzte Bus zurück fuhr um kurz nach sieben, mir blieb genug Zeit, zu prüfen, ob die Tante eine sein wollte und mit welcher Form von Gastfreundschaft sie das zeigen würde. Vielleicht lebte sie gar nicht mehr dort. Die Informationen meines Vaters über sie waren etliche Jahre alt, da konnte einer Frau, die über zehn Jahre älter sein musste als er, alles Mögliche geschehen sein, aber daran hatte ich nicht gedacht, als ich losgefahren war. Über ihren Tod hätte man uns wahrscheinlich informiert. Längst jenseits des Rentenalters, konnte die Tante sich aber zur Ruhe gesetzt haben und vom Hotelbetrieb nur noch die monatlichen Überweisungen an das Seniorenheim zur Kenntnis nehmen, oder gar nichts mehr. Ich wusste nicht einmal, ob sie Kinder hatte.

Ein Motorengeräusch ertönte, um die Ecke bog ein grauer Lieferwagen, auf den fröhliche Obststücke in Rot und Grün gemalt waren. Eine Birne grinste schräg zu der Sprechblase über ihr: LECKER! FRISCH! SAFTIG!

Mehr aus Gewohnheit hielt ich den Daumen raus.

»Ja, klar«, der Fahrer lachte, das Strandhotel kenne er, er liefere dort Montag und Donnerstag. »Steigen Sie ein.«

Die Art, wie er *Strand-ho-tel* betonte, musste nichts bedeuten, eine Eigenheit des hiesigen Dialekts vielleicht, oder er war schlicht ein launiger Typ oder das Anwesen seinem Geschmack nach zu protzig. Hauptsache, ich würde im Palau ankommen, noch heute, das mochte gut sein oder nicht, jedenfalls war ich nicht zum falschen Dorf unterwegs gewesen. Ich bedankte mich fürs Mitnehmen, wich der Frage, ob ich schon der erste Feriengast sei, mit einer Bemerkung übers Wetter aus und überlegte etwas zu lange, wie ich ihn unauffällig nach den Besitzern fragen könnte. Mitten auf der Landstraße stoppte der Wagen. Da Freitag sei, müsse er mich hier bei der Abzweigung rauslassen, es sei aber nicht mehr weit bis zum Hotel, immer der Nase nach, fünf Minuten maximal, viel Gepäck hätte ich ja nicht dabei, ich solle herzlich grüßen.

»Von wem denn?«

»Rufen Sie einfach in Richtung Küche: Grüße vom LFS. Die wissen dann schon.«

Strandhotel Palau 800 m, Pfeil nach rechts. Ich folgte ihm, ging auf einem asphaltierten Weg, mit dem der nicht allzu große Lieferwagen bei entgegenkommendem Verkehr seine Probleme gehabt hätte. Hier war nichts außer Weiden, vereinzelten Sträuchern, rechter Hand eine Baumgruppe, ein halb verfallener Schuppen, Hufspuren am Wegrand, feuchte Kälte, menschenleer.

Ein Aquarell im Haus meines Großvaters fiel mir ein, ich schob es beiseite. Landschaften wie diese gab es überall, ein begnadeter Aquarellist war der Großvater nie gewesen, und für Mutmaßungen oder Verschwörungstheorien hatte ich keine

Nerven. Was die Tatsache, dass ich gerade durch den Nieselregen irrte, um mir eine unbekannte Halbschwester meines Vaters anzusehen, nicht eben vernünftiger machte. Schnapsidee, dachte ich, aber wenn ich schon mal hier bin.

Hinter dem Deich wurde das Meer sichtbar. Grau und regenverhangen näherte es sich, die Grenze zwischen Wasser und Himmel verschwamm. Als ich um eine Kurve bog, blies mir der Wind hart ins Gesicht, wehte die Kapuze vom Kopf, machte das Anzünden einer Zigarette unmöglich.

Hinter einer weiteren Biegung entdeckte ich das Haus.

Das Erste, was ich dachte, war: klein. Sehr klein, wenn man ein stattliches Hotel erwartet hatte. Es begann mit einem Stück Reetdach, aus dem im Weitergehen Gauben wuchsen, blaue Fensterläden, weißgetünchte Mauern, ein kleiner Parkplatz, Büsche, Wildrosen, nirgends die Aufschrift STRANDHOTEL, auch nicht, als ich direkt davor stand. Aber weit und breit keine Alternative zu diesem Gebäude: Es musste sich um das Palau handeln. Aus einem der Fenster im oberen Stockwerk hing ein Federbett bedenklich weit herunter, eine Männerstimme sang »Ich hab noch Sand in den Schuhen aus Hawai.«

Was sich als Eingangstür anbot, schien mir arg unscheinbar für den Zugang zu etwas, das den Namen Lobby verdiente. Hinter den Butzenscheiben war kein Licht auszumachen, niemand zu sehen.

Drei Klingelknöpfe übereinander, eingedrungene Feuchtigkeit hatte die Beschriftung aufweichen lassen, nur auf dem untersten war etwas zu entziffern: *VON KROIX*, das war nicht ihr Name. Meine Tante hieß nach ihrem Adoptivvater, Schuhmann, das stand aber nirgends. Sie hatte das Hotel verkauft, auch das konnte sein, man würde mir vielleicht dennoch etwas über die Vorbesitzerin erzählen können.

Ganz in der Nähe bellte ein Hund, die Männerstimme schmetterte jetzt »Mit meiner Balalaika war ich der König auf Jamaika.«

Ich ging weiter um das Gebäude herum, hoffte, dass sich noch ein Flügel dahinter anschloss, ein Anbau mit Suiten oder Ferienwohnungen, auf deren Holzveranden man die Aussicht auf das Meer genießen konnte, in verlassenen Liegestühlen die Rückkehr fürsorglicher Tanten erwarten.

Büsche wucherten bis dicht ans Haus, ich hörte Geschirr klappern, jemand brüllte »Tür zu!«, eine Radiostimme verkündete Sturmwetter zwischen Kiel und Fehmarn. Weiter entfernt die Töne einer Klaviermelodie, durchsetzt von anbrandendem Meeresrauschen. An der Seitenwand lehnte ein altes, tomatenrot gestrichenes Fahrrad mit brüchigem Ledersattel, daneben eine Plastikkiste, gefüllt mit verstaubten Kakteen, Stapeln von Blumentöpfen, den Resten eines Ficus, der grob vernachlässigt worden war. Ich drängte mich daran vorbei, vermutete, auf dem Pfad zum Personaleingang zu sein, was mir nicht unpassend vorkam. »Personal« war ich bis vor einigen Tagen auch noch gewesen, jedenfalls war ich als solches von der Steuer abgesetzt worden, soweit man den Aussagen meiner Arbeitgeberin glauben mochte. Ex-Arbeitgeberin. Zugegeben, sie war nicht zu Unrecht wütend gewesen, als sie brüllte: »Mit einer vom Personal! Und ich zahle auch noch die Unfallversicherung!«

Aber fairerweise hätte ihr Zorn eher ihn treffen müssen und, was mich betraf, weniger herablassend ausfallen können. Selbst schuld und saublöd, das *Personal,* dachte ich, saublöd.

Der fiese Geruch einer Industriespülmaschine war der erste Hinweis, dass es sich tatsächlich um einen Hotelbetrieb handeln könnte, verwehte aber gleich wieder. Zwei Milchglasscheiben mit verschwommener Durchsicht auf eine Batterie Dosen und Flaschen sprachen dafür, dass ich die Außenwand der Küche passierte. Als ich erwartungsvoll um die Hausecke bog, befand sich dahinter kein weiterer Gebäudeteil, kein Seitenflügel, keine Ferienanlage. Hier war Palau zu Ende.

Auf einer grünen Rasenfläche standen zehn bis zwölf Strandkörbe vor weißen Plastiktischen, dazu war das gleiche Modell Gartenstuhl gruppiert, wie es von Kopenhagen bis Kairo in jedem zweiten Haushalt zu finden ist. Mittig lagerte ein kniehoher Felsblock, an den ein Blechschild gelehnt war: GESCHLOSSEN.

»Na super«, murmelte ich und ließ die Schultern hängen, bis mir mit einer Windböe die Aussicht entgegenschlug: ein riesiges flaches Halbrund Küste, in wabernden Schattierungen von Grau bis Silber, die ganze Bandbreite satte Ostsee, ein bisschen Gischt und jede Menge Panorama.

»Eigener Strandzugang« wäre untertrieben gewesen; ich stand, obwohl noch in buchstäblich greifbarer Nähe zum Haus, direkt am Meer. Das Rauschen übertönte alles, knallte mit dem Wind durch den Gehörgang direkt ins Hirn.

Das, dachte ich, das ist mal wirklich ein weiter Horizont! Für nicht einmal zwanzig Euro.

Wenige Meter hinter den Strandkörben befand sich die Uferböschung. Ein Wall aus Felsbrocken, durchsetzt von Wildrosensträuchern und Grasbüscheln, hielt die Wellen davon ab, die Sitzgruppen fortzuspülen, sich in die Fundamente des Hauses zu graben. Eine Treppe aus Felsplatten teilte den Wall, endete direkt im Wasser, das klatschte und spuckte und vor einer weiteren Annäherung warnte. Dies war das exakte Gegenteil von Südseeidyll.

Aber einer der besten Orte, an denen ich je gelandet war, und der angemessene Rahmen für meine reichlich angeschlagene Person. Ich atmete durch, nickte und war zufrieden wie lange nicht mehr, obwohl ich nicht wusste, warum.

Und plötzlich hatte ich keine Lust mehr, das zu gefährden.

Alte Tanten taugten als Grund für gar nichts, und der Scherbenhaufen der letzten Wochen musste auch nicht höher werden. Der Anblick des *Strandhotel Palau* ließ weder einen Wellnessbereich noch eine potentiell finanzkräftige Wohltäterin vermuten, und was hier umsonst zu kriegen war, hatte ich vermutlich bereits erhalten. Es hätte schlimmer kommen können. Ein oder zwei Stunden, so lange würde ich die Aussicht für die Wiederherstellung meiner Balance zu nutzen versuchen, Nässe, Wind und Kälte trotzen, mich dann auf die Suche nach einem geöffneten Café oder einer Imbissbude machen. Abends würde ich den Bus nehmen und weitersehen. Ich hätte einen Ausflugstag gehabt, an den ich gerne zurückdenken würde.

Ich ließ mich in einen der Strandkörbe fallen, zog den Schal fester um den Hals, holte mein Buch aus dem Rucksack, winkelte die Knie an und stellte erfreut fest, dass das Feuerzeug wieder mitarbeitete. Mir würde schon etwas einfallen, wo ich das Wochenende verbringen könnte, das hatte jetzt keine Eile, niemand würde mich hier vermuten, fürs Erste war ich so weit fort wie schon lange nicht mehr.

»Sie müssen die Fahne hissen!«

Der alte Mann war von den Knien an aufwärts zu sehen, er kam die Felstreppe herauf, als sei er den Wellen entstiegen. Das Wort »schaumgeboren« fiel mir ein, ich hatte Mühe, nicht zu grinsen.

»Wie bitte?«

Er fuchtelte wild mit einem Stock herum und schrie gegen die Brandung an, während er sich mir näherte: »Die Fahne! Sie müssen die Fahne hissen, wenn Sie etwas bestellen möchten. Da kommt sonst keiner.«

Ich sah mich um, ratlos, was der Alte meinen könnte, zuckte mit den Schultern, vielleicht ein Kriegstrauma.

»Sie befinden sich in einem Café«, fauchte er, inzwischen direkt vor mir. »Da können Sie nicht einfach herumsitzen und jemandem den Platz wegnehmen, ohne etwas zu konsumieren!« Er legte den Kopf schräg und schaute mit zusammengekniffenen Augen auf das Buch in meinem Schoß. »Na, immerhin lesen Sie.« Er räusperte sich. »Trotzdem!«

Nichts ist umsonst, dachte ich, nickte ergeben und deutete auf das Blechschild: »Tut mir leid, aber es ist geschlossen. Und außer mir ist hier doch keiner.«

Der Alte blickte von mir zu dem Felsblock und schüttelte den Kopf. »Immer dasselbe!« Er ging auf das Schild zu, klemmte es unter den Arm, schlurfte zum Haus, kramte einen alten Eisenschlüssel aus seiner Hosentasche und verschwand in einer Tür, die scheppernd hinter ihm zuschlug. Keine Minute später tauchte er wieder auf, das Schild unter dem anderen Arm, schlurfte zum Stein und lehnte es dagegen:

Café geöffnet!

Er trat einen Schritt zurück, betrachtete sein Werk, rückte das Schild gerade und warf einen undefinierbaren Blick über die Schulter in meine Richtung, bevor er wieder zur Tür schritt.

»Hissen Sie die Fahne!«

Es schepperte noch einmal.

Ich schaute mich erneut um und sah einer großen Möwe bei der Landung auf dem Nachbarstrandkorb zu. Erst jetzt bemerkte ich, dass auf jedem der Körbe ein Rundholz angebracht war, antennenartig, mit einer Kordel versehen, die sich daran entlangspannte und durch ein kleines rechteckiges Stück Stoff gezogen war. Ein Wimpel in Blau-Weiß-Rot, mehr war es nicht, aber er ließ sich zweifellos mittels der Schnur hoch- und runterbewegen, »hissen« war also möglich. Nur wollte ich gar nicht, dass jemand kam.

Die Möwe sperrte ihren Schnabel auf, gab einen schrillen Laut von sich. »Hiss selber die Fahne, Vogelviech!« Sie legte den Kopf schief, dem Alten verblüffend ähnlich, und sah mich an, als würde sie vergeblich auf etwas warten, das sie sich von meiner Anwesenheit versprochen hatte. Ich seufzte, stand auf, schulterte meinen Rucksack, der Vogel erhob sich kreischend und verschwand.

Bei einem halb verfallenen Jägerzaun am Ende des Grundstücks sah ich ein weiteres Schild, kleiner, aber im gleichen Blau mit weißer Schrift gemalt wie die anderen beiden. Dieses war jedoch angeschraubt:

PRIVATWEG!
BETRETEN WIDERRUFLICH AUF EIGENE GEFAHR.
STEINE SAMMELN VERBOTEN!
DIE EIGENTÜMERIN.

Es las sich herrschaftlich-aristokratisch: »Die Eigentümerin«. Ihre Durchlaucht, Gräfin von und zu Kroix, gibt sich die Ehre, die Grenzen ihrer Besitztümer zu markieren: Hände weg von meinen Ländereien, hier gibt es nichts zu holen, die Steine werden täglich nachgezählt! Mir fiel ein, was Markieren im Tierreich bedeutete. Die Methode hier roch wenigstens nicht.

Der schmale Pfad drückte sich an der Uferböschung entlang, weiter hinten war eine kleine Ansammlung von Häusern zu erkennen, das Dorf, wie ich vermutete. Ich hob einen Kiesel mit zweifarbigen Einsprengseln auf. Er lag gut in der Hand.

Nach einigen hundert Metern passierte ich einen weiß-roten Schlagbaum, nahe dem ein Holzhaus, eigentlich mehr eine Hütte stand. Sie schien bewohnt zu sein. In den Fenstern standen Tontöpfe mit Kräutern, auf der Eingangsstufe lag, achtlos hingeworfen, ein Paar schmutzige Lederstiefel mit Schnalle am Schaft, wie man sie auf alten Motorrädern trug. Die Läden waren im gleichen Blauton gestrichen wie die vom Palau. Im Vorgarten lag ein hölzernes Ruderboot zwischen gepflegt aussehenden Gemüsebeeten. Hinter dem Schlagbaum wandelte sich der holprige Strandpfad in einen gepflasterten, säuberlich mit Randsteinen befestigten Weg. Ich wollte bis Halsung laufen, man konnte sich, das Meer zur Linken, nicht verirren, und Zeit hatte ich ja, mehr als mir lieb war.

Was, wenn ich einfach immer weiterliefe, über Halsung und seine Bushaltestelle hinaus, an Fehmarn vorbei, der Küste entlang, runter bis zur Lübecker Bucht? Anheuern, dachte ich, das wäre keine schlechte Idee. Die Hafengesellschaft würde schon jemanden zum Gemüseputzen brauchen, auf einem Frachter Richtung Helsinki, wo der dicke, gelbe Kümmelschnaps hilft, das Vergessen zu beschleunigen. Mein alter Traum von der Reise als Lebensform würde wahr werden, jetzt oder nie, stellte ich mir vor, ins immerwährende Verschwinden, ohne Erklärung, ohne Abschied, ohne Spur. Wenn schon Palau nicht ging, dann das. Wie lange bräuchte man für rund hundert Kilometer Fußmarsch bis zum Hafen, überlegte ich, vier, fünf Tage? An Bahnhöfen schlafen, mit niemandem sprechen, eine stumme Landstreicherin, auf dem Weg ins finnische Nirgendwo.

Lächerlich.

Ein trauriger *alter* Traum mit neunundzwanzig, wenn das kein Indiz war.

Mädchen, die mit mir zur Schule gegangen waren, verfügten inzwischen über akademische Abschlüsse, ein bis zwei Kinder, sie bewohnten Doppelhaushälften oder Altbauwohnungen mit Stuck, waren längst keine Mädchen mehr, hatten Träume verwirklicht und einige bereits aufgegeben, aber statt ihnen nachzutrauern buchten sie tröstliche Flüge auf die Malediven, vom Urlaubsgeld, das hatten sie sich verdient, sie malochten und sparten und gingen planvoll mit ihren Finanzen um, *wir geben Ihrer Zukunft ein Zuhause.* Ihre Kinder waren süß, ihre Männer scharf: auf sie und nicht aufs Kindermädchen.

Man kann sagen, dass ich an diesem Tag in keiner optimistischen Grundstimmung war. Wie es aussah, würde ich an meinem dreißigsten Geburtstag arbeitslos, alleinstehend und auf Wohnungssuche sein und komplett selbst daran schuld.

Eine, die in der Abiturzeitung als »Katia, unser Kauz« bezeichnet worden war und in den folgenden zehn Jahren nichts dazu beigetragen hatte, diesen blödsinnigen Titel loszuwerden, im Gegenteil. Man würde beim silbernen Klassentreffen auf mein Foto zeigen, fragen »was ist aus der eigentlich geworden?« – »Ach, die Katia«, würde einer über den Rand seines Proseccoglases ätzen, »sie wurde zuletzt gesehen mit einem Rucksack am Skandinavienkai in Lübeck. Gab es damals nicht so eine Affäre?« Und alle würden schauen, als hätten sie es immer schon geahnt, dass diese Katia es nicht bringen würde.

Nach der Beerdigung habe ich Elisabeth von diesem ersten Tag an der Küste erzählt und dass ich eigentlich schon wieder weg war. Wir überlegten, wie Ruth meinen Wunsch nach einsam-obdachloser Wanderung ins Verschwinden kommentiert hätte. Ich vermutete, sie hätte nur »Papperlapapp!« geblafft, begleitet von der gleichen energischen Geste, mit der sie die großen Fenster im Frühstücksraum putzte, einmal hin, einmal her, wisch und weg, der Radius erstaunlich groß für eine so kleine Frau. »Alte Träume und Nirgendwo«, hätte sie geknurrt, »glaubste ja selber nicht, den Quatsch!« Sie hätte es mir noch nachträglich aus dem Kopf gegrantelt, ihre spitzen Fingerknochen auf meinen Schädel knallen lassen, »Herrgott, werd mal erwachsen, Hasenhirn«, und wir hätten uns gemeinsam über meine Albernheit amüsiert. »Ja«, sagte Elisabeth, »so wäre es gewesen.«

Eigentlich bin ich schon wieder weg gewesen, schätzungsweise einen Kilometer.

Ein schwarz-weißer Vogel mit leuchtend rotem Schnabel flog auf und gab einen schrillen Triller von sich, der mich erschreckte. Meine Jacke zeigte sich dem Wind nicht gewachsen, ließ mir die Kälte auf die Haut und darunter kriechen. Ich überlegte, wen ich zuerst anrufen könnte, stellte fest, dass mein Akku leer war und nicht mal mehr ein schwaches Aufleuchten zustande brachte. Ich nahm mir vor, mit dem Bus bis Kiel zu fahren, von da aus den Zug nach Berlin zu nehmen, zu meinem Vater, bevor ich mir auf der Wanderschaft noch eine Lungenentzündung holte, davon hatte auch niemand was.

Wie es dazu kam, dass ich an diesem Tag schließlich doch das Palau betrat, kann ich nicht genau erklären. Es wurde zunehmend kälter, der Regen hatte wieder eingesetzt, vielleicht war es die Aussicht auf einen Kaffee, für den ich meine Identität nicht unbedingt preisgeben müsste, oder der Gedanke an die Erklärung, die ich meinem Vater schuldig wäre, wenn ich am späten Abend unangemeldet mit der Bitte um einen Schlafplatz bei ihm klingelte. Möglicherweise hatte ich auch bereits eine Ahnung von der Eigenartigkeit dieses Ortes und wollte schauen, was innerhalb der Mauern daraus wurde.

Die Tür, durch die der Alte ins Haus verschwunden war, fand sich unverschlossen. Dahinter sah es auf den ersten Blick nicht nach Hotel aus, bestenfalls ein wenig und sehr anders als in meiner von den Erfahrungen eines gelegentlich mitreisenden Kindermädchens geprägten Vorstellung. Aber es war geheizt, angenehm warm, das reichte für den Augenblick. Meine Augen benötigten eine Weile, um sich an das Dämmerlicht im Inneren zu gewöhnen. Ich befand mich in einem nicht allzu großen Raum, von dem einige Türen abgingen. Dielen aus dunklem Holz, teilweise belegt mit orientalisch aussehenden Teppichen, gaben dem Ganzen etwas von der Atmosphäre eines Wohnzimmers, es knirschte gedämpft unter den Füßen. Eine breite Holztreppe wand sich ins obere Stockwerk, auf dem Absatz stand eine antike Truhe mit Metallbeschlägen, für die ich als Kind notfalls gemordet hätte. Seeräuberbeute, Schrumpfköpfe, Gold und Edelsteine, blinde Passagiere, ich selbst, alles wäre in dieser Kiste versteckt worden. Ich hätte sie auf einer Südseeinsel in Opas Garten verbuddelt und genau im richtigen Moment wieder ausgegraben: einen vergessenen Schatz, der es der Heldin möglich machen würde, fortan unbehelligt und frei zu leben. Wie sich später herausstellte, war Bettwäsche drin.

Das Gebilde an der Seitenwand mochte früher als Schrank mit vorspringender Anrichte gedient haben, jetzt waren zwischen gewundenen Säulen und Schnitzereien, statt Seitenwänden und Türflügeln, Glasscheiben und ein Tresen eingebaut, was sich erstaunlich gut zu einem kleinen Empfangsbereich zusammenfügte: eigenwillig, aber sicher tauglich als Rezeption. Auf einem Tischchen stand ein Plexiglasbehälter mit Postkarten, Prospekten der *Ostsee-Touristik*, Wanderkarten, kopierten Faltblättern, *Willkommen im Strandhotel Palau.*

Ich schaute neben dem Empfang durch die Butzenscheiben, die ich vorher nicht als Eingang hatte gelten lassen wollen. Jemand hatte sich hier der Kunst des Malens von Botschaften verschrieben: TÜR BITTE FESTHALTEN! DURCHZUG!

In der blankpolierten Rezeptionsklingel spiegelte sich die Schnauze einer imposanten getigerten Katze. Sie lag lang ausgestreckt auf dem Empfangstresen und schlief, ohne mich zu bemerken. Wo früher die hintere Schrankwand gewesen sein musste, führte eine offene Tür von der Rezeption in einen kleinen Büroraum. Mit Schreibtisch, Drehstuhl, Zetteln und Papieren war er mehr als voll, aber nicht chaotisch. Es wirkte straff organisiert, was sich da verteilte und bündelte, als hätte jemand aus dem Minimum an Platz das Maximum an Ordnung herausgeholt: Stapel in verschiedenen Größen auf Kante, Ablagen, Fächer, Klebenotizen, alles unter der Herrschaft des rechten Winkels. Es wirkte trotzdem nicht pedantisch, was an sich schon bemerkenswert war. Einige Sekunden dauerte es, bis mir auffiel, was an dem Anblick nicht stimmte: Der Computerbildschirm fehlte. Es gab auch nicht den kleinsten Hinweis auf elektronische Datenverarbeitung. Nicht einmal die Schreibmaschine sah aus, als ob sie einen Stecker hätte. Eine Art schwarzes Brett füllte die Wand über dem Schreibtisch, dort konnte man mit kleinen farbigen Steckkärtchen die Zimmerbelegungen kenntlich machen. Auch wenn sich mir das System nicht auf Anhieb erschloss, merkte ich, dass derzeit nicht ausgebucht war, eher das Gegenteil. Ich zählte zwölf Zimmer. Unter den einzelnen Nummern stand handgeschrieben etwas, das ich auf die Entfernung nicht entziffern konnte.

Ein langer vergilbt-grauer Kartonstreifen blockierte Zimmer elf für den gesamten April, Mai und Juni. Ein Langzeitgast oder Renovierungsarbeiten, dachte ich, jetzt war ja bestenfalls Vorsaison. Auf der Innenseite des Tresens lag ein Stapel Post, den ich vorher nicht bemerkt hatte, sieben oder acht Briefe. Ich trat einen Schritt heran, um die Adresse auf dem obersten Etikett zu entziffern. Die Katze hob den Kopf, fixierte mich mit senfgelben Augen, in denen das Wort Sicherheitsabstand geschrieben stand. Zum Glück bin ich weitsichtig.

Absender: *Barmer Ersatzkasse*
An Frau Ruth Schuhmann
Hotel Palau
Seestraße 23

Bis dahin war sie nur eine Geschichte aus dem Mund meines angetrunkenen Vaters gewesen, jetzt gab es sie, die Tante: Da lag der schriftliche Beweis. Wer von einer Krankenversicherung angeschrieben wurde, existierte. Und wenn ihr eventuell vorhandene Söhne oder Töchter nicht die Post ins Heim brachten, dann wohnte sie noch hier und konnte jederzeit vor mir stehen. Auf einmal fand ich das ziemlich beunruhigend.

Was würde mein Vater zu der Aktion sagen? Womöglich könnte er es für Initiative meinerseits halten, und darüber würde er sich in jedem Fall freuen. Hunger hatte ich auch.

Als ich mich der Rezeption weiter zu nähern versuchte, begann der Schwanz der Katze sich hektisch hin und her zu bewegen und fegte ein kleines Stück Pappe zu Boden, das an der Glasscheibe gelehnt haben musste. Das Tier legte die Ohren zurück und gab einen knurrenden Laut von sich, der mich davon absehen ließ, die Hand in seine Richtung auszustrecken, die Klingel zu betätigen oder mich nach der vermeintlichen Botschaft zu bücken.

»Hallo? Ist jemand da?«

Sachte ließ ich den Rucksack zu Boden gleiten.

»Können Sie nicht lesen?«, brüllte es von irgendwoher. »In der Kajüte gibt's heißen Tee.«

Ich schreckte hoch, die Katze fauchte bösartig.

KOMBÜSE/KAJÜTE stand in Großbuchstaben aus Bronze über einem der Türstürze. Zwei Stufen, ein verwinkelter Flur mit Garderobe, links eine weiß gestrichene Tür, rechts eine in dunklem Holz. Hinter der Holztür dudelte Musik. Sanfte Trompetenklänge, begleitet von Flöte und Klavier, wanden sich trübsinnig um eine Melodie, die mir bekannt vorkam. Ich blieb stehen, lauschte, jetzt ein Saxofon: *If you could see me now.* Mein Vater liebte solches Zeug. Dieser Trompeter, Baker, hatte sich in Amsterdam aus einem Hotelfenster zu Tode gestürzt, Drogenrausch, Nervenkrankheit oder sonst etwas Schreckliches, ich hatte nicht danach fragen wollen. Es war das erste Mal, dass ich meinen Vater weinen sah: Er saß über die Zeitung gebeugt, Tränen liefen seine Wangen hinunter, und ich stand klein und hilflos vor ihm, bis er sich mit dem Ärmel durchs Gesicht wischte und zur Stereoanlage ging. *My funny valentine.* Jeden Sonntagnachmittag hatte sich das Stück von seinem Arbeitszimmer aus im ganzen Haus breit gemacht, und spätestens mit dreizehn war er mir damit unsäglich auf den Geist gegangen. Einmal hatte ich Musik dagegengeknallt, die Boxen auf den Treppenabsatz gestellt, aufgedreht, *The Notwist* bis zum Anschlag. Mein Vater war die Treppe heraufgestürzt, schrie etwas; ich deutete mit dem Finger auf meine Ohren, auf die Boxen, zuckte bedauernd mit den Schultern. Er machte drei große Schritte durch mein Zimmer, drehte am Lautstärkeregler und stöhnte auf: »Was soll das denn?«

»*Think for yourself.*«

»Wie bitte?«

Er sah ärgerlich aus.

»Das Lied«, sagte ich, »das heißt so. *Think for yourself,* ich kann nichts dafür.«

Das Gesicht meines Vaters entspannte sich, ein breites Grinsen erschien neben seinem erhobenen Zeigefinger. Dann haben wir uns vor Lachen nicht mehr eingekriegt. Zwei Tage später kam er abends gutgelaunt mit einer großen roten Plastiktüte nachhause, zwei Kopfhörer darin. »Mit extra langem Kabel, für jeden einen«, triumphierte er und streckte mir die Hand entgegen, »auf dass Friede sei.«

Papas Wochenend-Jazz kam hier so unerwartet, dass es fast tröstlich war. Ich drückte gegen die Tür mit der Aufschrift KAJÜTE. Ein Schankraum mit Holzstühlen, rot gepolsterten Sitzbänken, Kerzen in alten Messingleuchtern auf rustikalen Tischen. Die Wände inklusive Decke waren mit Holz verkleidet, als befände man sich tatsächlich unter Deck. Bilder hingen rundum, in jeder Größe und Machart: Ölskizzen, Zeichnungen, Stillleben, Urkunden, gerahmte Notizzettel, signierte Fotos. Dazwischen Gegenstände, die nautisch anmuteten: Seile mit Knoten, Navigationsgerät, Muscheln, Strandgut, eine verstaubte Lampe in der Form eines Störtebeckerschiffs, flankiert von Glühbirnen in Kerzengestalt. Das Sammelsurium als Gestaltungsprinzip zeugte nicht gerade von vornehmer Zurückhaltung, war aber abwechslungsreich, was in einer Kneipe ja nicht schadet.

Draußen erschien die Strandkorbgruppe vor dem Hintergrund eines Streifens Ostsee unter zunehmend verregnetem

Himmel, beides zwei Graustufen dunkler als noch vor zwanzig Minuten. Auf den Fensterbänken lagen vereinzelt Bücher, gebundene Ausgaben, die an den Rücken mit Nummern versehen waren, als handelte es sich hier um den Leseraum einer Bibliothek. Die Theke wurde von zylinderförmigen Glaslampen in Orange beleuchtet, für die man in Hamburg sicher einen Haufen Geld hinlegen müsste. Der brüchige Zustand der Kabel ließ eher auf hängen gebliebene Originale als auf retrodesignte Stücke aus dem »Live & Style« schließen, wie sie im Haus meiner letzten Arbeitgeber hingen.

Das *Ostholsteinische Tagblatt* titelte einen Unfall mit Sachschaden beim Eckernförder Drachenfest, die *Kieler Nachrichten* und die *FAZ* hatten andere Sorgen.

Über der Zapfanlage wartete die *Gesellschaft zur Rettung Schiffbrüchiger* in Gestalt eines Bootsrumpfs, dessen Geldschlitz für normal gewachsene Mitteleuropäer unerreichbar war, auf Spenden. Eine Glocke baumelte neben Plaketten für *BECKS Spitzen-Pilsener von Welt* oder *Haake-Beck naturtrübe Spezialität* vom untersten der Regalbretter, auf dem sich Schnapsflaschen an eine Reihe Einmachgläser mit verschiedenen Früchten und Kräutern in durchsichtiger Flüssigkeit anschlossen. Eine Lage darüber: bunte Packungen mit Erdnüssen, Käsecrackern und Salzstangen.

Auf diesem Schiff ist der Kälte gut trotzen, dachte ich, Bücher, Bier, Schnaps, ÜLTJE-Tüten en masse und die Heizung voll aufgedreht.

Es roch nach etwas, das ich nicht identifizieren konnte, obwohl mir die Komponenten vertraut vorkamen: Küchendunst versetzt mit Räucherwerk, Möbelpolitur, Frittierfett, Alkohol, keine Ahnung. Dazu Papamusik. Ich fiel aus der Zeit bei solchen Mixturen, sie kamen von viel zu weit her.

»Grüß Gott!«

Die Stimme passte so gut und die Worte so überhaupt nicht zu den Trompetenklängen, dass ich zunächst Mühe hatte, sie für Wirklichkeit zu halten.

Das Gesicht einer Frau wurde hinter den Zapfhähnen sichtbar, weiße Locken umgaben es wie ein durchgeschüttelter Strahlenkranz, zwei Augen von sagenhaftem Blau, darunter ein dezent geschminkter Mund, der sich wie Stirn und Wangen in feine Linien faltete. Dame, dachte ich, eine alte Dame ist sie. Kaum groß genug, um über die Theke zu reichen, war sie ziemlich breitschultrig und in Geblümtes gehüllt, und ich fand mich augenblicklich dazu bereit, sie reizend, liebenswert und wunderschön zu finden.

Vor mir schepperte eine dampfende Tasse auf den Tresen.

»Haben Sie also doch zu uns reingefunden.«

Mir fiel nicht ein, was ich erwidern könnte.

»Ganz nass sind Sie geworden. Sie werden sich noch erkälten.«

Die alte Dame schaute mich freundlich an, schob den Tee näher zu mir hin.

»Nun trinken Sie schon, das wärmt!«

Wo hatte sie nur diese Stimme her? Sie klang wie Papas alte Jazzladys: zu viele Zigaretten, zu viel Whisky, Verzweiflung, Heiserkeit. Nach nichts von all dem sah sie aus.

Ich legte meine Hände um das warme Porzellan und konnte nicht anders, als sie anzuschauen und mir zu wünschen, sie würde einfach weitersprechen, egal was, und wenn es noch einmal »Grüß Gott« war. An der holsteinischen Ostseeküste, man stelle sich das vor!

»Katia Werner«, sagte ich und wartete gespannt darauf, wie sie reagieren würde.

»Freut mich«, antwortete sie mit keinerlei Zeichen des Erstaunens, »sagen Sie bloß nicht, Sie haben reserviert.«

Ich schüttelte den Kopf.

»Hab ihr vorhin schon gesagt, sie soll sich bemerkbar machen«, krächzte es aus einer hinteren Ecke, wo der alte Mann aus dem Meer vor einer Gläserzusammenstellung saß, die mein Großvater Herrengedeck genannt hätte.

»Sie hockte in der Sieben und dachte, es wäre geschlossen. Ihr hattet mal wieder vergessen, das Schild zu tauschen.«

»Wirklich?«, sagte die Frau mir zugewandt. »Dann geht der Tee heute aufs Haus. Noch einen Schuss Rum?«

»Nein, vielen Dank.«

»Die Leute frieren, und ihr vergesst, das Schild zu tauschen! Da kannste lange auf Kundschaft warten.«

»Lass gut sein, Heinrich.«

»Der Gast ist König, schon mal davon gehört? Sie hatte sogar ein Buch dabei.«

»Außerhalb der Ferien kommt doch sowieso keiner. Entschuldigung. Möchten Sie etwas essen?«

»So macht man Pleite, sag ich dir, genau so!«

Ich nickte. »Sehr gern.« Sie wies mit ausgestrecktem Arm in den Raum, wo außer dem nörgelnden Alten niemand saß.

»Dann schauen Sie mal, ob Sie einen Platz finden.«

»Wenn du mich fragst, ist das …«

»Heinrich, es reicht jetzt!«

Ich nahm die Tasse mit an einen Tisch auf der Fensterseite, setzte mich so, dass ich die Theke im Auge behalten konnte.

»Schlamperei ist das!«

»Heinrich!«

»Ist doch wahr.«

»Hier, bitte sehr.«

Sie legte mir die Karte vor, sah auf die Uhr. »Ich frage mal lieber, was es noch gibt. Warm oder kalt?«

»Warm wäre prima.«

Sie nickte, drehte sich im Abgang noch einmal um.

»Vegetarisch etwa?«

»Nicht unbedingt.«

»Dann rechnen Sie mal mit Gulasch.«

Sie verschwand hinter dem Tresen in einem schmalen Durchgang mit Schwingtür. Der Alte in der Ecke winkte mir zu. »Schmecken tut es hier immer.«

Ich versuchte ein Lächeln, das so wenig Kontaktfreudigkeit wie möglich ausstrahlte, und fragte mich, was ich hier eigentlich tat. Ich wartete, dass die Dame wieder auftauchte und mich als ihre Nichte erkannte, das tat ich.

Die Frau sah weder meinem Vater noch meinem Großvater ähnlich, aber was hieß das schon, sie konnte nach ihrer Mutter kommen. Auch der leichte Akzent musste nicht gegen unsere Verwandtschaft sprechen. Vielleicht war der Adoptivvater ein Österreicher gewesen, den der Krieg ins Münsterland verschlagen hatte, oder sie hatte in Wien Hotelfach gelernt und sich den Sprachklang zu eigen gemacht. Ich hätte meinen Vater mehr ausfragen sollen, mir einige Informationen besorgen, bevor ich hier so reinplatzte, aber egal. Sie wirkte nicht wie jemand, der eine durchgefrorene Halbnichte sofort wieder vor die Tür setzen würde. Sie sah so aus, dass ich sie kennenlernen wollte, wenigstens ein bisschen. Ich musste ihr ja nicht allzu viel von mir erzählen. Ein oder zwei Nächte waren vielleicht drin. Unter Umständen konnte ich etwas im Haus helfen, bloß: Wie sollte ich ihr das vermitteln, solange sie mich für eine verirrte Touristin hielt?

Die Schwingtür sprang auf, brachte die Gläser auf einem der

Bretter an der Wand zum Klirren, die *Gesellschaft zur Rettung Schiffbrüchiger* schaukelte auch. Ein grau bepelzter Bär von einem Mann erschien in weißer Schürze mit Handtuch über der Schulter, trat hinter die Theke, stemmte die Arme auf die Platte und donnerte in den Schankraum, als wäre der mit mindestens fünfzig Leuten besetzt: »Will noch jemand was? Ich mache jetzt die Küche zu!«

Bevor ich auch nur zu einem Wort ansetzen konnte, drehte er sich zu mir hin, griff in seinen eindrucksvollen Bart, sagte mild: »Ihr Gulasch kommt sofort« und verschwand. Die Schwingtür hatte sich noch nicht beruhigt, da knallte sie erneut gegen die Holzverkleidung, diesmal noch lauter, und brachte eine andere alte Frau zum Vorschein, etwa die gleiche Größe wie meine schöne Dame, in der Breite allenfalls die Hälfte: eine sehr kleine, sehr schmale, offensichtlich sehr schlecht gelaunte Person.

»Die Biester sind einfach überall!«

Sie warf im hohen Bogen ein dunkles Bündel über die Theke, das ich erst identifizierte, als es auf vier Pfoten auf meinen Tisch zuschlitterte wie Tom im Zeichentrickfilm. Die Frau würdigte mich und den Alten in der Ecke keines Blickes, fegte durch den Raum und warf die Tür, zu der ich eingetreten war, mit Schwung gegen die Wand, während sie sich ein schmieriges, ehemals weißes Tuch vom Kopf riss. Draußen hörte man lautes Reden, eine hohe Stimme mit einer etwas tieferen, dann Stille. Das kleine Tier blieb friedlich zu meinen Füßen sitzen und leckte sich unbekümmert das Fell.

Gerade dachte ich darüber nach, was es zu bedeuten haben mochte, dass Wirtin, Koch, Stammgast, Küchenhilfe sämtlich im Rentenalter oder darüber waren, als sich die Tür nochmals öffnete und eine hochgewachsene Frau mit einem Putzwagen in den Raum rappelte. Mit einem Satz sprang die kleine Katze auf die Fensterbank neben mir, landete auf einer Ausgabe *Grimms Kinder- und Hausmärchen,* begleitet von einem Wortschwall, den ich für polnische Verwünschungen hielt. Ein Arm schnellte an meinem Gesicht vorbei, gewaltige Brüste schoben sich nach, und ehe ich wieder atmen konnte, war der Putzwagen samt Fahrerin und Katzenjungem wieder draußen. Diese Frau war auch nicht jünger gewesen als die anderen. Jemand vergab hier möglicherweise Gnadenbrot. Obwohl: für einen Vergleich mit grasenden Mähren, denen der Rücken durchhing, waren sie alle deutlich zu aufgeweckt. Ich fragte mich, wann ich das letzte Mal dieses Wort ernsthaft auf jemanden angewandt hatte: *aufgeweckt.* Es musste an der Umgebung liegen, dass man Wörter dachte wie aus dem tapferen Schneiderlein, Wörter wie *regsam, munter, unverdrossen, heiteren Sinnes.* Sie trafen allesamt auf meine Dame zu. Summend kam sie hinter der Theke hervor, einen dampfenden Teller in der Rechten, den Brotkorb in der Linken. Es duftete nach Würze und Fleisch, und ich machte mich hungrig über den Teller her.

»Schmeckt's?«

Sie polierte Gläser und lächelte mir zu, als bereitete es ihr eine persönliche Freude, mich essen zu sehen.

»Köstlich!«

»Vom Gulasch versteht unser Sergej was.«

Ich stimmte zu, brach mir Brot ab, aß, fühlte Wärme, die sich von innen ausbreitete, und beschloss die Abfahrtszeiten der öffentlichen Verkehrsmittel für heute zu vergessen. Per Anhalter konnte ich immer noch überallhin kommen. Dies hier lohnte, dass man es genauer in Augenschein nahm.

»Stört Sie die Musik?«

»Nein, gar nicht, ich mag sie.«

Warum hatte ich als Kind nicht meine Sommerferien hier verbracht, wie es sich gehört hätte? Wieso hatten wir immer nach Südfrankreich oder in die Toskana fahren müssen, wo die anderen Kinder mich deutsch und doof und komisch fanden? Hier hätte ich unter den Tischen mit den Katzen gespielt, wäre zwischendurch an den Strand gerannt, und sie hätte mir Kekse gebacken mit Baiser obendrauf. Die Nichte der Chefin wäre ich gewesen, verwöhnt und dennoch frei wie ein halbwildes Tier, sechs traumhafte Sommerwochen lang. Wie hätte mein Leben aussehen können, hätte ich mit siebzehn, statt einer Mutter auf indischem Selbstfindungstrip, so eine prächtige Tante gehabt, eine Vertraute, die mir das Kochen beigebracht hätte und Sachen gesagt wie: »Gebrauche deinen Verstand, mein Liebes, und höre, was dein Herz dir sagen will« oder so ähnlich.

Ich war drauf und dran, mich in etwas hineinzusteigern.

»Entschuldigung, sind Sie Ruth Schuhmann?«

Sie sah mich an, als wäre sie erst jetzt auf die Idee gekommen abzuwägen, was von mir zu halten sei.

»Wie war noch einmal Ihr Name?«

»Werner. Katia Werner.«

»Ernsthaft?«

Ich nickte.

Ihr Blick ruhte noch immer prüfend auf mir, dann gingen ihre Mundwinkel mitsamt der Augenbrauen nach oben.

»Ach herrje!«

Ich hatte keine Ahnung, was ich darauf erwidern sollte, aber es war auch gar nicht nötig, dass ich etwas sagte. Sie bewegte sehr langsam das Kinn von einer Seite zur anderen, blies zischend die Luft aus, lächelte schließlich wieder, warm und freundlich. Das wird toll, dachte ich, sie sieht lieb aus, sie wird mich mögen und mich den Jägerzaun streichen lassen. In meinem Hals war irgendetwas, das da nicht hingehörte. Ich stellte mir gerade vor, wie sie mich in ihre Arme schließen und zum Bleiben einladen würde, da drehte sie sich ruckartig auf dem Absatz herum und rief so laut, dass ich erschrocken zusammenfuhr: »Ruthi!«

Das Türenknallen kannte ich schon. Die Küchenhilfe hatte sich den Kittel ausgezogen, trug jetzt Jeans und Rollkragenpullover und sagte mürrisch: »Was gibt's?«

Meine Dame sagte: »Besuch für dich.«

Ich sprang auf, starrte Tante Ruth an, und mein erster Gedanke war: Gut, dass ich auf bewährte Mitbringsel wie Gerbera und Weinbrandbohnen verzichtet habe. Dieser Frau brachte man keine Blumen, die erschlug sieben auf einen Streich.

Die Hand meiner liebenswerten, leider nicht Verwandten legte sich auf die Schulter der dürren Kollegin neben ihr. »Darf ich vorstellen: *Das* ist Ruth Schuhmann.« Der Arm wanderte von der Schulter in den Raum, streckte sich mir entgegen, und die Bluesstimme sagte: »Ich bin Elisabeth.«

»Von Kroix, musst du dazu sagen.«

»Elisabeth. Freut mich, dich kennenzulernen. Ruth und ich betreiben das Hotel gemeinsam.«

Ich ergriff Elisabeths Hand, schüttelte sie und dachte: Mist!

Ruth schaute fragend von einer zur anderen, ihr Blick blieb kurz an mir hängen, dann wandte sie sich Elisabeth zu.

»Wer bitte ist das?«

»Tja«, sagte Elisabeth, »Johannes Werner wird kaum eine so junge Tochter haben, deshalb denke ich ...«

Sie sah mich auffordernd an. »Na?«

»Ich bin seine Enkelin.«

Ruth verzog keine Miene. Sie stand da, die Hände in die

Hüften gestemmt, das Kinn hochgereckt, und besah sich meine durchnässte, in ihren Augen vermutlich jämmerliche Gestalt mit einem Blick, der bestenfalls in den Bereich des neutralen Nichts, keinesfalls in den des Wohlwollens einzuordnen war.

»Katia«, sagte ich kleinlaut, »ich soll grüßen vom LFS.«

Und Ruth sagte: »Aha.«

2
Nur für zwischendurch

Aber der Esel merkte, dass kein guter Wind wehte, lief fort und machte sich auf den Weg nach Bremen.«

Ein guter Satz, fand ich.

Der Wind hier war in Ordnung. Es rumpelte, pfiff und zischte unter den Dachbalken, dazu das Donnern der Brandung, ein vielstimmiges Getöse, Sausen und Schnaufen, dem unter der warmen Daunendecke angenehm zuzuhören war, zumal mein Zustand einen für gewöhnlich sorgsam verdeckten Hang zum Romantischen zum Vorschein kommen ließ. Ein nicht unbeachtlicher Promillewert in meinem Blut mochte dazu beigetragen haben.

Übermäßiger Weinkonsum schwemmt bei mir nie die sprichwörtliche Wahrheit an die Oberfläche, bestenfalls einen durchgespülten Aufguss von Schwachstellen im Hirn, die besser verborgen geblieben wären. Das scherte mich aber nicht. Was ich brauchte, war eine Pause von mehr oder weniger allem, egal ob weichgespült oder nicht, und hier glaubte ich sie zu finden, wenigstens für den Augenblick. Ich zog die Ersatzdecke aus dem Schrank, wickelte mich bis zur Nase in Gesteppptes, träumte mich in ein vergangenes Jahrhundert und fühlte mich gut aufgehoben in diesem winzigen Zimmer unter dem Dach von Palau.

Ein kleiner Nachttisch mit hellgrauer Marmorplatte hatte einen nahen Verwandten auf dem Dachboden meiner Großmutter stehen, ansonsten gab es glücklicherweise keine allzu vertrauten Anklänge: weder an Manus Ikea-Stil noch an die Wohnmagazinästhetik meiner früheren Arbeitgeber. Allein das war erholsam. Dass ich mich in diesem Haus nicht über die Serienausstattung moderner Tagungshotels würde aufregen müssen, hatte ich schon beim Anblick der Rezeption vermutet. Weitab von allem, auch geschmacklich, befand ich mich in einem Kämmerlein, das eines der Bücher hätte illustrieren können, die mein Vater mir immer zwecks Verbesserung meiner Englischkenntnisse zu Weihnachten oder zum Geburtstag schenkte. Ich hatte mir angewöhnt, die Titel in deutscher Übersetzung zu kaufen, ursprünglich um Papa zu blenden, dann, weil es mir allen Ernstes zu gefallen begann, im Schlepptau von tapferen jungen Damen durch Anwesen mit wohlklingenden Namen wie *Netherfield Park* oder *Thornfield Hall* zu schlendern, verstrickt in die Irrungen und Wirrungen der Suche nach Liebe und Ehestand, in Gestalt eines Herrn mit prächtigen Kutschen und »zehntausend Pfund im Jahr«.

Die englischen Schmonzetten fügten sich bestens in dieses Zimmer, ich selbst fühlte mich mit einem Mal gar nicht mehr generell deplatziert auf der Welt wie noch vierundzwanzig Stunden zuvor und wurde seltsam ruhig inmitten des Sturmgetöses. Das zugige Nest stand mir gut, fand ich, reichlich komfortabel für eine Schiffbrüchige, die sich das Leck selbst geschlagen hatte und an diesem Abend unverdient wohlig gestrandet war.

Dann schob sich ein Bild dessen, was ich mir letzthin im Rausch geleistet hatte, ins innere Blickfeld, und ich wurde schlagartig nüchtern, froh, alleine in einem Bett des einundzwanzigsten Jahrhunderts zu sein und nicht damit rechnen zu müssen, dass mich einer dieser alten Leute aus dem Schlaf zerren und einen Vortrag über Sitte und Benimm halten würde. Mehr Rettung brauchte ich fürs Erste nicht. Im Zeitalter meiner Romanheldinnen wäre ich gesellschaftlich am Ende gewesen, da blieb ich besser in meiner gegenwärtigen Epoche, in der sich derartige Probleme irgendwie regeln ließen.

Das Bett ächzte sanft, wenn man sich bewegte, die Kopfkissen rochen nach frisch gestärktem Leinen, fühlten sich kühl und glatt an. Ich schlief fest und lange, und die vorige Woche war ein halbe Ewigkeit her. Soweit war sie also ein Erfolg, diese erste Nacht im Haus meiner Tante.

»Der Abend wird wahrscheinlich als ›das große Besäufnis‹ in die Geschichte des Palau eingehen«, sagte ich am Morgen, worauf Ruth schroff entgegnete, ich solle mir da mal nichts einbilden. Sie goss sich Kaffee in den Becher, nahm das *Ostholsteinische Tagblatt* und setzte sich mir gegenüber, so dass ich Sicht auf einen Bericht über die Traktoren-Messe im Preetzer Oldtimer Museum hatte. Ich biss mir auf die Lippen, war aber froh, dass sie sich benahm, als sei meine Anwesenheit am Frühstückstisch bereits eine Selbstverständlichkeit. Ich räusperte mich in der Überzeugung, eine höfliche Bemerkung über Wetter oder angenehmen Schlaf könnte jetzt angebracht sein, nachdem mein erster Satz schon danebengegangen war. Mir fiel ein, dass ich nicht einmal wusste, wie ich sie anreden sollte: Frau Schuhmann, Tante, Ruth, du oder Sie? Was hatte ich gestern zu ihr gesagt?

»Das Wetter ist heute Morgen ja deutlich besser, nicht wahr?«

Langsam sank die Zeitung, gab die Schussbahn frei für ein Paar Augen, die zwischen dem Rand einer Lesebrille und zusammengezogenen Brauen wenig freundlich schauten.

»Pass auf, Mädel: Wenn du mit mir auskommen willst, dann lerne, dass ich in der Frühe beim Zeitunglesen nicht gestört werde. Und vor dem zweiten Kaffee schon gar nicht.«

Ich grinste bemüht. »Klar.«

Eine Früh-Schweigerin, das kam mir entgegen. An diesem Morgen besonders, entband es mich doch davon, den Zeitpunkt meiner Abreise thematisieren zu müssen oder weiteren Unsinn von mir zu geben. Wenn sie keinen Bedarf an Kommunikation hatte, blieb ich gerne still. Ich war vom Vorabend übrig geblieben, mit ungeklärtem Gaststatus, soweit ich mich erinnerte. Dass sie mir jetzt Ratschläge gab, wie ich mit ihr auskommen würde, stimmte mich für den weiteren Verlauf des Wochenendes zuversichtlich. Einen Tag wollte ich gern noch bleiben, vielleicht auch zwei, Strandwanderung inklusive und mehr von dem russischen Essen.

Eine alte morgengrantlerische Tante, die mich »Mädel« nannte, das gefiel mir. Auch wenn es ziemlich lange her gewesen war, dass jemand dieses Wort zu mir gesagt hatte, klang es in dieser Situation nett und tröstlich: Jemand, von dem man, wenn auch brummig, *Mädel* genannt worden war, der setzte einen nicht ohne weiteres vor die Tür. Jedenfalls nicht sofort. *Familiär* war das Wort, das mir einfiel, auch wenn ich mich mit familiären Situationen nicht besonders gut auskannte. Familie fängt ab drei Haushaltsmitgliedern an, und auf die Zahl waren mein Vater und ich seit fast zwanzig Jahren nicht mehr gekommen.

Ich sah aus dem Fenster und dachte, dass ich dringend mein Telefon aufladen, mich um meine Angelegenheiten kümmern, eine Zukunft planen müsste.

Fürs Erste hatte der Gedanke allein genug Anstrengung gekostet.

Die Kopfschmerzen hielten sich in Grenzen, waren aber trotzdem lästig. Kein schlechter Wein gestern, dachte ich, noch besser aber die Entscheidung, beim Inhalt der Einmachgläser zu passen. »Doppelkorn, *Nordhäuser*, der aus dem Osten«, hatte Elisabeth geschwärmt. Alles eigene Rezepte, hochgeheime Mixturen. Kräuter, Früchte, Tannennadeln, mutmaßte ich. Allein die Dosis, die ich Ania zum Nachtisch trinken sah, hätte mich umgebracht.

Ruth hatte sich später, nach dem Leeren des ersten Glases, etwas gesprächiger gezeigt.

Nachdem ihr mitgeteilt worden war, wen sie da vor sich hatte, waren erst ihre zusammengekniffenen Augen an mir entlanggewandert, von oben bis unten, dann wieder rauf, die Arme dabei in die Seiten gestemmt, eine Haltung, die für sie so typisch war wie das ultrakurz geschnittene Haar oder der dunkle Rollkragenpullover. Aber das hatte ich zu diesem Zeitpunkt noch nicht wissen können.

»Die Enkelin von Johannes Werner, sieh mal einer an …«, hatte sie nach einer gefühlten Ewigkeit gesagt, ohne den Röntgenblick abzumildern. Dann hatte sie die Arme vor der Brust verschränkt und mich unvermindert weiter gemustert. Ich war inzwischen auf Knopfgröße geschrumpft, hatte meine Augen mehrmals hilfesuchend in das Gesicht Elisabeths gehakt und die Idee verflucht, eine alte Tante aufzuspüren und Familienbande wiederzubeleben, die gut in Frieden geruht hatten. Ich nahm mir vor, so schnell wie möglich zu verschwinden, obwohl mich diese dürre kleine Gestalt faszinierte. Sie war dermaßen das Gegenteil von dem, was ich mir vorgestellt hatte, ganz und gar nicht tantenhaft, eher Frettchen als Panda, und doch hatte diese Person etwas an sich, das mich dazu brachte, ihr gefallen zu wollen. Aus irgendeinem Grund wünschte ich mir, dass sie mich mochte, und fand das ziemlich verwirrend. Ich sah sie an, unfähig, etwas zu sagen.

Ruth brach den Bann, indem sie mir die Andeutung eines Nickens gönnte und sagte: »So. Und wie kommst du zu Grüßen vom Früchtemann?« Ich atmete auf und gab mit bemühter Gelassenheit Auskunft.

Nachdem meine Bekanntschaft mit dem LFS geklärt worden war, sagte Elisabeth: »Wir können uns auch setzen«, schenkte Wein aus und begann zu reden, als gingen wir jetzt zur Tagesordnung über. Sie sprach über Ludwig, den Obsthändler, der sechs Kinder von drei Frauen hatte, lobte umständlich die Qualität seiner Ware sowie die Zuverlässigkeit seiner Lieferungen, als wäre dies für alle Beteiligten das dringlichste Thema. »Das Obst vom LFS ist tipptopp!«

Ruth schaute sie mit einem Ausdruck an, den ich irgendwo zwischen Erstaunen und Belustigung ansiedelte.

Der Alte mischte sich ein, räsonierte über eine selten gewordene Apfelsorte und erklärte ungefragt die Bedeutung des Namenskürzels: »Ludwig-Ferdinand Schmidt: ›Lecker, Frisch, Saftig‹, auf dem Transporter, haben Sie denn nicht bemerkt …«

»So!«, hatte Ruth unvermittelt dazwischengerufen und die Faust vor mir auf den Tisch krachen lassen. »Jetzt erzählst du, was du hier willst.«

Bis dahin hatten wir uns noch nicht einmal die Hand gegeben.

Ich war überzeugt, dass sie mich so bald wie möglich wieder loswerden wollte, es demnach ganz egal war, welche Geschichte ich mir für sie ausdachte oder ob überhaupt eine, und nach kurzer Überlegung antwortete ich, dass ich nicht die geringste Ahnung hätte, ehrlich, Neugierde vielleicht, eine spontane Idee, so ungefähr, es tue mir leid, dass ich ohne vorherige Anmeldung hereingeschneit sei, ich hätte mir nichts weiter dabei gedacht. Sie hob die Brauen.

»Aber das Gulasch«, fügte ich hastig hinzu, »das ist absolut spektakulär, die Reise wert, auf jeden Fall!«

Ich hielt die Luft an, fand mich unsäglich, aber sie lachte laut, erhob ihr Glas und sagte: »Wenn das so ist: Lass es dir schmecken!«

Ich bedankte mich, wiederholte, wie leid es mir tue, aber Ruth unterbrach mich mit der Weisung, den Entschuldigungs-Quatsch jetzt zu lassen, der ändere auch nichts. Sie hielt mir ihre Hand hin, ich schlug ein.

»Sergej, ist noch Gulasch da?«, rief Elisabeth fröhlich. In der Küche schepperte es.

Der Alte aus der Ecke kam zu uns an den Tisch geeilt: »Darf ich mich vorstellen: Doktor Heinrich Gräter, Gast im Hause, sehr erfreut!«

»Gast im Hause«, fauchte Ruth, während er sich über meine ausgestreckte Hand beugte und allen Ernstes einen Kuss darüber hauchte. »Du wohnst hier seit sieben Jahren, Mann!«

»Wenn Sie etwas über die Tier- und Pflanzenwelt der Ostsee erfahren möchten«, setzte Gräter ungerührt fort, »wenden Sie sich getrost an mich, Fräulein Katia. Ich helfe gern und darf als Fachmann gelten. Eine kleine Strandführung gefällig? Nach Absprache geht das auch außerhalb der Saison. Zu Ihrer Verfügung.« *Fräulein Katia* war sich nicht sicher, wie dieses Angebot einzuordnen sei.

Elisabeth schüttelte den Kopf, drückte den Alten auf einen Stuhl und schob ihm meinen halb gefüllten Brotkorb zu. »Iss mal was, Heinrich.«

»Oder sind Sie eher historisch interessiert? Da darf ich von mir behaupten, besonders kompetent Auskunft …«

»Essen!«

Ania kam herein, diesmal ohne ihren Putzwagen, nannte Heinrich einen alten Schwätzer und küsste mich auf beide Wangen, als sie von Ruth gehört hatte, wer ich war. Sie strich mir übers Haar, nannte mich »so ein lieber Besuch« und sagte feierlich: »Wir halten alle zusammen hier, wie eine Familie!« Dass Ruth »nu mal langsam!« fauchte, ignorierte sie und stellte sich und ihre zurzeit abwesende Schwester Bascha gleich mit vor: »Drei Kinder, vier Enkel, Bascha hat eins mehr. Wir machen sauber, abwechselnd: Ich drei Wochen, Bascha drei Wochen, da haben wir Zwischenzeit für die Enkel. Nur in Sommerferien müssen beide kommen, aber manchmal bringen wir Kleine mit. Ist viel Arbeit im Sommer und immer überall Katzenhaare, ich sage dir: Ka-tas-tro-phe!« Das Ende ihrer Tirade verklang in einer Bemerkung Heinrichs, dass die Ostsee, erdgeschichtlich betrachtet, ein Säugling sei.

»Bei einer Führung könnte ich vielleicht Näheres dazu ausführen …«

Ich versuchte beide mit einem interessierten Lächeln zu bedenken und beobachtete möglichst unauffällig das Mienenspiel der Schwester meines Vaters, die zu meinem Erstaunen damit beschäftigt war, sich eine Zigarette zu drehen.

»Ich habe das nie hinbekommen«, brachte ich in einer Pause unter, die Heinrich benötigte, um sein Glas zum Mund zu führen, während Ania sich unaufgefordert einschenkte.

»Ist keine Kunst«, murmelte Ruth ohne aufzuschauen.

Sie hatte kleine Hände, eine runzelige Kindergröße mit Altersflecken, vom Spülen gerötet. Niemand hätte beim Anblick der dünnen Finger vermutet, zu welch hartem Griff sie fähig waren.

Noch immer lief diese Musik, jetzt sang er auch noch, Chet

Baker. Die Ruine eines Gesichts auf dem Plattencover in der Hand meines Vaters tauchte vor mir auf, Papas geschlossene Augen zwischen den riesigen Ohrenschalen seines Kopfhörers. Er lächelte und summte leise vor sich hin, zwei Tage nachdem Mama endgültig gegangen war. *The last great concert.* Ich hatte ihn gleichzeitig schütteln, anbrüllen und umarmen wollen und nichts von alldem getan. Einmal in seine kleine Spezialwelt abgetaucht, war er vor Übergriffen jeglicher Art in Sicherheit, mein armer alter Papa. Als Kind hatte mich das verwirrt, als Jugendliche geärgert, heute beneide ich ihn darum.

Ich sollte ihm Bescheid geben, dachte ich, das würde ich auch, aber dafür war morgen noch Zeit oder übermorgen oder Montag oder so. Ich musste ihm nicht das Wochenende mit der Nachricht verderben, dass ich wieder einen Job losgeworden war und er damit rechnen konnte, mich nur deshalb bei sich auftauchen zu sehen. Wenn ich mich nach einer neuen Stelle umgeschaut hätte, wäre ich auch in einer besseren Ausgangsposition, um ihm zu erzählen, dass seine Schwester mir die Hand geschüttelt hatte. Und wer wusste schon, was sich sonst noch ergeben würde.

»Das ist Katia, sie ist meine Nichte«, sagte Ruth, gar nicht mal unfreundlich, jetzt auch zu Sergej, dem Koch, der wohlwollend nickte und mir seine Pranke reichte. Ich hatte also offiziell eine Tante, so weit war ich schon gekommen, und zum Zeitpunkt dieser Feststellung wurde es auch langsam zu spät, eine allein reisende Nichte guten Gewissens ohne Unterkunft vor die Tür zu setzen. Sie musste nur noch selbst auf diese Idee kommen.

»Lizzy, mach mal andere Musik, von der wird man trübsinnig.« Ruth lieferte das Stichwort für einen Versuch der familiären Annäherung meinerseits.

»Mein Vater liebt diese Platte.«

Sie ging mit keinerlei Regung darauf ein.

»Früher nannte man das Negermusik«, tönte es über den Tisch. »Immer noch besser als deine Schnulzen!«, rief Elisabeth zurück. Heinrich schüttelte gekränkt den Kopf, Sergej grinste und nannte ihn einen alten Nazi, was Gräter heftigst zurückwies, seine Bemerkung sei rein historischer Natur und keineswegs rassistisch gewesen, darauf müsse er bestehen, und es solle bitte auch so zur Kenntnis genommen werden. Im Übrigen sei der Interpret ein Amerikaner weißer Hautfarbe, aber das wisse Sergej als volksrepublikanischer Russe sicher nicht. Ein wildes Durcheinander aus wütenden Protesten und hämischen Bemerkungen brach los, legte sich erst wieder, als Heinrich kleinlaut bemerkte, dass sie ihn doch gut genug kennen würden.

Ich überlegte, mich bei Ruth zu erkundigen, was sie denn für Musik mochte, wenn nicht diese, aber das war eine Teenagerfrage: Und, was hörst du so?

Was fragte man eine alte Tante, wenn man den ersten Abend mit ihr zusammensaß und als wohlgeratene Nichte gelten wollte? Da ich nicht einmal sicher war, ob diese Frau *mich* kennenlernen sollte, zog ich mich auf die Position der wortkargen Beobachterin zurück. Auf diese Weise würden mir die wenigsten Fehler unterlaufen. Sie tranken, sie redeten, manchmal alle gleichzeitig, tranken noch mehr, ziemlich durcheinander, das eine wie das andere. Ich schaute in die Runde, fragte mich gelegentlich, in was ich da hineingeraten sei und ob noch jemand auftauchen würde, der dem Alter nach nicht mein Vater oder meine Großmutter hätte sein können.

Vielleicht auch nur, weil ich besonders auf sie achtete, ihre Gesten und Blicke verfolgte, sie irgendwie einzuschätzen versuchte, bildete Ruth den Mittelpunkt des Geschehens, ohne dass sie sich in irgendeiner Weise dominant verhielt, ihr Redeanteil war sogar deutlich geringer als der der anderen. Merkwürdig auch, dass ich mich, besonders wenn sie lachte, weder unsicher noch fremd fühlte inmitten dieser komischen alten Leute, für die ich keine Gebrauchsanweisung hatte.

Sergej ging Nachschub holen, gab jedem auf, der am Tisch saß, klemmte dann seinen Wanst zwischen Bank und Tischkante und verdrückte ohne aufzusehen eine doppelte Portion. Während Heinrich wortreich einen verheerenden Nordostwind in seinen Gelenken vorauszuspüren glaubte, wandte sich Ruth mir zu und raunte: »Weiß dein Vater, dass du hier bist?«

Ich sagte: »Nein.«

Ruth nahm es zur Kenntnis, drehte sich zu Elisabeth und kommentierte die Wetterlage: »Auch ohne sein Knochenorakel reicht mir die Vorhersage schon.«

»Vielleicht wird es nicht so schlimm.«

Damit war das Familienthema für diesen Abend erledigt.

Ania holte nach dem Essen einige von den Einmachgläsern, verteilte kleine Keramikbecher, schöpfte sich reichlich, machte eine einladende Handbewegung zu mir hin: »Wildkräuter und Johannisbeere sind die Besten! Nimm dir! Öffnet das Herz und löst die Zunge!«

»Danke, ich bleibe lieber beim Wein.«

Sie schnaubte verächtlich.

Ein schneller, schwer einzuordnender Blick meiner Tante streifte mich. Um irgendetwas zu sagen fragte ich, ob denn sonst noch jemand da sei, Gäste oder Mitarbeiter, und Ruth sagte: »Wir sind die Wintermannschaft«, als wäre das eine Erklärung.

»Hüter eines leeren Hauses«, ergänzte Elisabeth.

»Genau!«, rief Ania dazwischen. Man müsse sich schon fragen, was das mit dem Ganzjahresbetrieb für einen Sinn haben solle, aber mit Ruth sei keine Schließung zu machen, und alleine lassen könne man sie hier auch nicht. »Wir hocken herum und warten auf Sommer. Tolle Aufgabe das. Aber Dreck ist immer genug da. Nasdrowje!«

Es wurde angestoßen, Ruth erklärte, wegen ihr müsse keiner bleiben, sie käme bestens alleine zurecht im Winter, damit hätte sie keine Probleme. Außerdem sei leer übertrieben. Letzte Woche sei Oberstudienrat Janssen mit Familie da gewesen, und die junge Frau Wördehoff habe krankheitsbedingt absagen müssen, sonst wäre sie Samstag mit ihrer Mutter angereist. Für die kommende Woche gebe es auch bereits Buchungen und zwei Anfragen, die auf Bestätigung warten.

»Ist ja auch schon Ende April, da kommen sie langsam. Aber vorher …«

»Wir haben Wintergäste. Denkt zum Beispiel an die Sturmtouristen, die bevorzugen uns vor den anderen Häusern.«

»Was sind Sturmtouristen?«, wollte ich wissen.

»Sie mieten sich bei Unwetterwarnung oder Sturmflut hier ein.«

»Ach, Spinner!«, schnappte Ania.

»Was ist mit Frank, dem Doc und den anderen? Was würden die ohne uns machen?«

»Sie würden eine Winterpause auch überstehen.«

»Aber manchmal kommen eben nette neue Gäste, für die eine geöffnete Tür außerhalb der Saison eine wichtige Sache ist, nicht wahr?« Dr. Gräter sah mich aufmunternd an, die anderen schienen überrascht zu sein. Ich beschloss, ihn lieber nicht zu unterschätzen, und bestätigte: »Mit Sicherheit wäre *ich* verhungert. Und erfroren!« Der Alte nickte zufrieden. Dass er mir zuzwinkerte, mag ich mir eingebildet haben.

»Wir sind das ganze Jahr über da«, sagte Ruth, »das wissen unsere Stammgäste, und sie verlassen sich darauf. Deshalb bleibt es dabei: Wir halten das Haus warm und offen! Wer kommen will, trifft uns an. Das Café läuft ja auch weiter. Nächsten Mittwoch kommen vierzig Leute zum Geburtstagskaffee. Vierzig! Ist das nichts?«

»Die drei Mal im Jahr, wo so etwas bei uns stattfindet ...«

»Der eine oder andere sucht vielleicht gerade das Besondere der friedlichen Atmosphäre, die das Hotel außerhalb der Saison bietet«, warf ich vorsichtig ein.

»Jawohl!«, sekundierte Heinrich. »Diese junge Frau hat ihren Verstand beisammen! Wo gibt es das denn heutzutage noch, eine Oase der Stille? Was der Welt fehlt ist Schweigen, Besinnung, Ruhe! Dieses kostbare Gut gilt es zur Verfügung zu halten. Ania kann den Winter über ja in Polen bleiben, wenn ihr der Betrieb nicht passt.«

»Die wenigste Ruhe hat man vor dir und deinem Geschwätz!«

»Heinrich, du wanderst das ganze Jahr am Strand herum und kümmerst dich sonst um nichts, aber versuch mal mit Ruhe und Frieden die Heizkosten zu begleichen«, sagte Elisabeth, »oder das Dach flicken zu lassen. Ich bin nicht dafür, außerhalb der Saison zu schließen, aber von wegen kostbares Gut: Wir brauchen Umsatz! Ruhe klingt nach Stillstand, nach Aufgeben. Ich bin froh, wenn endlich wieder Mai ist, noch besser: Juli.«

Ruth lachte, schlug ihr auf den Rücken. »Halt aus, meine

Beste, bald geht es los, und deine Ruhe ist hin. Schon Dienstag wirst du den ganzen Tag backen und nicht wissen, wo dir der Kopf steht.«

Elisabeth verzog das Gesicht.

»Und den Rest der Woche werden wir weitgehend leere Tische haben. Wo sind sie denn, unsere Stammgäste? Auf dem Friedhof sind sie, jedenfalls die meisten. Jedes Jahr werden es mehr. Also: weniger.«

Ruth kniff die Brauen zusammen, senkte den Blick, griff erneut in ihren Tabaksbeutel, zog ein Blättchen aus dem Heft und drehte eine Zigarette, die so fest und dünn war, dass ich mich fragte, ob sie überhaupt brennen würde. Sie steckte sie zwischen die Lippen, schob sie von einem Mundwinkel in den anderen, während sie missmutig erst in der rechten, dann in der linken Hosentasche wühlte und »Feuer!« fauchte, als hätte sie »Schnauze!« gemeint.

Alle starrten sie an, aber Ruth straffte sich sofort, hob das Kinn und wischte mit der Hand quer über den Tisch. »Was redet ihr da für einen Mist? Alle beerdigt, so ein Schmarrn! Leute sterben, na und? Aber seit wir hier sind, sind noch immer neue Gäste gekommen. Von manchen Familien schon die dritte Generation. Mag ja sein, dass unsere größten Zeiten vorbei sind, aber das ist kein Grund, nur noch schwarzzusehen.«

Sie räusperte sich: »Und hat jetzt endlich mal jemand Feuer für mich, verdammt!«

Ich kramte hektisch mein Feuerzeug hervor und hielt ihr eine Flamme hin. Die Zigarette brannte tatsächlich, und Ruth lächelte mit einem Anflug von Wärme, der mich fast mehr verwirrte als der Ausbruch zuvor.

»Mitte Mai fängt das Leben im Palau an, und das steigert sich dann bis zu den Sommerferien, da musst du mal kommen! Du erkennst das Haus nicht wieder: In jeder Ecke Menschen, kleine, große, alles ausgebucht, jedenfalls meistens. Sergej holt noch drei, vier Leute in seine Küche. Olga, seine Schwester, kommt eigens angereist, und Aushilfen aus dem Dorf brauchen wir auch. Alle sind rund um die Uhr beschäftigt. An Wochenenden brummt das Café, da kann man nicht mal Luft holen. Sonntags stehen die Touristen draußen bei den Strandkörben an, manche bleiben den ganzen Tag drin hocken. Es haben sich schon welche geprügelt um einen Platz bei uns. Alles läuft auf Hochtouren, auch der *Umsatz*«, sie warf einen kurzen Blick auf Elisabeth, »und die meisten Sonnenstunden haben sowieso wir hier, egal was die Ostler auf Usedom in ihren Werbeanzeigen behaupten!«

Die Gesichter hellten sich auf.

»Es gibt keine Veranlassung, derart pessimistisch zu sein«, sagte Gräter, »solange man über die Runden kommt.«

Die anderen pflichteten ihm mehr oder minder überzeugt bei, entspannten sich und begannen von Erlebnissen mit Feriengästen zu erzählen, als wäre nie von etwas anderem die Rede gewesen. Anekdoten machten die Runde, wurden ergänzt, fortgeführt, einige verliefen sich im halbfertigen Zustand, machten anderen Platz, für die gerade ein Stichwort gefallen war. Irgendwann vergaßen sie meine Anwesenheit, sprachen von »dieser verrückten Kruse«, dachten an »den Tag, an dem der Bürgermeister in Olgas Russenpunsch ersoffen ist«, erinnerten sich der »August-Rätin mit ihrer ungezogenen Brut«, der sie es gezeigt hatten, aber so richtig. Pointen wurden zunichtegebrüllt, und Ruth rätselte einmal, warum sich irgendein »Junge« den ganzen Tag noch nicht hatte blicken lassen. Ich saß dazwischen und erfreute mich an Gulasch, Brot und Wein. Dass ich zunehmend weniger von ihren Geschichten verstand, machte nichts aus, weder mir noch ihnen. Sie hatten mit sich selbst Stoff genug, auch in der Winterpause. Niemand fragte mich nach Wetter, Studium, Freund oder Kinderwunsch, und »ein junges Gesicht«, das war ihnen glatt wurscht.

Ich lehnte mich zurück und stellte mir vor, wie in Bergedorf die Kinder von der neuen Nanny ins Bett gebracht wurden, während deren Erzeuger vor dem Kaminfeuer von meiner Ex-Chefin angeschwiegen wurde, dreisprachig, den Cognacschwenker in der Hand. Niemand würde mich hier finden, zwischen den Alten, rotweintrinkend unter Deck, verborgen in Palau vor dem Deich, dem der Frühjahrssturm die Gischt aufs Reetdach spuckte.

Kurz vor Mitternacht war Elisabeths Blick auf mir hängen geblieben, als hätte sie sich soeben daran erinnert, dass da ja noch diese Nichte saß und man sich nun Gedanken machen müsse, was mit ihr zu geschehen habe.

»Katia, bist du mit dem Auto hier?«

Ich schüttelte den Kopf.

»Sie hat doch gesagt, dass Ludwig sie gefahren hat«, warf Ania ein, »wie soll sie ein Auto dabeihaben?«

»Ach ja, richtig. Wo wohnst du denn?«, wollte Elisabeth wissen.

Langsam hob ich die Schultern, ließ sie unschlüssig wieder sinken. Das Gespräch verstummte, alle sahen mich an. Jemand sagte: »Fahren dürfte sie heute ohnehin nicht mehr.«

Ich betrachtete intensiv meine Turnschuhe, die sich noch immer etwas feucht anfühlten, und überlegte, ob ich den verpassten letzten Bus erwähnen oder mir ein Quartier im Dorf oder sonst etwas ausdenken sollte, um mich davonmachen zu können, aber ich schaffte es nicht, etwas zu erfinden, ich mochte diese Menschen nicht beschwindeln, und ich wollte nicht weg. Ich wollte noch länger bei ihnen sitzen, wusste nicht, wie ich es sagen sollte, und stierte nur weiter wie ein verunsichertes Kind auf den Boden.

Ruth stand auf, räusperte sich, sagte: »Ich habe mir schon so etwas gedacht« und verließ den Raum. Nach vier Minuten Endlosstille kam sie wieder mit einem Schlüssel in der Hand, an dessen roter Kordel eine ovale Plakette befestigt war. »Voilà!« Sie ließ ihn über die Tischplatte zu mir hinrutschen, ein schabendes Geräusch, das mit einem hellen Klirren endete. »Ganz oben«, sagte sie, »Stiege rauf, am Ende des Flurs, grüne Tür rechts, Bad ist nebenan, Frühstück zwischen acht und zehn. Später geht auch. Hast du was gegen Katzen?«

»Im Gegenteil, mag ich sehr.«

»Diese bestimmt nicht. Mach ihr auf, wenn sie an der Tür kratzt, sonst lässt sie dir keine Ruhe.«

Ich nickte: »Danke!«

»Nichts zu danken. Willkommen im Palau.«

Sie entfernte sich, schwang einen Arm über ihrem Kopf. »Ich schaue noch mal, wie's draußen aussieht, und gehe dann schlafen. Gute Nacht allerseits.«

Elisabeth sprang auf. »Warte, ich gehe mit.«

Ich blieb sitzen, besah mir den Schlüsselanhänger: SCHWALBENNEST, poliertes Messing mit schwarzen Großbuchstaben geprägt, es las sich nett und beruhigend für die Nacht. Ania strahlte mich an, und Heinrich lallte: »Willkommen, willkommen!«

Wäre mir Ruth besser bekannt gewesen, hätte ich zu diesem Zeitpunkt schon ahnen können, dass sie mich nicht mehr so schnell vor die Tür setzen würde, nicht am nächsten Morgen und auch sonst nicht, dass ich bleiben konnte, solange es für irgendetwas taugte, sei es für mich oder den Betrieb. Ich war geduldet, fraglos und mit der gleichen Selbstverständlichkeit, mit der man mich dann auch zum Arbeiten heranzog. Daran konnte keine Auseinandersetzung etwas ändern, was zu kapieren ich eine Weile brauchte. Ich galt fortan als »reingeweht und hängen geblieben«, wie die Katzen oder wie die anderen Dauerbewohner, deren Altersvorgabe ich zwar nicht erfüllte, aber anscheinend irgendetwas anderes. Den Grad der Verlorenheit, dachte ich anfangs. Aber verloren war ich ja offenkundig gar nicht und die Alten noch viel weniger. Ausführliche Beschreibungen der eigenen Gefühlslage fand Ruth ohnehin überflüssig. Ich war halt da, Katia, eine Verwandte, die eine Bleibe benötigte, Punkt. Dass ich mich von Anfang an ins Gesamtgefüge einzupassen versuchte, helfen wollte und nach Ruths Meinung in Maßen lernfähig war, machte mich zuweilen sogar wertvoll für das Ganze, auch wenn sie das nur einmal zugegeben hat. Vielleicht hatte sie mich wirklich gern. Meine gelegentlichen Lohnforderungen fand sie überzogen. »Such dir eine ordentliche Anstellung mit Arbeitsvertrag, stell dich auf eigene Füße, und tritt der Gewerkschaft bei, wenn du mehr Geld willst.«

Aber gezahlt hat sie schließlich doch immer.

Mir ist es bei ihr gut gegangen.

Gestrandet in Palau, kein Topf mit Gold am Ende des Regenbogens, keine Palmen, keine Perlen, kein Azur, aber ziemlich viel anderes, das etwas wert war.

Von nun an getrauten sich die Räuber nicht weiter in das Haus, den vier Bremer Musikanten gefiel's aber so wohl darin, dass sie nicht wieder heraus wollten.

Meine Bettlektüre am ersten Abend.

Frank und ich haben uns später darüber lustig gemacht: Von allen möglichen Büchern, die in der Kajüte herumlagen, griff ich ausgerechnet dieses. Ruths Theorie entsprechend hatte die Geschichte mich gegriffen, nicht umgekehrt. Man durfte die Bücher von unten mit aufs Zimmer nehmen und die vom Zimmer mit runter, das war ausdrücklich erwünscht. Durch das Umherwandern der Bücher sollte jederzeit eines unerwartet entdeckt, weiter herumgetragen und neu gelesen werden können. Das palausche Bücherkarussell war Ruths Erfindung: Leseeinladung durch Überraschungsfund. Ich fand Ruths Lesepädagogik etwas verschroben, muss allerdings zugeben, dass sie bei mir funktioniert hat.

Auf dem Etagenwagen stand ein Korb, der zwecks Büchertransport sauber zu halten und mit einem Küchentuch auszulegen war, und dem Gast konnte es geschehen, dass er bei seiner Rückkehr aufs Zimmer neben der erneuerten Flasche *Hella Mineralbrunnen* und dem aufgefüllten Körbchen Holsteiner Äpfel einen Band mit Rilke-Gedichten, den *Schimmelreiter* oder *Asterix bei den Belgiern* fand, je nachdem. »Ausgewogene Mischkost ist gesund und erhält die Leistungsfähigkeit!« Dazu ein gebogener Zeigefinger, mit dem sie sich grinsend an die Schläfe tippte. Ruths Auswahl war streng, ihre Kriterien undurchschaubar. Empfehlungen wurden gern entgegengenommen, soweit sie nach Ruths Ansicht begründet waren und in ihr Konzept passten, das keiner außer Ruth jemals verstanden hat. Sie war die Herrin der Bücher, daran gab es keinen Zweifel. Ließ ein Gast bei der Abreise kommentarlos seine mitgebrachte Strandlektüre in freigebiger Absicht zurück, womöglich gar ein Taschenbuch, konnte dieses schneller im Altpapier landen, als der Wagen des Spenders vom Parkplatz gerollt war. So genannte »Frauenzeitschriften« wurden mit spitzen Fingern angefasst und augenblicklich entsorgt: »Für ein Haus, bestückt mit bunten Gazetten, in denen zu erfahren ist, welches Sternchen gerade mit wem ins Bett springt, müsst ihr euch jemand anderen suchen. Bei uns wird gelesen, und zwar richtig! Oder von mir aus auch gar nicht, jedenfalls kein Schwachsinn!«

Vermisste jemand ein lieb gewordenes Buch, das bei seinem letzten Aufenthalt noch im Zimmer gelegen hatte, war es möglich, dass Ruth ihn aufforderte, gefälligst das zu lesen, was er vorfand, oder selbst im Haus herumzuschauen. Ebenso war es denkbar, dass sie bei der Suche half, und das war nicht nur eine Frage ihrer Tagesform. Manchmal brachte sie durch absichtliche Positionierung Mensch und Lektüre zusammen, wenn sie es für angebracht hielt; bei anderen Gelegenheiten packte sie einen Stapel, der ihr im Weg lag, kurzerhand in den Korb auf dem Wagen und bat Ania oder Bascha, die Bücher auf die Zimmer oder die Bibliothek zu verteilen, egal wie, Hauptsache, ihr waren sie aus den Füßen. Durch Buchbinder Meyers Handwerkskunst sowie Nummern am Rücken waren jene Exemplare kenntlich, die Ruth des Palau würdig befunden hatte. Elisabeth war gegen »diesen Zirkus mit den wandernden Büchern«. Sie lese selbst gern, wisse aber nie, wo ein gewünschtes Buch gerade zu finden sei. Das Ganze sei ihr zu willkürlich, zu anmaßend und die Buchbinderarbeiten unangemessen teuer. Aber Ruth blieb dabei, sagte: »Die Bücher gehören zum Lebendinventar: ausgewählt, gepflegt, gut angezogen und im ganzen Haus unterwegs. Unsere Gäste mögen das. Es gibt ihnen das Gefühl, dass in jeder Ecke eine Entdeckung auf sie wartet: Abenteuer, Herzschmerz, Saufgelage, all das, was das Leben interessant macht. Ich habe Leute gesehen, die als Idioten hier angekommen und mit mittlerem Verstand wieder abgereist sind.«

Bei dem Thema konnte Ruth schon mal eine flammende Rede halten, und wenn man nicht Elisabeths Stellung hatte, tat man gut daran, ihr dann nicht zu widersprechen.

Die Lektüre mit in den Strandkorb zu nehmen war erlaubt, solange es sich um einen der hauseigenen handelte. Bei entsprechender Wettervorhersage wurden sie auf verwaiste Exemplare kontrolliert, jedenfalls theoretisch. Gegen Bücherklau hatte Ruth eigens einen Stempel anfertigen lassen:

Eigentum des Strandhotel Palau:

Sollten Sie außerhalb unseres Hauses auf dieses Buch stoßen, betrachten Sie es als Diebesgut!

Ein Schild zu dem Thema entdeckte ich hinter der Garderobe: STEHLEN MACHT HÄSSLICH! Angeblich wirkte es seit über zwanzig Jahren. Kein Hut, keine Jacke, kein Mantel sei jemals weggekommen, behauptete Ania. Das war grob gelogen, machte aber die Stimmung heimeliger. Die Gäste liebten solche Mythen, sahen im Palau die angeblich »gute alte Zeit« weiterbestehen, in der zwar auch nicht weniger geklaut worden war, aber davor hatte die Erinnerung längst ihren Weichzeichner geschoben. »Früher war alles besser«, und Kriminelle hatte es längst nicht so viele gegeben. Ruth fand solche Sprüche albern, aber wenn die Gäste sich wohl fühlten, dann freute sie das.

Die Ausgabe von Grimms Märchen von 1963 in Schweinsleder, Kennzeichen MÄ 237, existiert aus dem einzigen Grund noch heute, weil sie ein dauerhaftes Versteck im Seitenfach meines Rucksacks fand.

Am ersten Morgen ließen mich reißende Schmerzen im Fuß senkrecht aus dem Bett fahren. Es sickerte rot aus einem Schrägstrich im hornhautbewehrten Fleisch meiner großen Fußzehe, und es brauchte einige Sekunden, bis aus Fauchen, Rauschen, Poltern, einem Aquarell mit Schilfgras und unverhofft am Hinterkopf beginnender Dachschräge eine Ortsbestimmung herzustellen war: Leicht verkatert aufgewacht im Hotel meiner Tante, die Bettwäsche nach wenigen Stunden bereits fleckig, aber ich nicht mehr in Hamburg-Bergedorf ansässig und kein häuslicher Zusammenbruch im Stockwerk unter mir, für den ich verantwortlich war. Ich hatte gewaltige Fortschritte gemacht und fragte mich, ob es hier so etwas wie einen Verbandskasten gab.

Die Schwalbennestkatze war identisch mit der, die tags zuvor an der Rezeption gelegen hatte. Sie hatte sich das kleine Zimmer unter dem Dach lange vor mir als Nachtquartier bestimmt und schlug ihre Krallen, wohin es ihr passte. Besonders gern in schlafwarme Füße. Wir haben uns nie gemocht, aber im Lauf der Zeit miteinander leben beziehungsweise ich mich vor ihren Angriffen hüten gelernt.

Ich duschte, wickelte ein Tempotaschentuch um den Zeh, zog mich an und fand nach einigem Suchen das Frühstückszimmer im ersten Stock, mit freier Sicht auf die Ostsee aus vier nebeneinanderliegenden Fenstern. Der Tisch war gedeckt mit feinem Porzellan, neben jedem Teller eine Stoffserviette im Silberring, auf reinweißer Tischwäsche standen frische Brötchen und Marmelade in handbeschrifteten Gläsern: *Erdbeer-Rhabarber, Apfel-Ingwer-Zimt, Himbeer-Vanille.* Jede für sich duftete köstlich. Dazu klang Klaviermusik und eine Ansage von *NDR Kultur*, der nach wenigen Minuten von der eintretenden Hausherrin mit einem gezielten Hieb auf das Radio ein Ende bereitet wurde.

Unser tägliches Frühstücksszenario war ab dem zweiten Morgen eine ruhige Angelegenheit, hatte fast etwas Rituelles: Ruth mit ihrem *Tagblatt* stets auf demselben Platz am Fenster, ich gegenüber, gelegentlich Kaffee nachgießend, von der Tante mit einem Brummen quittiert, das man an guten Tagen für dankbar halten konnte. Elisabeth hatte zu der Zeit meist schon den Parkplatz gefegt, den Wäschetrockner bestückt oder das erste Blech Kuchen fertig, und mit etwas Glück kam sie mit einem warmen Streusel aus der Küche, verschwitzt und leicht bemehlt, und verlangte nach einer Testesserin. Wenn Ruth mit der Zeitung fertig war, konnte geredet und die Arbeit verteilt werden, auch an den Tagen, wo es nichts zu verteilen gab. Bis dahin durfte man sich für die Dauer einer Stunde in einem Hort der Verträglichkeit wähnen. Ich passte mein Erscheinen dem Ruths an: außerhalb der Saison um acht, während der Saison zwei Stunden früher. Niemand erwartete, dass man sich auch nur im Ansatz gesellig zeigte, jeder durfte die Klappe halten, wie Ruth es ausdrückte, Freiheit vom allgegenwärtigen Redezwang, großartig! Gestritten oder verhandelt wurde später. Und jeden Morgen, wenn ich die Rückseite des *Tagblatts* überflog, auf die See blickte, den Finger ins Marmeladenglas steckte, dachte ich: Heute bleibe ich noch, heute ist noch nicht der Tag zum Gehen, ich bleibe noch einen Tag und noch einen und noch einen. So können sich Wochen, Monate ansammeln, Jahre, ein Leben. Dazu ist es dann doch nicht gekommen.

Aber noch war der erste Tag, das erste Frühstück, und ich war trotz einer sehr angenehm verbrachten Nacht nicht viel klüger, was meinen Werdegang auch nur für die nächsten Tage anging. Die See hatte sich beruhigt, lag geradezu harmlos ausgebreitet in der Morgensonne und spiegelte glitzernd den mit Federwolken übersäten Himmel. Ruth schlürfte stumm lesend ihren Kaffee, ich kaute an einer Brötchenhälfte und fühlte mich als Eindringling, ein ungebetener Gast mit Blut im Schuh und der Hoffnung, die Zeche prellen zu können, wenn es irgendwie ging.

Elisabeth kam in den Frühstücksraum, wünschte guten Morgen, stellte eine Kanne Orangensaft und einen Teller Zimtschnecken vor mir ab, schob den Eierkorb zwischen die Marmeladentöpfe und nahm Platz.

Rosenöl, unwillkürlich musste ich an eine alte Nonne denken, Schwester Gertraud, die an unserer Schule Religion unterrichtet hatte. Elisabeth hat morgens immer danach gerochen, eine zarte Duftspur, die einen anwehte, wenn sie im Vorbeigehen »Guten Morgen, meine Liebe« sagte. Ich habe es kürzlich mal an mir ausprobiert, aber Frank fand, ich röche damit nach Altenheim.

Ob ich gut geschlafen hätte bei dem Krach, fragte Elisabeth durch die Rosenduftspur, leider sei ich gestern im kleinsten und lautesten Dachzimmer gelandet, ich müsse entschuldigen, so mitten in der Nacht, da habe man nichts anderes mehr herrichten können.

»Nein, danke, ich meine, ja, also: Das Schwalbennest ist toll und die Aussicht geradezu atemberaubend«, stotterte ich.

»Nur dass man sich dafür erst auf einen Stuhl stellen muss.«

»Wenn ich mich strecke, komme ich auch so heran. Wirklich, ich fühle mich wohl dort. Es ist ...«

Ruth raschelte mit der Zeitung, gab ein ungehaltenes Schnaufen von sich. Ich lächelte und hielt mir den Finger an die Lippen.

Elisabeth kicherte, »ihr versteht euch schon ganz gut«, und nahm sich ein Ei. Später erzählte sie flüsternd, dass der Schrank, der eine Wand des Schwalbennests fast zur Gänze verstelle, ursprünglich aus einem ligurischen Gutshaus stamme und wie das Bett schon über hundert Jahre alt sei. »Wir haben einige alte Stücke aufgestellt. Wenn du möchtest, können wir nach dem Frühstück einen Rundgang durchs Haus machen und dir alles zeigen.«

Ich fragte mich, ob das *wir* wohl auch die Tante einbezog, und wusste nicht, was ich mir wünschen sollte.

»Danach mache ich mich dann aber wieder auf den Weg«, sagte ich, in der Zuversicht, auf Widerspruch zu stoßen und mindestens noch ein oder zwei Mahlzeiten zu bekommen.

»Willst du schon fort? Ich dachte …« Elisabeth sah mich so freundlich an, dass ich das Schicksal verfluchte, das mit der Auswahl der Schwester meines Vaters so knapp daneben getroffen hatte: Bei Elisabeth hätte ich sofort um Wohnung und Brot für die nächsten Tage gebeten, sie brachte mich kein bisschen aus der Fassung.

»Ich bin bereits die ganze Nacht hier und möchte Ihre Gastfreundschaft nicht über die Maßen strapazieren.«

»Unsinn! Du kannst noch bleiben, wenn du möchtest. Nicht wahr, Ruthi? Katia kann doch noch bleiben? Platz haben wir ja.«

Ich sah fragend zu Ruth hin.

»Sie wird möglicherweise Besseres zu tun haben, als das Wochenende bei saumäßigem Wetter in einem mit Katzen, Büchern und alten Leuten bevölkerten Hotel zu verbringen«, murmelte es hinter der Zeitung.

Ich zuckte zusammen.

»Musst du an diesem Wochenende noch woanders hin?«,

fragte Elisabeth, ohne Ruths Worte weiter zu beachten. Ich fühlte nach dem Zimmerschlüssel in meiner Tasche, dachte an Manus belegtes Gästezimmer, ein Empfehlungsschreiben für potentielle neue Arbeitgeber, das ich mir aus dem Kopf schlagen konnte, das ausklappbare Sofa in der neuen Wohnung meines Vaters und murmelte: »Nicht unbedingt.«

»Dann bleib doch. Wenn du möchtest. Wir machen natürlich einen Familienpreis.«

»Lizzy!«, tönte es streng hinter dem *Tagblatt* hervor.

Ich versuchte den Eindruck ernsthafter Überlegung zu vermitteln, sah gerade noch rechtzeitig von der blödsinnigen Aussage ab, in meinen Terminkalender schauen zu müssen, verzögerte die Antwort durch das Anheben der Kaffeetasse und stellte mir so die Falle selbst. Elisabeth schob einen Satz nach:

»Was machst du eigentlich beruflich?«

An sich eine gewöhnliche Frage. Sie zeigt höfliches Interesse am Gegenüber. Ungünstig nur, dass ich nicht vorbereitet war.

»Ich?«

Elisabeth nickte.

Die Zeitung senkte sich.

Unten am Strand rannte ein hellbeiger Hund von beachtlicher Größe vorbei, unter seinen Pfoten spritzte das Wasser, durchnässte am Bauch sein Fell. Das Tier würde stinken wie die Pest, wenn es nachhause käme, dachte ich und wünschte, es würde hier zur Tür hereinstürmen, einen Mordswirbel veranstalten und die Frage vergessen machen. Ich nahm einen weiteren Schluck Kaffee, wusste, dass ich jetzt unmöglich die spektakuläre Aussicht bewundern konnte.

»Nun?« Die Damen erwarteten eine Antwort.

Jetzt klang die Tante doch ein klein wenig nach ihrem Halbbruder.

Ich sagte: »Streng genommen bin ich Erzieherin im Familiendienst.«

»Ah!«, sagte Elisabeth.

Ruth schob sich die Brille von der Nasenwurzel und fragte: »Was heißt ›streng genommen‹?«

Jetzt würden sie kommen, die Fragen, die ich hatte umgehen wollen. Keine Nichte lieferbar, auf die man als Tante stolz sein konnte, dachte ich und sagte: »Aktuell bin ich es eher nicht.«

Ruth seufzte »wusste ich's doch«, faltete umständlich die Zeitung, reichte sie Elisabeth und begann sich in aller Ruhe Honig auf eine Scheibe Schwarzbrot zu schmieren. Sie besah ihr Werk, fuhr mit dem Finger die Rinde entlang, steckte ihn mit einem Schmatzen in den Mund.

»Entlassen oder gekündigt?«

»Gefeuert.«

Sie hob die Augenbrauen, ich setzte nach: »Fristlos!«

Ruth nickte langsam. »Verstehe. Schuldig oder nicht schuldig?«

»Schuldig.«

Ein winziger klebriger Tropfen hing an ihrer Oberlippe, die sich zu der Andeutung eines Lächelns kräuselte.

»Dann hast du ja Zeit.«

Sie biss in ihr Honigbrot, kaute, schob mir ihre Tasse entgegen, ich goss ihr ein.

»Und so saumäßig sieht das Wetter gar nicht aus, stimmt's?«

Ein Krümel landete vor ihr auf dem Tischtuch, sie fegte ihn mit der Handkante weg und grinste mich an. Das war der Moment, in dem ich anfing, Ruth Schuhmann zu mögen.

Zur dritt machten wir uns auf den Weg durchs Hotel. Zwölf Gästezimmer, das Schwalbennest mitgerechnet. Mein Vater hätte die Einrichtung *individuell* genannt. Manu sagte später, ihr sei das »ein bisschen zu old school«, mir gefiel es: Überall Bücher, Mobiliar aus diversen Häusern und Zeiten, darunter durchaus kostbar wirkende Teile, antike Kommoden in unterschiedlichen Erhaltungszuständen, Couchtischchen mit Intarsien, kleine Vitrinen mit Figurinen aus Elfenbein und Porzellan, die ich als Nippes abtat, bis Elisabeth erwähnte, was ihr Gatte bei einer Auktion für die kleine Flötenspielerin in Zimmer sechs hingelegt hatte. Teppiche in allen Größen und Farben lagen auf den Böden, manche überlappend und augenscheinlich keiner von *Ikea.* Man hätte meinen können, ein ziemliches Durcheinander, aber das war es ganz und gar nicht. Vielleicht passte im herkömmlichen Sinn nichts zum anderen, aber trotzdem ergab sich ein harmonisches Ganzes. Selbst wenn um einen Tisch vier verschiedene Stühle standen, bildeten sie ein Ensemble, das miteinander spielte, ohne dass einer den anderen störte, im Gegenteil, sie werteten einander auf in einer Weise, die ich nicht erklären konnte. Für mich war einfach stimmig, was da zusammengestellt worden war. Jemand, der geheime Zusammenhänge jenseits der Regeln sah, hatte hier seine Aufmerksamkeit hineingesteckt. Geld war auch geflossen, und das nicht zu knapp.

Sie führten mich herum, die Damen des Hauses, und es machte ihnen Spaß. Elisabeth stellte die Zimmer vor, erläuterte Herkunft und Alter einzelner Möbelstücke, wies auf Ölgemälde, luftige Aquarelle oder Kupferstiche mit Meeresgetier hin, scheuchte herumlungernde Katzen auf und erzählte von prominenten Gästen, die in diesem oder jenem Zimmer gewohnt hatten. Ruth brummte Kommentare bei jeder Erwähnung eines bekannten Namens, der mir dann, wie alle vorherigen, nichts sagte, lächelte aber erfreut, wenn ich Details der Einrichtung bewunderte oder versicherte, wirklich noch mehr vom Gebäude sehen zu wollen, auch den Schuhputzraum, na klar.

Die Sommersuite, wie sie sie nannten, war ihr ganzer Stolz: zwei Zimmer, eigenes Wannenbad plus Duschkabine, Panoramafenster und der Eichenschreibtisch des seligen Freiherrn, den dieser bereits von seinem Vater übernommen hatte. Elisabeth sagte, sie sei unter anderem auch deshalb froh darüber, unter die Hoteliers gegangen zu ein, weil dank dieser Tatsache die meisten ihrer Familienerbstücke einen guten Platz gefunden hätten. So könne sie weiter mit ihnen zusammenleben und brauche das Band nicht ganz zu zerreißen. Ich fragte mich, was das bedeutete, zumal Ruth bei dieser Aussage ärgerlich den Mund verzog, wollte aber nicht neugierig wirken.

Schwere, bodenlange Samtvorhänge in den meisten Zimmern, leicht entflammbar, wie mir beim ersten Rundgang schon versichert worden war. »Mit der Kerze nie in die Nähe der Vorhänge kommen!«, wurde ich wie jeder Gast bei der Anreise ermahnt; Feuerlöscher hingen gut sichtbar in allen Fluren, Brandmelder in jeder Etage. »Eher zur Beruhigung«, sagte Frank, als er mir einmal beim Aufhängen der Gardinen half. »Wenn es hier erst mal brennt, fackelt das alte Haus total ab, egal wie nah es am Wasser steht.« Feuer war das Einzige, wovor Ruth sich wirklich gefürchtet hat. Erschien ein Gast ihr zu hinfällig, waren das Erste, was sie konfiszierte, die Zimmerkerze und die Streichhölzer.

Im zweiten Stock trafen wir in der offen stehenden Tür von Zimmer elf auf Ania und Heinrich, denen Ruth erklärte, dass wir eine Besichtigungstour machten. Ania kniff mir in die

Wange, dass es schmerzte. Ihre Frage, ob ich mich schon eingelebt hätte, brachte mich in Verlegenheit: Jemand, der sich *einlebte*, verließ sich darauf, bleiben zu dürfen, wozu mir meiner Ansicht nach die Berechtigung fehlte. Ich konnte nicht wissen, dass die Wintermannschaft bereits davon ausging, mich für eine Weile zu beherbergen. Anstelle einer Antwort lächelte ich und fragte, ob jemand von ihnen etwas mit Palau zu schaffen habe, der Südseeinsel, und warum das Haus so genannt worden sei. Es funktionierte.

»Ah! Palau! Das ist der Titel eines Gedichts.«

Elisabeth begann zu rezitieren, blieb hängen, bat Ruth zu helfen, bekam bloß ein Brummen zu hören und erzählte dann von der Namensfindung für das Strandhotel an einem weinseligen Abend im Sommer dreiundsiebzig, den sie und Ruth im Strandkorb mit dem Schmieden von Plänen verbracht hatten. Da sei ihnen dieses Gedicht aus einem Buch, das Ruth mit sich herumgetragen hatte, quasi entgegengesprungen, sie hätten viele Gedichte gelesen in dieser Zeit, aber bei diesem hätten sie beide gleich gewusst, dass es den einzigen Namen für das Haus enthalte, der in Frage komme: Palau! Was man bei diesem einen Wort alles vor sich sehe: weite Ferne, einen paradiesischen Sehnsuchtsort, das reine blaue Meer! Elisabeth hatte sich ins Schwärmen geredet. Ruth grinste und kommentierte nach mehrfacher Aufforderung, doch auch mal etwas beizutragen, irgendwie habe der Laden halt heißen müssen, und damit habe man sich wenigstens von dem üblichen »Meeresblick«, »Kiek in de See« oder »Landhaus Steilküste« abgehoben. Dann ließ sie sich nach weiterem Drängen plötzlich doch dazu herab, das Gedicht in ganzer Länge zu rezitieren:

»Rot ist der Abend auf der Insel von Palau
und die Schatten sinken …«

Ein festes Staccato, jedes Wort betont, fast schon in die Nähe zum Gesang gesprochen, ich hörte »Totenuhren«, hörte »Zermalmung«, hörte »Charonsgeld«, verstand überhaupt nichts und war ziemlich überwältigt.

»Eukalyptenschimmer
hebt in Runen aus Dämmer und Tau:
niemals und immer.«

Sie setzte kurz ab, lächelte verlegen, schüttelte Kopf und Schultern, »Alles Quatsch!« Die Runde lachte, ich mit, obwohl ich den Beiklang ihrer Stimme gar nicht lustig fand.

Wir gingen weiter, während Anias Befehlston, mit dem sie erklärte, der Herr Doktor Gräter dürfe seine Wäsche ruhig auch einmal selbst in den Keller bringen, allmählich hinter uns verklang. Ruth lief stumm vor mir und Elisabeth her. Den Kopf leicht gesenkt, wirkte sie von hinten plötzlich düster und abweisend, ihre heitere Gelassenheit wie weggeblasen.

Ich sagte: »Wirklich: ein hübsches kleines Hotel!«

Ruth blieb stehen und drehte sich zu mir um. »So klein auch wieder nicht.«

»Nein«, beeilte ich mich zu versichern, »groß genug für eine Menge harter Arbeit, stelle ich mir vor. Seid ihr beide denn für alles allein verantwortlich? Der ganze Organisationskram, die Belegungs- und Küchenpläne, wie schafft ihr das alles noch?«

Elisabeth sah mich mit ihren blauen Augen an, die etwas größer wurden.

»Was soll denn das heißen?«, schnauzte Ruth und stemmte die Arme in die Seite.

»Ich meine ja nur …«

Ruth fuhr mir dazwischen: »Was, du meinst nur? Dass zwei alte Schachteln wie wir nicht in der Lage sind, einen Betrieb zu organisieren? Dass da mal Jüngere ranmüssen, weil wir es nicht mehr bringen?«

»Ruth, bitte.« Elisabeth hatte ihr die Hand auf den Arm gelegt, strich sanft darüber. »Das hat sie doch gar nicht gesagt.«

»Aber gedacht hat sie's!«

»Auf keinen Fall«, stammelte ich, »ich habe nur fragen wollen, ob ... also ... einfach aus Interesse, weil ...«

Ruth fauchte etwas Unverständliches, wandte sich wieder von mir ab. Was stellt sie sich so an, dachte ich, bis eben war doch noch alles in Ordnung. Man durfte sich doch wohl fragen, wie das funktionierte, wenn in einem Betrieb, der nicht als Sozialprojekt gedacht war, sondern auf Gewinn und Lebensunterhalt angelegt, sämtliche Verantwortlichen die Schwelle zum Rentenalter bereits hinter sich hatten. Ich versuchte es noch einmal: »Die ganzen Zimmer und das Restaurant ... Es ist doch wirklich viel zu tun hier ... Was man da alles bedenken muss, quasi Tag und Nacht ...« Ich verhaspelte mich heillos.

Ruth wollte erneut aufbrausen, aber Elisabeth hielt sie zurück. »Lass doch.«

»Ist eh wurscht.« Sie vergrub ihre Hände in den Hosentaschen, wie um sie davon abzuhalten, eine weitere wegwerfende Bewegung zu machen.

Ratlos wollte ich etwas Versöhnliches von mir geben, mir fiel aber nichts ein, Ruth würde es ja doch missverstehen. Ich hielt ihr meine Zigarettenpackung hin, sie schüttelte heftig den Kopf. »Geraucht wird nur in der Kajüte oder in der Bibliothek! Merk dir das!«

Ich nickte betreten, fühlte mich wesentlich jünger, als mein Pass von mir behauptete, und kapierte nicht ganz, welches Vergehen ich mir hatte zuschulden kommen lassen.

»Hier haben wir sie auch schon, die Bibliothek.«

Elisabeth hatte mich eilig mit sich gezogen, öffnete jetzt eine Flügeltür und wies mit dem Arm in einen Raum mit kleinen Fenstern zum Deich hin, der bis auf ein Klavier rundum mit Bücherregalen vollgestellt war. In der Mitte standen Ledersessel um kleine Tische mit Marmorplatten, geziert von gläsernen Aschenbechern in beachtlicher Größe. Der Geruch von kaltem Rauch stand in der Luft. Elisabeth trat zum Fenster, öffnete es weit. »Die Sonne könnte sich halten«, sagte sie und beugte sich über die Brüstung. »Das wird ein freundlicher Tag. Nicht so wie gestern.«

»Ich mochte den Sturm ganz gern.«

Sie sah mich fragend an.

»Ich fand es romantisch.«

Etwas Nettes hatte ich sagen wollen, weiter nichts, damit sie nicht auch noch denken würden, ich hätte eine schlechte Nacht gehabt oder so.

Elisabeth zuckte mit den Schultern. »Nun«, sagte sie etwas spitz, »was für dich romantisch gewesen sein mag, wird uns an die fünftausend Euro kosten.« Sie strich einen Finger Staub vom Fensterbrett.

»Oh! Entschuldigung.«

»Wieso, du kannst ja nichts dafür.«

Ich sah mir die Buchrücken an, schöne gebundene Ausgaben wie die anderen, die in der Kajüte herumlagen, viele in braunem Leder mit Goldprägung. Gern hätte ich etwas zu einem Werk bemerkt, das ich kannte, blieb dann doch lieber still, als mir einfiel, dass es in dem Roman, der vor mir lag, um eine junge Frau geht, die feststellen muss, dass der Mann, der neben ihr am Traualtar steht, beabsichtigt, ein Bigamist zu werden. Vielleicht kein geeignetes Thema zu Entspannung der Lage, auch das zwangsläufige Stichwort *Gouvernante* wäre nicht in meinem Sinne gewesen. Dabei hätten wir uns womöglich bei englischen Frauenromanen des neunzehnten Jahrhunderts zusammenfinden können, Papa inclusive, aber das zu sagen traute ich mich noch weniger.

»Die kleine Tür dort führt zum Fernsehzimmer. Wenn du dir mal etwas ansehen möchtest, kannst du das gerne tun. Wir haben auch einen Videorekorder.«

Ich bekundete mein Interesse am Fernsehraum und verkniff mir die Frage, warum ich auf keinem der besichtigten Zimmer einen Bildschirm entdeckt hatte. War so etwas nicht Standard in Hotels? Egal, Elisabeths Worte klangen so, als ginge sie nicht davon aus, dass ich nach dem Rundgang sofort abreise, das war alles, was mich für den Moment interessierte.

»Sieht sehr gemütlich aus.« Ein kleiner Raum mit zwei Sofas, drei Sesseln und einem Ungetüm von Fernseher, der in anderen Häusern ebenfalls zu den Ruheständlern zählen würde. Seitlich davon stand ein gedrechseltes kleines Regal mit einer Reihe Videos, *Der Hauptmann von Köpenick, Tod in Venedig, Im Westen nichts Neues, Die Buddenbrooks.*

»Meinen Vornamen verdanke ich übrigens der Vorliebe meines Vaters für Thomas …« Als ich mich zu Ruth umwandte, war sie nicht mehr zu sehen.

»Es gibt Tage, an denen ist es schwieriger als an anderen.« Ich hatte keinen Schimmer, was Elisabeth mir damit sagen wollte.

Es ist so eine Sache mit der Erinnerung: Vieles verschiebt sich, ändert die Farbe, verdreht die Gedanken, überlagert sie wie ein Teppich, die Muster wechseln, mischen sich, verlieren ihre Struktur und führen in die Irre. So lange ich an das Bild glaube, das mir gerade im Kopf umhergeht, komme ich mir wenigstens nicht selbst in die Quere, aber auch das kann ein Trugschluss sein. Es war nicht immer so, wie ich es jetzt denke, und es wird später wieder anders gewesen sein.

»Erzähl!« Eines meiner Lieblingsworte.

Manchmal sehe ich sie vor mir, sonntags, in Sommernächten, wenn es draußen zu dämmern anfängt und die Lichter langsam angehen: Sie sitzen in der Kajüte, der letzte Gast ist auf dem Zimmer verschwunden, die Tische sind abgewischt, das Geschirr sauber verstaut, das Frühstückszimmer hergerichtet, das Rauchverbot aufgehoben. Am Tisch in der Ecke werden die Stühle nicht hochgestellt, die Kerze angelassen. Die Hausmannschaft, einer nach dem anderen, kommt, nimmt Platz, streckt die Füße von sich. Heinrich stopft die Pfeife, Sergej bringt Reste aus der Küche mit. »Katia, Kleines, mach mal einen Schoppen für jeden.« Ich hole Gläser und Flaschen, Krüge, Zigaretten und Aschenbecher, eine Zigarre für Sergej und eine für den Doc. Elisabeth ist stolz auf ihren Humidor, pflegt ihn mit Politur, wischt täglich den Staub vom Wurzelholz, freut sich, wenn ein Gast den Finger auf der Rubrik *Rauchwerk* am Ende der Speisekarte halten lässt und sie ihn zu dem hübschen Kasten führen kann. Sind viele Gäste zu bekochen gewesen, dann bekommt Sergej abends eine besenstieldicke Havanna extra, »hat er sich verdient!« Sie lässt dann ihre Hand in Richtung Theke wandern und nickt mir auffordernd zu. Ich eile mich, das Gewünschte zu holen, denn jetzt wird es gemütlich werden. Die Katzen riechen es von weitem, nicht nur den Rauch und das Essen, sie streichen bettelnd zwischen den Beinen herum, verteilen sich über Fensterbänke, duldsame Schöße, Stuhlkissen, legen die Köpfe auf die Pfoten, und nicht einmal die ungezähmten geben noch acht. Heute wird sie niemand scheuchen. Die Katzen wissen im Voraus, wann ein guter Abend ist. Ein guter Abend, das ist, wenn die Katzen nicht auf der Hut sind, wenn einer etwas sagt, ein anderer antwortet, und dann sagt jemand: »Erzähl!«

Und wenn sich keiner in einer Streiterei aufhängt, folgt eine Geschichte der anderen.

»Tante«, sagte ich gelegentlich, »komm, die Katzen sind schon hier, und sie sind friedlich, du weißt, was das heißt.«

»Unsinn«, antwortete sie, »die Katzen sind nicht prophetischer als Franks Köter: fressen, schlafen, streicheln, da ist kein Geheimnis. Nur dass die Hunde sich besser aufführen.«

Ich pflichtete ihr bei und achtete dennoch abends darauf, wo die Tiere sich niederließen, blieb dann länger sitzen, auch wenn ich vom Tag müde war.

Die Katzen schlichen überall herum, kannten weder Benehmen noch Moral, konnten einen mit ihrer Bettelei wahnsinnig machen, waren viel zu viele, waren hübsch anzusehen, man wollte sie allesamt zum Teufel jagen, aber keinesfalls missen.

Wie die Geschichten.

Ein halb verwilderter Küstenstreifen, zweihundert Meter breit, siebenhundert Meter lang, drei marode Fischerkaten und ein Haus, ein ehemaliges Gasthaus aus den frühen dreißiger Jahren, mit zwei mäßig erhaltenen Stockwerken, zerborstenen Scheiben, einem nicht ausgebauten Dachgeschoss unter von Algen und Moos bewuchertem Reet.

So fand Ruth es vor, im Sommer einundsiebzig. Sie selbst mit sechsunddreißig frisch geschieden und geradewegs von der Testamentseröffnung kommend. Sie ging durch modrig stinkende Räume, stieg über umgestürzte Möbel, scheuchte eine Ratte auf, verwurzelte sich augenblicklich: »Hier bleibe ich! So wahr mir Gott helfe!« Das schwarze Kleid und die Strümpfe konnte sie danach wegwerfen.

Ihr Vater – »nicht der, den du kennst« – hatte sie als Erbin ausdrücklich wie ein leibliches Kind behandelt sehen wollen.

»Meine älteste Tochter, Ruth, hat er geschrieben!«

Ruth und die beiden Stiefbrüder erhielten je ein Drittel aus dem Erlös des Verkaufs der kleinen Firma, von dem nach Begleichung der aufgelaufenen Schulden eine ordentliche Summe blieb. Ruth war zudem das Land mit dem Gasthof zwischen Halsung und Liefgaard zugedacht worden, während die Brüder den Hof und die Stadtwohnung in M. unter sich aufteilen sollten. Ein Prachtanwesen sah anders aus, aber ein Geschenk des Himmels war es doch und es war ihres, ganz allein! »Mein Geld, mein Land und mein Haus! Und dieser Mensch, den ich einmal geheiratet hatte, konnte mich kreuzweise!« Mehr war über die Rolle von Ruths Ex-Mann nicht zu erfahren.

Vater Schuhmann hatte seinen Söhnen geschrieben: »Ruth vertraue ich das Land meiner Familie mütterlicherseits an. Es ist schon länger unbewohnt, und niemand hat sich darum gekümmert, aber ihr kennt eure Schwester, sie wird etwas daraus machen.«

Und Ruth machte etwas daraus, gleich am ersten Tag, trug Schrott und Abfall mit bloßen Händen nach draußen, kam am nächsten Morgen mit Schubkarre und Schaufel wieder, engagierte den ortsansässigen Maurerbetrieb, vier Mann stark, Baubeginn binnen Wochenfrist. Sobald ein Zimmer im Untergeschoss notdürftig hergerichtet war, zog sie ein, mit Feldbett, Kerzen und Gaskocher, überwachte die Arbeiten, packte selbst mit an.

Den Leuten aus dem Dorf war sie nicht geheuer, diese Frau in Arbeitshosen, die allein hinterm Deich hauste, vor Sonnenaufgang an der Abzweigung rauchend auf den Bautrupp wartete und nach Feierabend noch immer damit beschäftigt war, Schutt auf die Karre zu schippen. Ein Hotel wolle die Fremde aus dem Haus machen, hatten die Arbeiter erzählt, bestimmt etwas Nobles, warum musste man sonst den alten Gasthof auf einmal *Hotel* nennen? Davon gab es im Dorf reichlich, und die waren zudem vom Deich geschützt. Ein weiteres Hotel dort unten brauchte man nicht. Und wenn, dann gehöre das Haus abgerissen und sicher hinter dem Deich neu aufgebaut, das würde allemal schneller gehen, billiger auch. Die See würde sich das ihre holen, eines Tages, so viel war sicher, die ließ sich nicht einfach von einer Fremden herausfordern, die Frau würde es früh genug zu spüren bekommen, auch wenn sie tonnenweise Steinblöcke heranschaffen ließ und neue Buhnen anlegte.

Aber dann hieß es, dass die Zugezogene wirklich arbeiten könne, sich auch von blutenden Händen nicht hindern lasse. Diese kleine Person, vormachen könne man der nichts, hatte ihre Augen überall und verstand etwas vom Häuserbauen. Sie zahlte ordentlich und sorgte dafür, dass auf der Baustelle immer ein Kasten Bier bereit stand, Fleischwurst und Brot dazu. Eine gute Arbeitgeberin sei sie, da gebe es nichts. Man gewöhnte sich an sie, und zumindest die Männer zollten ihr Respekt, wenn sie am späten Abend mit staubigem Haar am Tresen der Dorfschenke erschien, eine Runde warf und selbst ordentlich mithielt. Binnen kurzer Zeit war sie in der Lage, etwas beizutragen in Gesprächen über die zerstörerischen Auswirkungen der Holzbohrmuschel auf die Pfähle, den Vorteil von Sandaufspülungen oder anderen Maßnahmen, um das Land zu halten. Die Neue sei in Ordnung, war zu hören, sollte sie doch ihren Anteil an den Feriengästen haben. Es waren genug für alle da in diesen Jahren, und die meisten Urlauber, so glaubte man, würden die Sicherheit eines Betts hinter dem Deich sowieso vorziehen, zu windig da vorne, zu rau, nichts für Frauen und Kinder.

Der Bürgermeister von Halsung beehrte nach einer Spende für den örtlichen Landfrauenverein die Baustelle mit seinem Besuch, wurde herumgeführt und auf Whisky mit Streuselkuchen eingeladen. »Frau Schuhmann, Sie leisten hier Beachtliches!«, habe der alte Saufkopp gelobt und die Konzessionsgenehmigung vorangetrieben. Die zwei Flaschen, die er in der Aktentasche nachhause trug, spielten dabei selbstverständlich keine Rolle.

Ruth bat um Kredit bei ihrem Stiefbruder, als ihr kleines Vermögen nach fünfzehn Monaten draufgegangen war, gab Zeitungsannoncen in Hamburg wie in Berlin auf und eröffnete im Sommer zweiundsiebzig die erste Saison im Strandhotel. Unter den Gästen: der Freiherr von Kroix zu Wendlingen mit seiner Gattin Elisabeth, die die Anzeige in einem Paket ihrer älteren Schwester zugeschickt bekommen hatte, als Einwickelpapier für eine Packung *Beste Bohne* aus einer Westberliner Kaffeerösterei.

»Die Zeitung hat so gut gerochen! Und als ich sie mir dicht vor die Nase halte, was lese ich da?«

Vom »Schicksalssommer« sprach Elisabeth, und Ruth nickte dazu bedächtig, was eigentlich gar nicht ihre Art war. Für Elisabeth war es ein großes Glück, gleich nach dem Tod ihres Mannes eine Aufgabe gefunden zu haben: die »Pionierarbeiten« der Anfangszeit, von denen Ruth natürlich die gröbsten und schwersten bereits geleistet hatte, als sie aufgetaucht war. Trotzdem: »Es ist alles halb fertig gewesen in dieser ersten Saison, vorsichtig ausgedrückt: ein Provisorium. Es fehlte an jeder Ecke etwas: Möbel, Kücheneinrichtungsgegenstände, von der Gartenanlage gar nicht zu reden! Da konnte ich schon noch etwas tun.«

»Zumal ohne dich ja auch das Geld alle gewesen wäre«, warf Ruth ein, aber Elisabeth winkte nur ab: »Du hättest schon welches aufgetrieben.«

Der selige Freiherr wurde in den Geschichten von Entstehen und Ausbau des Palau immer nur mit wenigen Sätzen erwähnt, niemals redeten sie schlecht über ihn, dennoch dauerte es viele Abende, bis ich aus verschiedenen Andeutungen ein zusammenhängendes, wenn auch unscharfes Bild von ihm hatte, das sich später dann doch als irreführend erwies. Tatsache war: Er hatte nur einen einzigen Sommerurlaub im Palau verbracht und war, trotz des milden Seeklimas, die ganzen drei Wochen damit beschäftigt gewesen, sich die Lunge aus dem Leib zu husten. Von Ruth habe ich ein Foto aus dieser Zeit, das ursprünglich in der Kajüte hing: eine dürre Person in männlicher Arbeitskleidung, mit kurzem dunklem Haar, das sich wie ein Käppchen um ihren runden Schädel schmiegt. In der Linken hält sie eine Schaufel, das rechte Bein hat sie angewinkelt auf eine Kiste gestellt, breit grinst sie in die Kamera. »Mein Goldgräberfoto« hat sie es genannt und jedem, der sie danach fragte, eine andere Geschichte über seine Entstehung erzählt. Sie hat auf dem Bild etwas Leuchtendes, strahlt eine unbezwingbare Energie aus. Sie muss den Fotografen gemocht haben.

Allerhand Gerüchte über sie machten im Dorf die Runde, an deren Wahrheitsgehalt man zweifeln konnte oder nicht, je nachdem, wie man veranlagt war. Aus Ruth selbst waren meistens nur Andeutungen herauszubringen, sie machte sich einen Spaß aus dem Raunen im Dorf, befeuerte es gelegentlich sogar mit spitzen Bemerkungen, aber nie ohne grinsend darauf hinzuweisen, dass sie inzwischen alt, ruhig und anständig geworden sei, wie jeder wisse. Elisabeth hat nie viel dazu gesagt. Betrachtet man die alten Fotos, glaubt man, *sie* hätte Eroberungen machen können und Ehefrauen um ihren inneren Frieden bringen, schön wie sie gewesen ist, aber ihr hat angeblich nach einer traurigen Liebe in den frühen Jugendjahren nur noch der kränkliche, deutlich ältere Ehemann ins Haar gefasst.

Elisabeth wäre nach dem Tod ihres Mannes in der Lage gewesen, komfortabel im Witwenstand zu leben, doch sie zog es vor, das Wiener Umland hinter sich zu lassen, koste es, was es wolle, und sei es einen Großteil ihres Erbes. Das Angebot einer selbständigen Frau, sich an einem Projekt zu beteiligen, das ihr vom ersten Tag an gefallen hatte, kam ihr mehr als gelegen. Sie löste ihren Hausstand auf und zog an die Ostsee, zum Entsetzen der anderen von Kroix's, die freiherrlichen Grund und Boden an einen Amerikaner veräußert sahen, das Ferienhaus am Mittelmeer eingeschlossen.

»Gute Entscheidung!«, pflegte Ruth an dieser Stelle zu kommentieren.

»Sehr gute Entscheidung!«, war Elisabeths stete Antwort.

Wenn die beiden von ihren Anfängen erzählten, war es leicht, sie und das Haus lieb zu gewinnen, ihre Aufbauarbeit, das Jahrzehnte währende Durchhalten zu bewundern und an eine nahezu lebenslange Freundschaft zu glauben, die auch von der gemeinsamen Führung eines Geschäftsbetriebs nicht zerstört werden konnte.

Einiges davon klang verdächtig nach selbstgestrickter Legende, aber das kümmerte mich wenig.

Die Wohnräume der Hausherrinnen, die ich von Elisabeth bei unserer Führung gezeigt bekam, konnte man kaum als solche bezeichnen: zwei nebeneinanderliegende Kammern im oberen Stock, durch eine kleine Teeküche verbunden, in der selten etwas zubereitet wurde. Bett, Schrank, Schreibpult, Fenster nach hinten zum Deich, kaum zehn Quadratmeter, bei Elisabeth üppig mit Sachen und Bildern bestückt, bei Ruth mit der Kargheit einer Klosterzelle eingerichtet, die mich ahnen ließ, wem die Ordnung im Büro hinter der Rezeption zu verdanken war. Beide Zimmer, so unähnlich sie einander auch waren, hatten nichts, das dafür sprach, sich lange in ihnen aufzuhalten, aber der Ausdruck »Freizeit« brachte beide ohnehin zum Lachen. Sie betrachteten das gesamte Palau als ihren Wohnraum. Wenn sie an Sonntagabenden nicht in der Kajüte hängen blieben, saßen sie im Winter gelegentlich, mit oder ohne Hausgäste, im Fernsehzimmer, schauten Quizsendungen oder Tierdokumentationen, später mit Begeisterung auch die Filme, die ich anschleppte. An Sommerabenden waren sie draußen mit Gästen zugange oder, wenn niemand auf Unterhaltung wartete und die Küche schon dichtgemacht hatte, mit Reparatur- oder Handarbeiten beschäftigt, wovon ich ausgesprochen profitierte, obwohl ich ebenso konsequent wie vergeblich handwerkliche oder hauswirtschaftliche Begabungen von mir wies.

»Ich kann das nicht, gibt es nicht!«, bekam ich zu hören. »Du fängst sofort an zu üben!« Ich übte also und lernte im Lauf der Zeit, Socken zu stopfen, Fahrradschläuche zu flicken, Knöpfe ordentlich wieder anzunähen, Schuhe auf Hochglanz zu polieren, gedeckten Apfelkuchen zu backen, ein brauchbares Feuer anzufachen, den Transporter rückwärts in die Garage zu setzen, Marmelade zu kochen, Türschlösser auszuwechseln, Betten anständig herzurichten, Heizungsventile zu erneuern, ein Bier mit fester Schaumkrone zu zapfen, Omelette mit Speck zuzubereiten, hemmungslos in Tränen auszubrechen, einen Mann zum Teufel zu jagen.

»Mist, verfluchter!«

Elisabeth war gerade dabei, mir als Schlusspunkt unserer Führung die alte Schuhputzmaschine im ersten Stock vorzuführen, als ein Schwall übelster Schimpfwörter durch den oberen Gang dröhnte, der Elisabeth, mir unerklärlich, zum Lachen brachte: »Da ist sie ja wieder. Es geht ihr besser.«

Als wir dem Geschimpfe nachgegangen waren, fanden wir Ruth, wie sie auf dem Schreibtischstuhl in Zimmer acht stand, eine Glühbirne in der Hand und den verfinsterten Blick auf die Deckenlampe gerichtet. »Jetzt muss ich die scheißschwere Leiter aus dem Keller raufholen, verdammt noch mal!«

»Soll ich es versuchen?«, rutschte es mir heraus, und ich beeilte mich hinzuzufügen: »Nur weil ich etwas größer bin als Sie, und das hat ja nichts mit dem Alter zu tun.«

Ruth schnaufte, verzog den Mund zu einem Grinsen und stieg ächzend vom Stuhl. Mit einer feierlichen Verneigung wies sie auf die frei gewordene Sitzfläche: »Bitte sehr. Ich assistiere.«

Möglichst nicht allzu behände stieg ich hoch, kam mit etwas Mühe an die Fassung, drehte die alte Birne heraus, nahm von Ruth eine neue entgegen und schraubte sie ein.

»Groß ist sie, deine Nichte, das kann man wohl sagen!«, meinte Elisabeth, zufrieden von einer zur anderen lächelnd.

»Körperlich, meine Liebe, das ist rein körperlich«, entgegnete Ruth.

»Im Alter schrumpft man. Das ist wissenschaftlich erwiesen!«

»So klein wie wir wird die aber nie.«

»Wollen Sie mal testweise anmachen?«, fragte ich, weil ich noch immer auf dem Stuhl stand und zu den beiden herabblickte, die in Gelächter ausgebrochen waren. Ruth ging in Richtung Lichtschalter. Auf halbem Weg blieb sie stehen, wandte sich um und fragte: »Lizzy, hat sie zu dir auch *Sie* gesagt?« Elisabeth zuckte mit den Schultern: »Weiß nicht.« Ruth musste den Kopf in den Nacken legen, um mich ansehen zu können: »Egal wie groß du bist, Fräulein, wenn du mich noch einmal siezt, kannst du was erleben!«

»Ich tue es nie wieder!«

»Das ist brav!«

»Darauf trinken wir aber!«, sagte Elisabeth, während Ruth das Licht an- und wieder ausschaltete.

»Funktioniert! Du kannst dich bei uns nützlich machen, und wir müssen nicht über Familien- oder sonstige Preise sprechen. Einverstanden?«

»Einverstanden!«

Ich stieg glücklich wieder vom Stuhl, als hätte ich soeben eine Prüfung gemeistert, und verließ hinter ihnen das Zimmer, wobei Ruth über die Schulter auf meine Füße blickte und schnauzte: »Und beim nächsten Mal ziehst du die Schuhe aus, bevor du aufs Polster steigst, klar?«

Ein Zwinkern Elisabeths bewahrte mich davor, die Hand zum militärischen Gruß an die Stirn zu führen.

Erträglich wurden Ruths Launen dadurch, dass sie nicht nachtragend war. Sie explodierte oft und schnell, aber vorbei war dann auch vorbei. Mit Entschuldigungen hielt sie sich nicht groß auf. Dass sie wieder freundlich zu einem war, musste genügen, um zum Alltagsgeschäft zurückzukehren. »Bist du noch böse?« war die falsche Frage und hatte einen neuen Ausbruch zur Folge, egal ob Ruth noch, oder wegen der Frage schon wieder, wütend war. Elisabeth hatte die Kunst, mit Ruths Launen auszukommen, zur Vollkommenheit gebracht: Sie nahm sie zur Kenntnis, sich aber nicht zu Herzen, blieb gelassen bei der Tagesordnung, bedachte Gäste oder Mitarbeiter, die Opfer einer Schimpfattacke geworden waren, mit einer extra Portion Freundlichkeit und schien die Sache sofort vergessen zu haben, sobald Ruth wieder besserer Stimmung war.

Nach dem Glühbirnenwechsel machte Ruth mit der Führung weiter, als wäre nichts gewesen, zeigte Räume noch einmal, in die mich Elisabeth bereits geführt hatte, was aber keine von uns mit einem Wort erwähnte. Als die Schuhputzmaschine zu ihrer zweiten Vorstellung rappelte, strich mir Elisabeth von Ruth unbemerkt über die Wange und flüsterte: »Es freut mich sehr, dass du gekommen bist!«

»Nur für zwischendurch«, sagte Ruth und ich brauchte einige Sekunden, um zu kapieren, dass sie von der Maschine sprach. »Bei uns können die Gäste nämlich ihre schmutzigen Schuhe abends vor die Zimmertür stellen, wie im Grand Hotel, und sie morgens dann poliert vorfinden!«

»Nur dass kaum jemand davon Gebrauch macht«, sagte Elisabeth.

»Schuhe putzen kann ich gut«, sagte ich.

»Das bildet sich so mancher Laie ein«, sagte Ruth.

Ich durfte tatsächlich bleiben und nahm mir vor, für eine Weile das zu tun, was Ruth »dich nützlich machen« genannt hatte.

3
Irgendein Schwarzwald

Als Ruth am ersten Werktagmorgen nach meiner Ankunft ihren dritten Kaffee geleert hatte, die Zeitung beiseitegeschoben, die Hände ineinander verschränkt und ihre Fingerknöchel hatte knacken lassen, rief Elisabeth die Mannschaft zwecks Wochenplanung zusammen. Beim Blick in die Runde blieb Ruth an mir hängen. »Nun, Katia, da du auch Montag in der Frühe noch hier herumsitzt und beim Stichwort ›Arbeitsbesprechung‹ nicht fluchtartig das Frühstückszimmer verlassen hast, liegt die Frage nahe, welche deiner hoteltauglichen Fähigkeiten du bei uns zum Einsatz bringen möchtest?«

Elisabeth wollte etwas sagen, aber Ruth legte ihr die Hand auf den Arm und sah mich auffordernd an: »Also?«

»Tja …« Da bekam ich auf dem Silbertablett die Chance dargereicht, mich für einen Job zu empfehlen, doch mir fiel nichts Besseres ein, als meine Unfähigkeiten abzuwägen.

»Ich höre.« Ruth schien die Ruhe weg zu haben.

»Mit Gastronomie oder Hotelwesen kenne ich mich nicht aus, leider. Ich habe mal bei einem Freund gekellnert, aber das ist länger her, und mir ist dauernd etwas runtergefallen.«

Elisabeth sagte: »Oh!«

Ich war dabei, es zu vermasseln.

»Mit Kindern kann ich gut umgehen, glaube ich, mit Erwachsenen wird's meistens irgendwann schwierig, wenn ich ehrlich bin.«

Ruth lachte.

»Putzen kann ich«, fügte ich rasch hinzu, »sehr gut sogar, nicht nur Schuhe, ich mache alles sauber und schrecke vor nichts zurück.«

»Na, das ist doch mal was«, sagte Ruth.

Ich strahlte: »Ihr werdet begeistert sein!«

»Moment«, fuhr Ania dazwischen, »bisher haben immer noch ich oder Bascha alles sauber bekommen, ohne Beschwerden. Sag ihr das, Ruth! Wir brauchen für Begeisterung keine Junge, die vor nichts zurückschreckt. Oder ist es hier schmutzig, wie?« Sie schaute finster von einem zum anderen. »Glaubt jemand, wir brauchen bessere Reinigungskraft? Elisabeth? Soll das lieber die Junge machen? Sagt!«

Da war ich »die Junge« geworden, mit dem Beigeschmack eines Schimpfworts.

Ich beeilte mich, Ania zu versichern, dass ich nie, aber auch niemals ihre Perfektion erreichen würde. »Schon der Putzwagen ist für mich ein Buch mit sieben Siegeln, vom Stubenmädchenwagen ganz zu schweigen. Aber unter Umständen könnte ich mich doch bei guter Anleitung nützlich machen mit kleinen Hilfsarbeiten oder ...«

»Wir meiden das Wort Stubenmädchen!«

»Da seht ihr, dass ich keine Ahnung habe. Also: die Wagen mit dem ganzen Zeugs für die Zimmer drauf, solche habe ich schon in Hotels gesehen, die sind für mich deutlich zu kompliziert: Wäschesäcke, für jeden Müll einen anderen Behälter, Handtücher, Schampoofläschchen, Minibar. Ohne gründliche Anweisung wäre ich hilflos. Nie wüsste ich, worauf ich alles achten sollte, immer würde ich das Wichtigste vergessen. Und ich würde für alles auch doppelt so lange brauchen. Ohne dich.«

Ruth grinste: »Übertreib's nicht.«

Anias Kinn hob sich, sie tätschelte mir den Arm, sagte: »Ah, nein, nein! Kannst du lernen. Zwanzig Jahre lang jeden Tag Zimmer sauber gemacht wie ich, machst du's mit Augen zu. Vielleicht brauchen sie jemanden in anderem Hotel.«

Ich sagte kleinlaut »möglicherweise« und fügte hinzu, dass es, ungeachtet meiner mangelnden Erfahrung, in einem solchen Haus wie dem Palau aber doch kein Luxus sei, wenn der Hausdame ein Zimmermädchen zugeteilt werde, zur Unterstützung.

»Zimmer*frau!*«

»Ja, sicher: Zimmerfrau.«

Ruth sagte: »Zumal der Etagenwagen, den ich für teures Geld gekauft habe, nur im Erdgeschoss zu verwenden ist.« Sie kicherte, und Elisabeth gab mir die Erklärung: »Wir kriegen ihn nicht die Treppe hoch.«

»Fünfhundertsiebzig Euro für einen Original Etagenwagen aus den sechziger Jahren, und wir vergessen zu bedenken, dass wir keinen Aufzug haben.«

»Und wie macht ihr das?«

»Depotschränke auf jedem Stockwerk, Körbe für den Transport auf die Zimmer, und Ania und Bascha laufen sich die Füße platt, wenn was fehlt.«

Ania nickte heftig.

»Ich könnte mich darum kümmern und zudem die Ersatzputze machen, wenn Ania mal nicht kann.«

»Ich kann immer!«

Ruth fiel vor Lachen fast von der Bank, aber Ania wurde ernsthaft böse: »Und wer, bitte schön, ist *Putze,* die Ersatz braucht?«

Sie stützte sich mit beiden Armen auf die Tischplatte und stemmte ihren gewaltigen Oberkörper in die Höhe.

»Niemand! Oder allenfalls ich, will sagen: Ich wäre die Putze, es tut mir leid, blödes Wort, also: Ich wäre deine Reinigungskraft und du die Chefin. So meine ich das: Du sagst an, und ich hole die Sachen für dich. Gut?«

»Hm. Und was mache ich dann den ganzen Tag?«

»Außerdem sind Ruth und Elisabeth Chefin!« Selbst Heinrich war gegen mich.

Ich seufzte. »Tschuldigung, es war nur so eine Idee.«

Ania brummelte auf Polnisch unfreundlich vor sich hin. Dann wandte sie sich an Ruth: »Wie lange bleibt sie?«

Ruth sagte: »Das ist hier nicht das Thema.«

»Weiß nicht, ob Bascha gefällt das.«

»Holz hacken«, versuchte ich noch einmal mein Glück, während Ruth schon wieder lachte. »Ernsthaft! Das habe ich einmal in den Ferien gemacht. Oder Laubfegen?«

»Wir haben April.«

»Im Strandkorbcafé helfen? Ich könnte mich um das Schild kümmern, die Fahnen im Auge behalten, Tische abwischen, Sachen raustragen, wenn es drinnen voll ist. Wie wäre das?«

Stumme Blicke, schwer definierbar. Nur Ruth hatte Spaß.

Elisabeth sagte leise: »Nun ja, im Service vielleicht. Obwohl …«

Ich räusperte mich und versuchte es auf die klägliche Art: »Eine idiotensichere Arbeit vielleicht, etwas für Dumme?«

Es funktionierte: Ein Durcheinander von Stimmen setzte ein: »Nicht doch, selbstverständlich wird sich etwas für dich finden lassen.«

Selbst Ania wurde weich: »Bist doch nicht Idiotin!«

»Sinnvolle Tätigkeiten für eine kluge junge Frau gibt es bei uns reichlich!«

»Eine helfende Hand ist immer willkommen!«

»Wir sind oft völlig erschlagen von vieler Arbeit!«

Ich lächelte erfreut.

»Aber eher Sommer«, legte Ania nach, und Elisabeth sagte: »Vielleicht erholst du dich erst einmal.«

Ich versuchte enttäuscht zu wirken.

Ruths Mundwinkel zuckten leicht, als sie die Hand auf den Tisch krachen ließ und verkündete: »Katia arbeitet mit. Basta!«

Als hätte jemand den Gong zu Beginn der neuen Trainingseinheit geschlagen.

Ania sagte: »Kannst du vielleicht bei Gästewäsche helfen. Ab Juli wird das Hölle mit Bascha: viel zu langsam!«

Sergej sagte: »Kann sich an der Spülmaschine einarbeiten, für die Saison. Hilfe für Olga.«

Heinrich sagte: »Eine Führung für Kinder in den Sommerferien könnte möglicherweise eine schöne Ergänzung zu unseren Angeboten sein.«

Elisabeth, die währenddessen nachdenklich zu Ruth hinübergesehen hatte, sagte: »Vorausgesetzt, Katia möchte so lange bei uns bleiben.«

Ruth grinste die ganze Zeit in die Runde und kraulte eine Katze hinter den Ohren. Als es wieder still geworden war, stand sie auf, klopfte mir auf die Schulter und sagte: »Gut, Dummerchen. Wenn das jetzt geklärt ist, können wir beide einen Spaziergang machen, es ist sowieso nichts zu tun heute.«

»Herkunft, Lebenslauf – Unsinn! Aus Jüterborg oder Königsberg stammen die meisten, und in irgendeinem Schwarzwald endet man seit je. Sagt der Dichterdoktor«, sagte Ruth.

Der Strand lag unter einer milden Frühlingssonne, die bereits am späten Vormittag wieder von aufkommenden Wolken bedroht wurde. Möwen schaukelten auf dem Wasser, der Sturm hatte allerlei Kram angespült, Holzstücke, Plastikflaschen, die Hälfte eines Rettungsrings, Algenberge. Ein Bagger dröhnte weiter hinten, warf riesige Findlinge ab, die er von einem seitlich parkenden Laster nahm und polternd in Position brachte.

Ruth trat fluchend gegen eine Büchse Fanta, hob sie auf und steckte sie in ihre Jackentasche.

Obwohl ich mich freute, zum ersten Mal etwas mit meiner neuen alten Tante zu unternehmen, war ich, während ich am Strand neben ihr her trabte, eher verlegen. Elisabeths Verhalten bei unserem Aufbruch sprach dafür, dass es sich um eine Auszeichnung handelte, wenn Ruth mich auf einen Spaziergang mitnahm. Ich fragte mich, womit ich das verdient hatte, oder welche Absichten Ruth bewogen hatten, meine Begleitung zu wünschen, beziehungsweise zu fordern. Und: Hatte ich jetzt einen Job im Palau oder hatte ich keinen?

Wir waren eine Viertelstunde schweigend nebeneinanderher gegangen, die ich damit verbracht hatte, ebenso fieberhaft wie ergebnislos darüber nachzudenken, was ich zu Ruths Unterhaltung von mir geben könnte, als sie kurz stehen blieb, mich ansah und sagte: »Du redest nicht viel, das mag ich.«

Ich lächelte dämlich und hielt weiterhin erfolgreich den Mund.

Ruth winkte dem Baggerfahrer zu, der grüßend den Arm gehoben hatte, wir machten einen Bogen um einen unkontrolliert herumliegenden Haufen Felsbrocken, spazierten zum Yachthafen und stiegen über den Zaun, der an dieser Stelle bereits bis zur Erde heruntergetreten war. Ruth setzte sich ächzend auf die Kaimauer, klopfte mit der Hand auf den Platz neben sich, und wir ließen die Beine in der Luft über dem Hafenbecken baumeln.

Dem Hafen war der Sturm der vorangegangenen Nacht noch deutlich anzusehen. Zwei kleine Segelboote hingen schräg zum Anleger, der Inhalt eines umgekippten Mülleimers ergoss sich über die Wiese, losgerissene Planen flatterten im Wind, und auf zwei Fischerbooten waren fluchende Männer mit Aufräumarbeiten zugange. Im Hintergrund rumpelte der Bagger weiter mit seinen Felsbrocken, ein Motorboot tuckerte gemächlich vorbei, ich reichte Ruth eine Zigarette, und wir schnipsten Asche ins Wasser.

»Weißt du«, sagte Ruth nach einer friedlichen Zigarettenlänge, »in unserem Betrieb hat jeder so seine Eigenheiten.«

»Mir gefällt es bei euch«, sagte ich, worauf Ruth lächelnd nickte und wir wieder in Schweigen verfielen.

Ich wartete darauf, dass sie etwas fragte, nach der verlorenen Arbeitsstelle, meinen weiteren Plänen, meinem Vater oder sonst irgendwas, aber Ruth begann nach einer Weile einfach zu erzählen, als spräche sie nicht mit mir, sondern mit dem Seevogel, der bettelnd unter unseren Füßen im Wasser schaukelte und sich nicht davon entmutigen ließ, dass die herunterfallenden Krümel sich jedes Mal als ungenießbar herausstellten.

»Als die Nachricht vom Tod deines Großvaters eintraf und ich die Einladung, zur Beerdigung zu kommen, in der Hand hielt, kam mir das wie ein Irrtum vor, falsch zugestellt. Mein Vater war schon lange vorher gestorben. Ich hatte einen guten Vater gehabt. Einen weiteren zu beerdigen, das war das, wovor ich bis dahin bewahrt worden war: einer zu viel. Ein Fremder, was ging er mich an? Ich ignorierte die Einladung, antwortete auf die Kopie des Testaments, die mir vom Amtsgericht zugeschickt wurde, mit einem Erbschaftsverzicht und dachte nicht weiter daran. Herzlos, nicht wahr?«

»Finde ich nicht.«

»Deine Familie wird sich ihren Teil gedacht haben. Nicht einmal eine Beileidskarte habe ich geschickt.«

»Es hat nie jemand von dir gesprochen.«

»Nein?«

»Nein.«

»Ich dachte.«

»Willst du hören, wie er so war, mein Großvater?«

»Ach, lass mal.«

»Ich hätte sowieso nicht viel über ihn zu erzählen gehabt, ein gewöhnlicher Opa eben. Ist lange her.«

»Ja. Lange. Mir hat nie etwas gefehlt.«

»Sei froh.«

Ruth warf mir einen schnellen Blick zu.

Sie kramte ihren Tabaksbeutel aus der Jackentasche, drehte nacheinander zwei perfekt gebaute Zigaretten, zündete beide an und reichte mir eine.

»Und du? Fristlos gekündigt? Das klingt nach einer aufregenden Geschichte.«

»Eher nach einer peinlichen Affäre, wenn du es genau wissen willst.«

»Nee, nee.«

»Was?«

»Ich will's nicht genau wissen.«

Wir mussten beide lachen, das erste Mal gemeinsam, und wenn sie weitergefragt hätte, wäre ich imstande gewesen, ihr auf der Stelle mein gesamtes armseliges Leben aufzublättern, bis hin zur letzten bescheuerten Kleinigkeit, aber sie ersparte es uns, und dafür war ich ihr eine Minute später und Wochen lang dankbar.

Ich könnte mit der Zeit einiges nachliefern, dachte ich,

hübsch verpackt und in kleinen Dosen, zur leichteren Verdauung. Wir hatten Zeit, das Arbeitsamt konnte warten, ich würde noch ein bisschen bleiben, denn die Tante störte sich weder an meiner Anwesenheit noch an meiner moralisch fragwürdigen Vorgeschichte, und einen knappen Kilometer von uns entfernt rumorten die anderen Gestalten in diesem komischen kleinen Hotel herum, das ein Schwalbennest unter dem Dach für mich bereithielt. Beim Mittagessen könnte ich vorschlagen, den Rasen zu mähen, der hatte es nötig, und falls das nicht auch zu jemandes Hoheitsbereich gehörte, wäre ich imstande, ihnen einen nützlichen Dienst zu tun. Das alles zusammengenommen war für den Moment fast schon so etwas wie Glück.

Ruth sagte: »Kriegst bei mir aber zu Kost und Logis nicht mehr als einen Hungerlohn.«

Ich nickte und dachte: Ein Job ist ein Job.

Von hinten näherten sich Schritte. Die Lederstiefel, die neben Ruth stehen blieben und einen Kiesel ins Wasser kickten, hatte ich schon einmal gesehen.

»Na, Ruthi, nicht als Müllsammlerin unterwegs?«

Eine angenehme Stimme, norddeutsch, aber nur ein bisschen.

»Ist noch zu früh im Jahr. Außerdem werde ich es doch wohl kaum im Sperrgebiet der Schiffseigner machen, du Tourist!«

»Hier würde es sich lohnen, und weiß ich denn, was du alles für die Bootsheinis tust?«

»Sei nicht frech, Kleiner! Die Bootsleute konsumieren bei mir und zahlen dafür. Kümmere dich lieber um dein Strandstück.«

»Mein Strand ist *dein* Strand.«

»Würdest dich ganz schön umgucken, wenn ich da nicht für Ordnung sorge. Wo warst du überhaupt die letzten drei Tage? Das Faxgerät macht komische Geräusche.«

»Ich versuche neben der Beschäftigung mit deinen technischen Geräten einen Beruf auszuüben, damit ich deine Miete zahlen kann, Teuerste.«

»Bah!«

Der »Kleine«, der in den dreckigen Motorradstiefeln steckte, war schätzungsweise eins neunzig, Mitte dreißig und mit seinem dichten, schulterlangen Haar, das in Strähnen über dunkle Augen fiel, ein durchaus erwachsener und einigermaßen erfreulicher Anblick.

»Guck mal, Frank«, sagte Ruth und legte mir die Hand auf die Schulter. »Mir ist da ein Nichtlein reingeweht!«

Ich streckte die Hand zu ihm hoch: »Katia.«

Er erwiderte einen kräftigen Händedruck: »Ganz schön groß für ein Nichtlein, sie könnte dir noch im Sitzen auf den Kopf spucken.«

Ruth kicherte. »Darf ich vorstellen: Das ist Frank Schneider, mein montags nie charmanter Nachbar, Mieter und – ja, was bist du noch?«

Der Mann aus der Fischerhütte, dachte ich, Gemüsebeete und Kräuter im Fenster.

»Mann für alle Fälle?«, schlug er vor, und Ruth sagte gut gelaunt: »Träum weiter!«

Er grinste immer noch. »Und was macht ihr hier?«

»Rauchen. Siehst du doch.«

Er schaute Ruth und mich an, schüttelte dann aus einem mir nicht verständlichen Grund den Kopf und sagte: »Da will ich euch mal nicht weiter stören. Ich komme später vorbei und schaue nach dem Fax.«

Ruth nahm es zur Kenntnis, ohne noch einmal zu ihm aufzusehen. Er stieß einen hellen Pfiff aus, worauf zwei magere Hunde mit langen Schnauzen, ein großer heller und ein etwas kleinerer dunkler, über den Zaun setzten und hinter ihm her rannten.

»Gut erzogene Tiere!«, sagte ich, als das Trio außer Hörweite war.

»Ich hasse Hunde! Kacken überall hin«, sagte Ruth.

»Wieso nennt er dich Müllsammlerin?«, fragte ich.

Sie lachte: »Das zeige ich dir ein anderes Mal. Wir kommen zu spät zum Mittagessen!«

Ich sprang auf, sie ergriff tatsächlich meine ausgestreckte Hand, ließ sich von mir hochziehen und eilte in Richtung Strand, so dass ich Mühe hatte mitzukommen.

Nach fünfhundert Metern blieb sie stehen und fragte, ob ich ein Telefon dabeihätte. Ich griff in meine Jackentasche und reichte es ihr. Sie gab es mir zurück und sagte: »Hier ist eine Stelle, an der man guten Empfang hat. Du wolltest doch telefonieren.«

»Ich? Nein, wie kommst du darauf?«

»Nun, ich bin mir sicher. Tu es ruhig jetzt gleich. So viel Zeit muss sein. Wir sehen uns bei Tisch.«

Ich schaute der kleinen drahtigen Gestalt nach, bis sie hinter einem Steinwall verschwunden war, drückte die Kurzwahltaste für meinen Vater, wunderte mich ein bisschen über die Tante und sehr viel mehr über mich selbst.

Ich hatte Glück, es war nur der Anrufbeantworter dran und ersparte mir ein Gespräch. Ich gab an, dass ich nicht mehr in Bergedorf, sondern für einige Tage zur Erholung an der Ostsee sei und in einem Strandhotel wohnte, das in einem Funkloch liege. Ich würde also kaum für ihn erreichbar sein, er solle es gar nicht erst versuchen. Bei Gelegenheit würde ich mich wieder melden, mir gehe es bestens, ihm hoffentlich auch.

Der letzte Satz würde ihn misstrauisch machen, aber jetzt ließ er sich nicht mehr zurücknehmen.

Das Display meldete fünf Nachrichten auf der Mailbox. Die erste war von Manu: »Katia, melde dich mal!«

Danach etwas von jemandem, der seine Rufnummer unterdrückt hatte, und ich kapierte zu spät, um wen es sich handelte: »Wo bist du? Es tut mir leid, wie es gelaufen ist, glaub mir, ich wollte nicht … Wir müssen uns treffen und reden, Katia. Ruf bitte an. In der Firma. Zuhause kontrolliert sie mein Handy. Hast du die Nummer?« Die weiteren Nachrichten, alle drei ebenfalls von *anonym*, löschte ich, ohne sie anzuhören.

Er ging also wieder zur Arbeit. Wenigstens war ich gut im Bett gewesen, wenn er nach dem Aufriss noch mit mir *reden* wollte.

Manu war letzten Donnerstag mit mir noch einmal hingefahren, zu einer Zeit, in der nur die Putzfrau da war. Wir hatten schnell meine Sachen in fünf Bananenkisten verstaut und Manu fand, dass mein »ansonsten kranker Tick«, nicht mehr Sachen anzusammeln, als man im Laufe eines Vormittags zusammenpacken kann, sich diesmal bewährt hatte. Wir machten, dass wir weg waren, bevor jemand von der Familie auftauchte, und ich war überzeugt, dieses Kapitel abgeschlossen zu haben.

»Scheiße!«

Zwei Möwen flogen kreischend auf, die waren jetzt auch keine Hilfe.

Acht erwartungsvolle Teller waren gedeckt, als ich in die Kajüte trat, Louis Armstrong besang den Herbst in New York, auf der Fensterbank lagen die Brüder Karamasow, am Tisch saßen

Ania, Heinrich, Elisabeth und Ruth und diskutierten über Pro und Kontra der Anschaffung von neuen Strandkörben fürs Café. Sergej sprach mit jemandem in der Küche und hatte das Radio laufen, das gedämpft »Komm, gib mir deine Hand« trällerte. Ich ließ mich auf den freien Stuhl neben Ruth fallen und atmete anscheinend so laut auf, dass Elisabeth fragte: »Alles in Ordnung?« Ich nickte und gab vor, mich brennend für die Ausführungen Heinrichs zu interessieren und Ruths prüfenden Blick nicht zu bemerken.

»Den Strandkorb gibt es seit mehr als 125 Jahren beinahe unverändert.«

»Herr K. erbleichte«, sagte Ruth, aber Heinrich war schon nicht mehr zu stoppen. »Hofkorbmachermeister Wilhelm Bartelmann konstruierte 1882 das erste Exemplar.«

»Teak«, sagte Ruth, »ich würde sie gerne nach und nach durch solche in Teak ersetzen.« Sie tippte auf einen Katalog, der vor ihr lag. »Teakholz überdauert Generationen, hält jeder Witterung stand.«

»Wenn es nicht wegschwimmt«, warf Elisabeth ein.

»Für einen rheumakranken Badegast in Warnemünde entwickelt, damals noch als Einsitzer«, sagte Heinrich.

Elisabeth hob die Hand, rieb Zeige- und Mittelfinger am Daumen und sagte zu Ruth: »Hier!«

Ania sagte: »Wozu Generationen überdauern?«

Heinrich sagte: »Zunächst noch ohne Klappmechanismus, der wurde …«

»Finanzen!«, schimpfte Ruth. »Es läuft immer auf dasselbe hinaus, wenn ich hier etwas erreichen will!«

»Die Klappvorrichtung für den Strandkorb wurde erst 1897 entwickelt, von Johann Falck«, sagte Heinrich. »Hört mir eigentlich jemand zu?«

Ania kicherte: »Katia hört dir zu. Sie hat vielleicht nicht gewusst.«

»Wir müssten die Rohrgeflechte der alten Körbe mal wieder firnissen und die Polster imprägnieren; das wäre dringlicher als die Frage nach neuen Körben, seien sie aus Plastik, Rattan oder – du hast wirklich Nerven! – Teakholz«, sagte Elisabeth, und da niemand Anstalten machte, seine Zuständigkeit zu erklären, fragte ich: »Könnte ich das vielleicht machen?«

Alle Köpfe drehten sich zu mir um, Ruth schien nachzudenken, wog ihren kleinen Kopf hin und her, bohrte schließlich ihren Zeigefinger in meinen Oberarm und sagte: »Das macht Katia!«

»Sie wird unsere Strandkorbpflegerin«, rief Heinrich, und Elisabeth schaute besorgt, ob ich das auch lustig finden würde. Fand ich, sogar sehr.

Die Frage nach der Zuständigkeit für das Rasenmähen klärte sich auch schnell: Ruth gab sie gerne an mich ab, vom Benzinrasenmäher würde ihr sowieso schlecht, und so hatte ich Arbeit für mehrere Nachmittage.

Die Tür zur Kajüte ging auf. Ein kräftiger Mann um die sechzig, in Wanderschuhen, Leinenhose und Fischerhemd, lupfte seine Schirmmütze und sagte mit einem satten Bass: »Ich komme wohl gerade richtig?«

Elisabeth sprang auf, machte sich am Bierhahn zu schaffen, und Ruth sagte: »Darf ich vorstellen: der Doc. Entschuldigung: Doktor Burkhard Vollmer. Doc, das ist Katia.«

Die Auskunft schien ihm zu genügen. Er nickte knapp in meine Richtung: »Schön. Mal jemand anderes«, setzte sich vor den noch freien Teller, faltete die Serviette auseinander und schwieg, bis Elisabeth ein Bier vor ihn hinstellte. Während der Doc seinen Schnauzer in den Schaum tauchte und einer weiteren Ausführung Heinrichs lauschte oder wenigstens so tat, raunte Elisabeth mir zu: »Der Doc gehört gewissermaßen zur Mannschaft. Verarztet die Gäste, wenn's nötig ist. Manchmal auch uns. Er hat eine Praxis in Liefgaard, die er seit fünf Jahren abgeben will. Seit dem Tod seiner Frau kommt er oft zum Essen, und seine Marmelade ist besser als meine.«

Der Doc zeigte Elisabeth einen Vogel. »Glaub ihr kein Wort!«

Ich wollte gerade etwas fragen, als Ania aufschrie, Sergej mit einer Schüssel in jeder Hand durch die Schwingtür kam, gefolgt von einer Ania-Kopie in noch dicker, noch älter und wasserstoffblond: Bascha. Sie wusste bereits, dass es mich gab, und nachdem sie von ihrer Schwester mehrfach geküsst worden war, begrüßte sie mich überschwänglich, nannte mich Kaschka-Schätzchen und entließ mich aus ihren gewaltigen Armen mit den Worten: »Ruth, sie muss mehr essen!«

Es gab gefüllte Eier mit Sprotten und Kartoffelsalat, dazu Geschichten aus der polnischen Heimat, wo gerade eine Hochwasserkatastrophe drohte. Bei ihnen zuhause hatte es bislang nur die Zwiebeln und die Kartoffeln weggespült, wohingegen der Freund vom Bruder des Schwagers aus dem Nachbarort wirklich zu bedauern war, dem hatte es das Haus samt Ställen fortgerissen, was war da schon ein bisschen verlorenes Gemüse. Heinrich zählte einige Rekordwasserstände der Oder auf, Ania fuhr ihm über den Mund, wollte nichts mehr hören von Überschwemmungen, und Sergej mahnte zu essen, bevor es kalt sei. »Ist doch schon kalt«, meinte Heinrich. »Eben«, sagte der Doc, »deshalb sollt ihr essen.«

Weil Ania noch am selben Tag für drei Wochen nachhause fuhr, gab es ein polnisches »Wässerchen« für jeden: »Der erste trifft wie ein Keil, der zweite wie ein Pfeil, die nächsten sind so leicht wie ein Vögelchen.«

Es fiel mir nicht schwer, die Außenwelt in die Warteschleife zu schicken, unterdrückte Rufnummern zu vergessen und auch die eigene Dummheit.

Mit Bürste, Schwamm, Kanister, Lappen, Eimer und einer farbbefleckten Latzhose von beachtlicher Größe ausgestattet, machte ich mich nachmittags auf den Weg zum Korb Nummer eins, rechts außen. »Geh systematisch vor«, hatte Ruth gesagt. Sie war der Meinung, dass ich einen Korb am Nachmittag fertig bekommen könnte, ohne mich zu überarbeiten, dann würden wir weitersehen, denn morgen war Großkampftag wegen der Kaffeegesellschaft am Mittwoch. Backen, Putzen, Räumen, Stühle schleppen. Jeder hatte beim Kaffee plötzlich doch eine Idee gehabt, wie er sich meine Anwesenheit nutzbar machen konnte, obwohl nicht Saison war.

»Bei mir kann sie …«, »Bei mir müsste …«, »Ganz wichtig wäre aber doch …«

Ich war zufrieden und die Chefinnen anscheinend auch. Nützlich und lernfähig, das waren mal ganz neue Attribute für mich.

Die mageren Hunde saßen etwa einen Meter neben dem Schild, beobachteten mich wachsam beim Abstellen der Eimer, rührten sich aber nicht vom Fleck, als ich sie anzulocken versuchte. Aus Korb drei ragten die dazugehörigen Stiefel.

»Die Tiere bewegen sich nur, wenn ich es ihnen sage.«

Ich trat ins Sichtfeld der Nummer drei und sagte: »Aha.«

»Arbeitest du hier?«, fragte Frank und deutete auf die Gerätschaften zu meinen Füßen.

»Nach was sieht es denn aus?«

Frank grinste. »Ruthis Nichte, zweifellos. Aber was für einen Grund mag sie bloß gehabt haben, mir deine Existenz zu verschweigen und, noch schlimmer, dein Kommen zu verheimlichen?«

Ein Schleimer, dachte ich, der sich für unwiderstehlich hält und jede Woche eine andere Strandurlauberin auf dem Futon in seiner Öko-Hütte flachlegt.

»Vielleicht den, dass sie nichts von meiner Existenz wusste?«

»Das ist eine Erklärung, die ich gelten lassen muss. Und was hat dich hergetrieben?«

»Ich besuche meine Tante.«

»Die vorher nicht wusste, dass es dich gibt?«

»Genau.«

»Großes Kino?«

»Ich dachte, du kennst Ruth schon länger.«

Er lachte. Etwas zu nett für einen Schleimer. Seine Stimme gefiel mir. Pause, dachte ich, Männerpause, ich fange gerade erst an, mich von der letzten Peinlichkeit zu erholen.

»Wie lange bleibst du?«, wollte Frank wissen.

»Weiß noch nicht«, sagte ich möglichst unfreundlich.

Er lachte schon wieder.

»Was ist daran lustig?«, fragte ich.

»Weil du eine Katze sein könntest.«

Doch ein Schleimer, dachte ich, ein Aufreißer mit Frauenversteher-Masche, der mir gleich etwas über Unberechenbarkeit und Eleganz vorsäuseln wird. »Sonst noch was?«

»Ruth laufen oft Wesen zu, in der Regel sind das Katzen.«

»Ich bin niemandem zugelaufen.«

»Das denken die Katzen auch.«

»Verstehe, du kannst mit den Tieren reden.«

»Ich habe zwei Hunde, Ruth nennt mich einen Esel, dich nenne ich Katze, wir brauchen nur noch den Hahn.«

Womöglich meinte er den Schwachsinn, den er von sich gab, sogar ernst.

Ich sagte: »Die Stadtmusikanten? Alt, ausgemustert und krakeelend? Das würde ich an deiner Stelle nicht laut sagen.«

Ich ließ ihn im Strandkorb sitzen und ging mit meiner Ausrüstung ans entgegengesetzte Ende der Korbreihe. Die systematische Reinigung der Polster konnte ich genauso gut von hinten beginnen, den abgehalfterten Pseudocharmeur außer Sicht. Entweder er hatte Informationen über das, was auf meinem Nachttisch lag, was ich nicht im Bereich des Möglichen wissen wollte, oder ihm war zufällig ein Treffer gelungen, der trotzdem danebengegangen war.

Als ich mich etwas später noch einmal in seine Richtung umdrehte, waren Mann und Hunde verschwunden.

»Ich als Katze! Schwachsinn«, sagte ich zu einem vorbeifliegenden Papierschnipsel. »Nix Stadtmusikant, ich bin jung genug, um neu anzufangen, notfalls sogar als Räuber.«

Kaum war ich mit den ersten Polstern fertig, als Elisabeth mit einem Tablett nach draußen kam, das dampfte: Kaffee mit frischem Rhabarberkuchen und Sahne obendrauf.

Sie stellte es auf dem Plastiktisch neben mir ab, lobte meine Arbeit als »die saubersten Polster, die wir seit langem hatten« und sagte: »Der Frank mag dich.«

»Ich habe ihn ganz bestimmt nicht dazu ermutigt.«

»So etwas Ähnliches hat er auch gesagt.«

Ich war zu verblüfft, um etwas zu erwidern. Elisabeth sagte: »Frank ist auf seine Art ein guter Kerl«, deutete aber mein Schweigen richtig und verzichtete darauf, das Thema zu vertiefen.

Der Lärm des Baggers hatte sich auf Hörweite dem Haus genähert.

Elisabeth setzte sich auf einen der Plastikstühle, streckte die Füße aus und seufzte tief.

»Müde?«

»Alt!«

»Ach was!«

Sie lächelte stumm.

»Die Aussicht ist fantastisch«, sagte ich, »den ganzen Tag möchte man von hier aufs Meer schauen.«

»Die aufhellende Wirkung des Meeres wird überschätzt«, sagte Elisabeth, »man gewöhnt sich schnell daran: Die ewige Horizontale geht mir auch oft auf die Nerven. Mir gefällt es in den Bergen besser. Dort ist es weniger bedrohlich, und das Auge hat mehr zu tun.«

Ich verstand nicht, was sie meinte.

»Aber hier ist Weite, Offenheit«, sagte ich, »und in den Bergen gibt es Lawinen, Steinschlag, Gewitter, wildgewordene Braunbären und so.«

Elisabeth sah mich an, als würde auch sie gleich dazu übergehen, mich »Kindchen« zu nennen.

»Wollen wir hoffen, dass es jetzt vorbei ist mit den Frühjahrsstürmen.«

»War es schlimm?«

»Wie man's nimmt. Für uns war es schlimm, dieses Frühjahr. Im Herbst auch schon: teuer.«

»Bald kommt der Sommer.«

»Hm.« Sie schaute über den Steinwall aufs Meer, wiegte den Kopf hin und her, murmelte etwas, das ich nicht verstand, und ging zum Haus zurück.

Polternd kam knapp außer Sichtweite eine Ladung Gestein herunter. Das ganze Wochenende war der Bagger beschäftigt gewesen, rumpelte und krachte, hinterließ hässliche breite

Kettenspuren im feuchten Sand und den Geruch von Diesel in der Luft, über den sich niemand beschwerte. Der Fahrer bekam von Elisabeth eine Thermoskanne Kaffee in die Kabine gereicht und eine Plastikdose mit Schokokeksen dazu.

Der Schutz der Küste, das hatte ich abends in der Kajüte gelernt, ist eine Frage des Überlebens für die Anwohner.

»Vor uns die Ostsee, hinter uns der große Binnensee, und eines Tages öffnet das Meer sein Maul und tut einen Riesenschluck.«

»Mach dem Kind keine Angst!«, hatte Bascha gesagt und auf mich gezeigt. »Ist nicht Bermuda-Dreieck hier!«

»Wir werfen ihm so viele Steine in den Weg, wie wir können.« Ruth hatte entschlossen ausgesehen, als brächte sie das mit ihren knapp eins sechzig eigenhändig fertig.

»Wie werft ihr dem Meer denn Steine in den Weg?«, hatte »das Kind« gefragt, weil es auf dramatische Sturmgeschichten hoffte.

»Was glaubst du, wo das ganze Geröll, das hier herumliegt, herkommt? Angeschwommen? Und wenn ich sage ›Steine‹ dann meine ich *S-T-E-I-N-E*, in Großbuchstaben!« Sie breitete die Arme weit aus.

Ich lachte. Elisabeth sah zu uns herüber, holte tief Luft und sagte: »Manchmal, wenn der Wind auf Nord-Nordost dreht und zum Sturm, zum Orkan wird und wenn das Wasser richtig steigt, dann werden die Wellen meterhoch. Sie donnern an die Küste wie die Pranken eines Raubtiers, das Stücke aus der Beute herausreißt. Im Haus kannst du die Wucht spüren, das ganze Gebäude bebt und zittert, ächzt und stöhnt.«

Bascha wollte etwas einwerfen, aber Ruth hielt sie mit einer Handbewegung davon ab und gab Elisabeth ein Zeichen, dass sie weitersprechen solle.

»›Voll ausgereifter Seegang‹ steht dann in der Zeitung, aber für uns bedeutet es, dass die See unsere Existenz bedroht. Sie greift uns an! Das ist weder romantisch noch vergnüglich, glaub mir.«

»Eine entfesselte Bestie«, sagte Heinrich, und Elisabeth fuhr fort: »Wir müssen unser Land für solche Tage vorbereiten, das Haus schützen und damit uns selbst. Tun wir das nicht, unterspült das Wasser die Fundamente, es reißt den Boden fort und nimmt uns alles. Deshalb lassen wir regelmäßig die Steinpackung kontrollieren und neu setzen, versenken Unsummen ins Heranschaffen vieler Tonnen Gesteins, mit denen wir die Küste festigen, Überflutungen eindämmen und Durchbrüche verhindern, damit es uns nicht versenkt. Wir haben beschlossen hierzubleiben, also wird das Land gehalten. Um jeden Preis.«

»Das können schon mal zehntausend Euro nach einer einzigen Sturmnacht sein«, sagte Heinrich, und Ruth nickte unwirsch.

»Eben. Jetzt weißt du, warum uns die Steine so wichtig sind«, sagte sie, »dieser Tage sind wieder mehrere Ladungen fällig.«

Heinrich fing an, über Form und Struktur der diversen Küstenschutzbauten zu dozieren, Bascha erzählte von abgerissenen Fensterläden, Sergej hatte etwas aus Russland beizutragen, alle redeten durcheinander.

»Wer nicht deichen will, muss weichen, den Satz merk dir, Kindchen«, fasste Ruth das Stimmengewirr aus Belehrungen, Unwetterberichten und Naturkundeunterricht zusammen.

Mit Ende neunundzwanzig war ich wieder »das Kind«, »die Kleine«, »das Mädchen« geworden. Das klang entschieden warmherziger als »die Junge«, und anfangs war es mir nicht unangenehm, weil es mich aus einer Verantwortung nahm, die ich mir allzu gern nehmen ließ: »Kleine« und »Kinder« waren an nichts schuld, Kleinsein war Absolution.

Vielleicht fühlte ich mich deswegen wohl bei ihnen. Anfangs.

Bald ging mir die Entmündigung meiner Person dann aber doch auf die Nerven. Ruth nannte das später einmal meinen »ersten Anstoß zum inneren Fortschritt«.

Ich tat so, als hätte ich keine Ahnung, was sie damit meinte.

Wenn Ruth im übellaunigen Zustand allerdings den Eindruck hatte, dass ich mich »durch Jugend« hervorzutun versuchte, was mit knapp dreißig ja auch relativ war, konnte der Satz »Lass mich es mal versuchen« unter Umständen schon reichen, eine Suada loszutreten.

»Um uns in irgendeiner Weise überlegen zu sein, musst du mehr aufbieten, Fräuleinchen. Gegen die vier Jahrzehnte, die du uns an Jugend voraushast, halten wir lässig die gleiche Jahreszahl an Erfahrung. Da geht die Waagschale bei uns runter: Grips plus Lebenspraxis, das ist eine unschlagbare Kombination!«

»Das ist unfair, Tante! Und nenn mich nicht ›Fräuleinchen‹!«

Wir waren durchaus talentiert, uns in so etwas reinzusteigern.

Das führte, je nach Ruths Form, zum Knall einer Tür und vorläufiger Funkstille oder bei hellerer Großwetterlage zu Spott über meine bisherige Lebensweise, die, so Ruths Meinung, wenn sie sich über mich geärgert hatte, nicht gerade als Ausweis meiner Reife herhalten könne.

»Da hast du, selbst in Hinblick auf deine Altersgenossen, einiges aufzuholen, Schätzchen!«

Tante Ruth konnte ganz schön eklig werden.

»Wenn die Blinden mehr sehen als der Einäugige, wird es nichts mit dem Königtum!«

Sobald sie anfing, die Sprüche zu ihren Gunsten umzudichten, gab ich meistens auf oder nach, was von vornherein klüger gewesen wäre, und ließ sie reden, mir meiner grundsätzlichen rhetorischen Unterlegenheit bewusst.

Doch ab und zu, wenn ich mich kräftig genug fühlte, konnte ich nicht anders und setzte noch eins drauf: »Ist ja schon gut, Tantchen, Aufregung schadet dir nur, beruhige dich!«

Wohl wissend, dass ein bestimmter, betulicher Tonfall sie senkrecht auf die Palme bringen würde.

»Red nicht mit mir wie mit einer bescheuerten Hundertjährigen!«, brüllte sie.

»Red du nicht mit mir wie mit einem minderbemittelten Kindergartenkind!«, brüllte ich zurück.

Und Elisabeth sagte: »Wie ähnlich ihr euch doch seid!«

Wir exerzierten das mehrfach durch, wobei ich Ruth zugutehalten muss, dass sie in der Lage war, an dieser Stelle loszulachen, ihre Hand auf meine Schulter zu legen und zu sagen: »Ich mag nicht mit dir streiten, Nichte.«

An anderen Tagen allerdings konnte ich mir auch Sätze dieser Qualität anhören: »Wenn du Wert darauf legst, wie ein erwachsener Mensch behandelt zu werden, dann benimm dich entsprechend!«

Was meinerseits zu Türenschlagen und einsam-wütenden Wanderungen Richtung Halsung führte, begleitet von dem Schwur, am nächsten Morgen abzureisen, diesmal endgültig.

Aber womöglich lag abends im Schwalbennest eine Tafel Schokolade oder ein Buch oder beides auf dem Kopfkissen, und beim nächsten Frühstück war die Welt wieder in Ordnung.

»Gut geschlafen, meine Liebe?«

»Ja, danke, hervorragend.«

Elisabeth hörte ich zu Bascha in der Küche sagen: »Man

möchte nicht meinen, dass die zwei sich erst seit dem Frühjahr kennen.«

Nach drei Wochen im Palau hatte ich die Strandkörbe sommerschön geschrubbt, den Rasen auf Idealmaß getrimmt, unter Baschas Anleitung einige Zimmer hergerichtet, die ersten Lektionen über den Betrieb eines kleinen Hotels gelernt. Das Wort »Crashkurs« verbot Ruth mir ausdrücklich mit der Ermahnung, an meiner durch Amerikanismen »versauten« Sprache zu arbeiten. Dennoch hielt sie mich für fähig, einfache Gästeanfragen zu erledigen, ohne ihre heilige Ordnung in der Kartei durcheinanderzubringen.

Für jeden Gast, der seit 1973 im Palau genächtigt hatte, gab es eine eigene Karte, auf der neben Geburtstag, Heimatadresse, Beruf und Aufenthaltsdauer auch Essensgewohnheiten oder Unverträglichkeiten, Lektürevorlieben, Charaktereigenschaften, Kleidungsstil, Automarke oder besondere Begebenheiten notiert wurden, je nachdem, was Ruth für wert hielt, aufgeschrieben zu werden. Bei manchem Gast waren mehrere Karteikarten aneinandergeheftet, beidseitig mit Ruths winziger Handschrift bedeckt. Elisabeth zeigte sich erstaunt, als ich bei einem Mittagessen erzählte, wie ich mit Ruth die Kartei angesehen hätte: »Sie hat dich reinschauen lassen?«

»Ja, keine Sorge, ich bin ein verschlossenes Grab.«

Ich hielt mir den Zeigefinger an den Mund, aber Elisabeth war nicht nach Scherzen: »Bisher war das nicht üblich.«

Ich hätte es mir denken können, aber Ruth hatte so getan, als wäre es das Normalste von der Welt, dass sie mir die Karten zeigte.

Einige hatten Zeichen in der oberen rechten Ecke.

»Was bedeutet ein schwarzer Punkt?«

»Der Gast ist verstorben.«

»Soll ich die entsprechenden Karten aus der Kartei nehmen?«

»Nein, warum?«

»Mit denen ist doch nicht mehr zu rechnen, ich meine: Sie werden kaum anrufen und nach einer Buchung verlangen.«

Ruth wurde ärgerlich. »Mit dem Löschen seid ihr Jungen schnell, aus den Augen, aus dem Sinn, keine Geschäfte mehr mit zu machen, also vergessen, weg damit!« Sie verließ das Büro.

Zehn Minuten später kam sie wieder, setzte sich an die Schreibmaschine und hackte in die Tasten, als wolle sie das Farbband durchlöchern.

»Tut mir leid, Tante, es war nicht böse gemeint. Du sortierst niemanden aus, der einmal dein Gast gewesen ist, das ehrt dich.«

»Quatsch: Nix ehrt mich! Wir heben sie alle auf, weißt du, zum Erinnern. Nichts Besonderes.«

Ich nickte.

»Oder wenn wir eine Statistik brauchen sollten.«

Ich nickte wieder: »Ja, das ist praktisch.«

»Machst du dich über mich lustig?«

»Würde ich nie wagen!«

»Dann ist's ja gut.«

Der Anschlag wurde weicher.

»Füllst du für mich auch eine Karte aus, Tante?«

»Du bist kein Gast.«

Ich gewöhnte mir an, die Karteikarten zu lesen, wenn ich Telefondienst hatte, setzte mich sonntags ins Büro und studierte Informationen über einen Botaniker, der in den frühen Achtzigern regelmäßig den Frühling im Palau verbracht hatte, oder die Familie Selzer aus Bremen, der jedes zweite Jahr zum neugeborenen Kind gratuliert worden war, bis der Vater seine Arbeit verlor und sich weigerte, Ruths Angebot des Stammgast-Sonderpreises anzunehmen. Noch heute bekamen alle vier Selzer-Kinder, obwohl längst erwachsen, Post vom Palau zum Geburtstag. Ich erfuhr, dass Hermann Schmidt aus Berlin eine Woche vor seinem Tod im Palau Gefallen an Dostojewski gefunden hatte und voller Dankbarkeit abgereist war, dass Annegret Becker aus Bielefeld sich den Knöchel beim Klettern über eine Buhne gebrochen hatte und für den Rest ihres Urlaubs mit Erdbeertörtchen und Brecht ernährt worden war, was ihr außerordentlich gut bekam. Von verlorenen Schlüsseln las ich, geprellten Rechnungen, gewährten Krediten, gestohlenen Büchern, glücklichen Familienzusammenführungen und deren Gegenteil. Ruth ließ mich gewähren, sagte nichts, wenn sie mich beim Lesen erwischte. Manchmal hatte ich sogar den Eindruck, dass sie sich leise wieder zurückzog, wenn sie mich über den Kasten gebeugt fand. Ich war auf dem besten Wege, Expertin für Stammgäste zu werden, wusste Details über Familienverhältnisse und Vorlieben mir völlig fremder Menschen und überraschte im Lauf der Zeit einige Gäste mit meinem Wissen um ihre Meeresfrüchteallergie oder ihre Abneigung gegen Zimmer zwölf.

Telefondienst war eine meiner Lieblingsbeschäftigungen, wenn man es denn zu den Beschäftigungen zählen wollte. Es war völlig überflüssig, in der Rezeption herumzusitzen, denn man konnte das Telefon gut bis in die Kajüte hören, auch wenn Elisabeth Musik laufen hatte. Trotzdem teilte mich Ruth sonntags oft für die Rezeption ein.

»Die Rezeption ist das Herz eines Hotels. Wer das Herz kennenlernen will, muss genau wissen, wie es schlägt.«

Das gefiel mir, und meine Karteikartenlektüre wurde nur selten vom Telefon unterbrochen, das bis weit in den Mai hinein, wenn überhaupt, höchstens einmal in zwei Stunden ertönte.

Mit der Zeit wurde das Klingeln sogar eine willkommene Abwechslung, und ich ging zunehmend gerne ran. Man versicherte mir, dass ich eine angenehme Telefonstimme hätte, und lobte später bei der Anreise die »aufmerksame und freundliche Dame bei der Reservierung«. Ich lernte Diätwünsche und Zimmervorlieben anhand meines Karteikartenwissens im Voraus zu benennen, was stets einen guten Eindruck machte, und blickte eines Tages in das erfreut lächelnde Gesicht der Tante, während ich gerade die Worte »in unserem Haus gibt es leider keinen Aufzug« anbrachte.

»Warum lächelst du, Tante?«

»Hast du gerade ›unser Haus‹ gesagt, Nichte?«

»Ja. Was ist denn dabei?«

»Nichts. Es gefällt mir, wie du mit den Leuten sprichst.«

Später lobte sie mich vor versammelter Mannschaft und allmählich begann ich es selbst zu glauben: Ich war gar nicht so übel fürs Hotelfach.

»Wir«, »bei uns«, das ging mir täglich leichter über die Lippen. Ruth schenkte mir eine Ausgabe von »Hotel & Gast«, weswegen es allerdings zwischen Elisabeth und ihr zum Krach kam. Warum genau, erfuhr ich nicht, ich hatte es vorgezogen, rechtzeitig aus der Schusslinie zu kommen.

Ich war schon über einen Monat im Palau, als der Raps das Hinterland in leuchtendes Gelb getaucht hatte, ich zu »unser Joker« befördert worden war und allmählich mehr Feriengäste eintrafen.

Elisabeth war erleichtert: »Ich dachte schon, sie bleiben uns dieses Jahr weg.«

Ruth schnappte: »Diese ewige Schwarzseherei! Schrecklich!«

Eine Gruppe Pfadfinderinnen aus der Nähe von Bern machte den Anfang. Deren Betreuer, »der Bertram«, laut Kartei Claudel-Leser und Vegetarier, war schon als Kind mit seinen Eltern ins Palau gekommen und ging mir damit auf die Nerven, dass er Ruth »Tante Schuhmann« nannte, obwohl er sie siezte und nicht im Entferntesten mit ihr verwandt war. Seine Gefolgschaft brachte mich mit frühmorgendlichen Gesängen zur Begrüßung der Sonne aus der Fassung und Sergej mit dem Wunsch nach fleischlosen Gerichten. Elisabeth mochte »die frommen jungen Leute«, schwärmte davon, dass sie Ideale hätten und keine Drogen mitbrächten, und fütterte sie mit Rosinenbrötchen und Pfannkuchen. Ania, die tags zuvor aus Polen zurückgekehrt war und die Putzstaffel von ihrer Schwester übernommen hatte, regte sich auf, dass überall Jacken, Federballschläger und Badeanzüge herumlagen.

»Bascha ist egal, aber bei mir benehmen sich junge Leute: Ordnung! Katia ist auch jung, soll aufpassen!«

Ruth wünschte, sie hätten wenigstens singen gelernt, bevor sie lauthals den Herrn priesen, aber immerhin wäre mit keiner von den Halstuchträgerinnen die BRAVO oder sonst ein Schundblatt ins Haus gekommen, da müsse man heutzutage ja schon froh sein. Heinrich bot mit Assistenz des braven Pfadfinderführers seine erste Führung für den Sommer an: »Wandern und Sammeln am Spülsaum entlang«, mit anschließender Bestimmung der Funde. Die Kinder zeigten sich höflich angetan, fragten nachher nach Wollfäden zum Binden von Muschelketten und entschieden sich bei der Abstimmung über eine weitere Führung mehrheitlich für Kinobesuch in Halsung.

»Wieso können sich Pfadfinderinnen fünf Tage Hotel mit Vollpension leisten?«, wollte ich wissen, als ich abends mit Elisabeth beim Äpfelschälen saß.

»Sonderpreis. Ruths Entscheidung«, sagte Elisabeth und wirkte alles andere als erfreut.

»Weil sie christlich sind?«

»Nein, weil sie Kinder sind und weil der Bertram darum gebeten hat.«

»Und du warst nicht dafür? Ich dachte, du magst die Mädchen.«

Elisabeth schnaufte erbost: »Ein Hotelbetrieb, bei aller Liebe, kann sich allzu viel Wohltätigkeit nicht leisten.«

Ich beschloss, mich bei diesem Thema zurückzuhalten.

Eines der Mädchen, dem ich sein am Strand verloren gegangenes Telefon zurückbrachte, drückte mir ein Zwei-Euro-Stück in die Hand und bedankte sich artig. Mein erstes Trinkgeld bekam ich von einer zwölfjährigen Schweizerin in Kniebundhose.

Was es mit der »Müllsammlerin« auf sich hatte, wurde mir eines sonnigen Frühsommertags vorgeführt. Wie Heinrich mir erklärte, handelte es sich dabei um ein erstes untrügliches Zeichen für den Beginn der Saison, den wir alle, aus den unterschiedlichsten Gründen, so dringend erwarteten.

Ruth hatte dem Abfall an ihrem Strandabschnitt den bedingungslosen Kampf angesagt und widmete sich dieser Mission während ihres täglichen Spaziergangs mit unbeugsamer Verbissenheit.

Ruths Füße steckten dabei in riesigen olivgrünen Gummistiefeln, ihr Kopf wurde von einem ausgefransten Strohhut vor der Sonne geschützt, den wiederum ein unter dem Kinn zu einer Schleife gebundener Seidenschal vor dem Davonwehen bewahrte. Über ihren Jeans wehte, je nach Wetterlage, ein bodenlanger Kleppermantel oder eine dunkelbraune Windjacke mit großen ausgebeulten Taschen. Quer über den Bauch trug sie zwei Pflücksäcke aus Leinen, wie sie zur Apfelernte gebraucht werden. Da hinein stopfte sie Plastiktüten, erst leer, dann mit Müll gefüllt, die sie für diesen Zweck das ganze Jahr über sammelte. Bewaffnet mit einem Müllgreifer, von denen im Keller Unmengen auf ihren Einsatz warteten, stapfte sie am Strand entlang und füllte bei ihrem Morgenspaziergang auf dem Hinweg den ersten Sack, dem, wenn dieser auf den Rücken geschoben worden war, auf dem Rückweg der zweite folgte. Einen gravierenden Unterschied zu den Strandabschnitten, an denen sie nicht sammelte, konnte ich allerdings nicht feststellen.

»Tante, bringt das denn was?«

»Die Genugtuung, etwas dagegen unternommen zu haben!«

Die angewandte Vergeblichkeit, gepaart mit dem Energieschub einer fixen Idee für die Dauer einer Morgenstunde: Irgendwie gefiel mir das auch.

»Tante, wie hieß noch mal der mit den Windmühlen?«

»Du denkst an Sisyphos, aber das ist nicht der mit den Windmühlen.«

»Woher willst du wissen, was ich denke?«

»Ohne meine Sammelei lägen täglich zwei Tüten voll Müll mehr am Strand. Da brauch ich keine weitere Philosophie.«

Gelegentlich habe ich sie begleitet, nahm mir ebenfalls Greifer und Plastiktüte, ließ mich dafür halb ernst, halb spöttisch loben, hoffte, Ruth würde in Erzähllaune sein, und kriegte es nie hin, einen Plastikbecher auf Anhieb in die Tüte zu hieven.

»Erst reinstecken, dann öffnen!«

»Warum machen wir das nicht einfacher? Greifen das Zeug mit Handschuhen.«

»Nach deinem siebzigsten Geburtstag beantwortet dir dein Rücken die Frage!«

Bei diesen Gängen wurde ich Zeugin zahlreicher Attacken auf ahnungslose Wanderer, denen sie hinterherrannte und ein fallen gelassenes Bonbonpapier oder eine leere Chipstüte unter die Nase hielt: »Habt ihr das verloren? Soll ich bei euch zuhause auch mal den Müll auf den Boden werfen, ja? Ich bringe euch auf die Wache, wenn ich noch einmal sehe, wie ihr mein Land verunreinigt!«

Die derart Angesprochenen, vielmehr Angebrüllten, traten erschrocken einen Schritt zurück, und wenn sie klug waren, murmelten sie eine Entschuldigung und zogen, ihren Müll gehorsam in den Rucksack steckend, weiter.

Mehrere Anzeigen wegen Beleidigung hatte Elisabeth schon mit Hilfe des für Liefgaard zuständigen Dorfpolizisten von Ruth abwenden müssen und dabei selbst vor dem Einsatz von Hotelgutscheinen nicht zurückgeschreckt. Von deren Einlösung sahen die als »Strandsau« oder »Umweltmörder« titulierten Urlauber aber meist ab, wenn sie hörten, dass auch Ruth dort sein würde.

Am letzten Tag im Mai regnete es ohne Unterlass. Ich rief Manu vom Rezeptionstelefon aus an und bat sie, mir zwei der fünf Bananenkisten zu schicken, die auf ihrem Dachboden lagerten. Eine mit Sommerkleidern, die andere mit Musik, CD-Spieler und einigen Gegenständen, die ich zu Geld machen wollte. Manu maulte, dass ich nur anrufe, wenn ich etwas von ihr brauche, versprach aber, sich darum zu kümmern.

»Dann benötigst du ja in absehbarer Zeit mein Gästezimmer nicht.«

»Nicht so bald.«

Als sie fragte, womit ich mich beschäftigen würde da draußen, ohne Auto am abgelegenen Ostseestrand, und mir lebhaft zu erzählen begann, mit wem sie in welchem Club oder Restaurant gewesen war, fiel mir auf, dass ich es seit meiner Ankunft nicht weiter als bis zum Wochenmarkt von Halsung geschafft hatte, und das auch nur zwei Mal. Verwunderlich daran war, dass es mich nicht störte.

»Und was machst du nach Dienstschluss?«, wollte Manu wissen.

»Lesen. Spazieren gehen. Aufs Wasser schauen.«

»Klingt eher unglamourös. Und sonst?«

»Es gibt nicht viel ›sonst‹. Viele in der Tourismusbranche arbeiten während der Saison bis zum Umfallen und verdienen dabei genug, um sich im Winter auf die faule Haut zu legen. Keine schlechte Sache.«

»Seit wann arbeitest *du* bis zum Umfallen?«

»Ich meine mehr so als Konzept.«

Manu wieherte ins Telefon: »Umfallen als Konzept! Das merke ich mir.«

Ich tat beleidigt, was Manu noch nie gestört hatte.

»Du wirst versauern!«

»Blödsinn!«

»Hast du wenigstens nette Kollegen?«

»Ja. Sehr.«

»Männer?«

»Geht so. Die meisten sind etwas älter als ich.«

Manu behauptete, dass sie sich Sorgen um mich machen würde, ich klänge so anders und dass »der Schnösel«, wie sie ihn nannte, noch immer beinahe jede zweite Woche bei ihr anrief, ob mir das überhaupt klar sei.

Ich wunderte mich, wie lange ich nicht mehr an das Drama in Bergedorf gedacht hatte.

»Hast du ihm gesagt, wo ich bin?«

»Bist du irre? Aber er nervt. Sag mal, kann es sein, dass er dich liebt?«

»Nein! Er verwechselt etwas. Aber sag ihm weiterhin nicht, wo ich bin.«

»Wie du willst, aber eigentlich ist es albern. Als ob er dir russische Mafia-Killer auf den Hals schicken würde, diese Memme! Klär das mal, der braucht eine Ansage. Ich habe ihm schon geraten, dich in Ruhe zu lassen, aber mir nimmt er es nicht ab.«

Ich sagte: »Bestimmt mache ich das« und gab vor, dringend zurück an die Rezeption zu müssen.

Eine wirklich gute Arbeitsstelle hatte ich da vernichtet, die beste, die ich bislang gehabt hatte: wenig zu tun und reichlich Gehalt, dazu Wochenendzulage, Reisebonus, freie Tage extra, fünfzig Quadratmeter Einliegerwohnung mit Kabelfernsehen. Die weiße Villa am Rand von Bergedorf stand auf fußballfeldgroßer Gartenanlage, zwanzig S-Bahn-Minuten von Hamburg-Hauptbahnhof entfernt. Ich konnte mein Glück kaum fassen, als die Herrin des Hauses mir nach dreißig Minuten Vorstellungsgespräch den Vertrag zur Unterschrift über die Glasplatte entgegenschob.

»Wann können Sie anfangen?«

»Sofort, wenn Sie wollen.«

Sie hatte die letzte Entscheidung ihren Kindern überlassen: »Wollt ihr sie haben?«

Die Kinder sahen mich an.

»Schimpfst du oft?«

»Nur im Notfall!«

»Wann ist ein Notfall?«

»Fast überhaupt gar nicht und nie!«

Alles ging gut. Ich mochte die Zwillinge, Florin und Johanna, sie waren zutraulich wie Welpen, dabei gut erzogen und den halben Tag im privaten Kinderhort für Hochbegabte, Englisch-Französisch-Deutsch.

»Ich hab dich lieb, Katja.«

»Ich dich auch, Schätzchen.«

Das war nicht einmal übertrieben.

Nach sechs Monaten fingen sie an, in der Nacht meinen Namen zu rufen, wenn sie schlecht geträumt hatten.

Frau Professor nahm es sportlich, sagte: »Frau Werner, machen Sie das.«

Ohnehin war sie oft unterwegs, Vorträge, Tagungen, Forschungsreisen. Einmal zu oft.

Die Enttäuschung der Kinder. Was hatte man ihnen zur Erklärung für mein Verschwinden gesagt? Mich von ihnen zu verabschieden, blieb keine Zeit. War vielleicht besser so.

»Mag der Papa dich jetzt lieber als die Mama?«

»Aber nein, wie kommst du denn auf die Idee?«

Er hatte begonnen, mich zu beobachten, wenn er zuhause war, strich um uns herum, tauchte unvermutet im Kinderzimmer auf, brachte am Wochenende die Post persönlich an meine Tür. Verständlich, dass man ein Auge drauf hat, wenn man eine Fremde in seine Familie gelassen hat, dachte ich und maß dem keine Bedeutung bei.

»Die Kinder sind so viel glücklicher, seit Sie bei uns sind, Katia«, und: »Sie tun uns gut.«

Das nahm ich irgendwann doch persönlich.

Dann sprach er immer weniger über die Kinder mit mir, der Herr Kommunikationswissenschaftler, der »Sehnsucht« hatte nach einer »Auszeit«, wieder mehr zuhause sein wollte, statt in Peking, Shanghai oder Los Angeles die Märkte zu erforschen. Sabbatical, eine Publikation vorbereiten, was weiß ich, er nahm sich unbezahlten Urlaub, saß mit seinen Büchern im Garten, wenn wir Federball spielten, griff sich einen Schläger fürs gemischte Doppel. Er sagte, man könne sich am Abend gemeinsam Filme ansehen, auf dem großen Flachbildschirm im Wohnzimmer, ein Glas *Vecchia Romana* wird dabei nicht schaden.

»Dein Haar, es riecht nach grünem Apfel.«

Die abgeschmackteste Geschichte von allen, der Hausherr und sein Kindermädchen, Schundroman live, Gefasel von unglücklicher Ehe und innerer Einsamkeit inklusive. Ich fiel darauf herein, glaubte etwas Besonderes zu sein, weil ich einen stillen, hochgewachsenen Hanseaten dazu gebracht hatte, seine Zurückhaltung aufzugeben.

Bis wir einmal zu laut wurden und Florin vor dem Sofa stand. Die Frau Professor verlor tags darauf bei ihrer Rückkehr vom Kongress die Contenance und hatte binnen einer Stunde ihren Mann vor sich auf den Knien: »Lass mich erklären! Ich war so oft allein.«

Sie würde ihm womöglich verzeihen, sagte sie, aber dafür verlange sie viel. Zuerst und unverzüglich die Entfernung »dieser Schlampe vom Personal«.

Das war ich. Ich stand daneben, betrachtete die Szene und dachte, was für eine Idiotin ich doch war.

»Du siehst sie nie wieder!«

»Ja.«

»Versprich es mir!«

»Ja.«

Jetzt löschte ich ihn regelmäßig von meiner Mailbox, und Manu musste erklären, dass ich für ihn unbekannt verzogen war.

Anfang Juni war ich in die Grundzüge des Getränkeausschanks eingearbeitet, baute präsentablen Milchkaffee, pflanzte die Pilsblume nach Maß, und Ruth war eines Montagnachmittags spontan der Meinung, ich könnte für ein paar Stunden das Strandkorbcafé und die Rezeption alleine am Laufen halten, während sie mit Elisabeth nach Lübeck zum Wäschegroßhandel fuhr.

»Das schaffst du«, sagte sie, und Heinrich meinte: »Ich bin ja auch noch da.«

»Wenn etwas ist, frag Sergej«, sagte Elisabeth.

»Den Heinrich schaffst du auch, Kaschka-Schätzchen«, sagte Ania, die unbedingt mit in die Stadt wollte, um sich deutsches Haarspray zu kaufen.

»Komisch«, sagte Heinrich, als wir dem Wagen hinterherwinkten, »Ruth fährt sonst nie mit Elisabeth zum Großhandel. Eine von beiden bleibt eigentlich immer hier.«

Ich wollte mir einbilden, dass sie erst jetzt das Palau in guten Händen, nämlich den meinen, wusste und sich sorglos zum Einkaufsbummel aufmachen konnte, und war beinahe euphorischer Stimmung.

Sie hatten noch keine Stunde das Gelände verlassen, als der Doc in die Kajüte trat, suchend in die Küche schaute und schließlich an der Theke Platz nahm.

»So früh heute?«

Ich machte mich daran, ihm ein Bier zu zapfen.

»Wo ist Ruth?«

»Mit Elisabeth in die Stadt gefahren. Kann später werden. Ich kümmere mich heute um alles.«

Der Doc schüttelte ärgerlich den Kopf, schnaubte: »War ja klar!« und ließ sich vom Hocker rutschen.

»Sie gehen doch nicht schon wieder, Doc?«

Er hatte die Türklinke bereits in der Hand.

»Sag Ruth, ich komme heute Abend wieder und will sie dann sprechen. Nein, sag lieber nichts.«

Er deutete in meine Richtung: »Schreib das Bier auf meinen Deckel und gib es dem Alten.«

Die Tür ging hinter ihm zu, bevor ich auch nur »Wiedersehen« sagen konnte. Meines Wissens hatte er noch nie einen seiner Deckel beglichen.

Ich stellte gerade das Bierglas vor Heinrich ab, als die Tür noch einmal aufschwang.

»Es hat nichts mit dir zu tun«, sagte der Doc, »ich muss mit Ruth reden, das ist alles. Du machst das hier prima, Katia, ich bin froh, dass du da bist.«

Er ging zu Heinrichs Tisch, hob das Bierglas, trank einige Schlucke, und setzte das Glas wieder ab.

»Bier kannst du auch zapfen. Bis später. Danke. Hör auf, mich zu siezen.«

Und raus war er.

Ich starrte noch eine Weile auf die Tür.

»Was war das denn?«

»Der Doc«, sagte Heinrich, »mit einer langen Rede, jedenfalls für seine Verhältnisse. Er macht sich wegen irgendetwas Gedanken, und er hat dich gelobt. Das ist ungewöhnlich.«

Ich wusste nicht genau, ob ich besorgt oder geschmeichelt sein sollte, und entschied mich für Letzteres.

»Jetzt ist er weg und hat mir ein angetrunkenes Glas dagelassen«, nörgelte Heinrich.

Vermutlich hatte Elisabeth dem Doc eine ihrer Geschäftsideen vorgetragen, oder der Steuerberater hatte gerechnet und er sollte es Ruth schonend beibringen. Dass er so grau im Gesicht war, musste nichts heißen. Wer weiß, wie viele Klare er sich am Vorabend genehmigt hatte. »Ich bin froh, dass du da bist«, hatte er gesagt. Schon der zweite Mensch im Palau, von dem ich das zu hören bekommen hatte.

»Lass mal stehen, Heinrich, ich mach dir ein frisches Pils. Wieso bist du eigentlich nicht auf Tour?«

»Einer muss doch hier sein und mit dir die Stellung halten.«

»Wenn ich dich nicht hätte!«

Er strahlte.

Heinrich war auch froh, dass ich da war, dessen war ich mir sicher.

»Schauen Sie, Fräulein Katia, ich habe hier etwas für Sie«, hatte er bereits nach den ersten drei Tagen zu mir gesagt, und da ich mich wirklich über das als »Lunatia catena, ein durchaus seltener Fund« vorgestellte Schneckengehäuse freute, das er mir in die Hand legte, und seinen Ausführungen über das charakteristische Band mit den dunklen Flecken interessiert zuhörte, gewöhnte er sich an, mich mit Mitbringseln von seinen Strandwanderungen zu beglücken, obwohl Ania ihn dafür verspottete. »Glaubt, mit Muschel kann er junge Frauen beeindrucken! Idiot!«

»Lass ihn in Ruhe!«, rief ich, aber Heinrich sagte, dass er sich sehr herzlich für die Unterstützung bedanke, es dennoch, mit Verlaub, vorziehe, sich selbst gegen Anias ignorante Anfeindungen zu wehren. Er sei es gewohnt und pflege sich in solchen Situationen mit einem Schutzschild aus Gleichmut zu wappnen, der gefleckten Nabelschnecke ähnlich, die sich die Mantelfalte wie eine Kapuze über das Gehäuse stülpte, wenn sie sich von einem Seestern angegriffen fühlte. Ich ließ mir erklären, wieso Schnecken über Mantelfalten verfügten, und Ania fragte: »Hat er mich Seestern genannt?«

Sie war einen halben Tag lang beleidigt, weil wir sie so ausgelacht hatten, und Heinrich fragte mich, ob er es wohl wagen dürfe, mir, obwohl eigentlich ich »die Dame« war, das Du anzubieten, wo er doch um so vieles älter sei. Er durfte, und wir besiegelten das mit Echtem Nordhäuser Doppelkorn.

Ich verbrachte einen relativ ruhigen Nachmittag mit der Kaffee- und Kuchenversorgung einzelner Spaziergänger, bestellte der Gräfin Brockdorff, die stets »ihren Juni« im Palau verbrachte und Georges Simenon aufs Zimmer gelegt bekam, erfolgreich ein Taxi von Halsung, nahm die Buchung einer fünfköpfigen Familie für die erste Augustwoche an und fand zwischendurch, dank Heinrichs Bereitschaft, mich im Falle von Kundschaft sofort zu rufen, noch Zeit, Zimmer acht für eine abendliche Anreise fertig zu machen, in der irrigen Hoffnung, Ania damit eine Freude zu bereiten.

Sergej hatte gerade den Kopf aus der Schwingtür gesteckt und gefragt, ob denn heute noch jemand etwas Warmes zu essen haben wollte, als ich gegen sieben Uhr abends den Wagen über den Kiesplatz zur Garage rollen hörte.

Ania kam als Erste herein, wedelte mit der Hand und sagte: »Dicke Luft!«

Sie ließ ihre prall gefüllten Einkaufstüten fallen und verlangte dringend nach einem Holunderblütenlikör.

Elisabeth kam einige Minuten später, warf ihre Handtasche und den Autoschlüssel über die Theke und begann, die Weingläser zu polieren, ohne sich zu erkundigen, wie ich zurechtgekommen sei.

»Wo ist Ruth?«, fragte ich.

»Sie geht spazieren. Wir sollen nicht mit dem Essen warten. Sind die Hansens angereist?«

Elisabeths Tonfall duldete keine Rückfrage.

»Noch nicht. Aber das Zimmer ist fertig.«

Ania brummelte etwas, Elisabeth hörte gar nicht hin.

Als ich später nach draußen ging, sah ich in der Dämmerung einen winzigen Punkt im hintersten Strandkorb aufglühen und erkannte eine kleine Gestalt, die allein rauchte. Ich ging zu ihr und sagte: »Der Doc war hier.«

Ruth sagte: »Na und?«

»Er wollte dich sprechen, es schien dringend zu sein.«

»Bah!« Ruth winkte ab. »Der alte Wichtigtuer!«

»Kommst du nicht rein?«

»Nein, ich hab noch zu tun.«

Sie schien an diesem Abend länger übellaunig zu sein, als es für gewöhnlich der Fall war, wenn sie Krach mit Elisabeth gehabt hatte, und ich beschloss, sie in Ruhe zu lassen.

Der Doc fing sie am nächsten Morgen auf ihrem Spaziergang ab. Ich sah sie vom Fenster aus am Strand auf und ab wandern, Ruth mit der Linken in der Hosentasche und der Rechten am Müllgreifer, der Doc mit beiden Händen heftig gestikulierend, dann sein Arm um Ruths Schultern. Sie schüttelte ihn ab und ging allein Richtung Hafen.

Später lief sie mir im Garten über den Weg.

»Hast du dich mit dem Doc gestritten?«

»Und wenn schon.«

Sie schritt an mir vorbei, ohne stehen zu bleiben.

Beim Mittagessen war alles wie immer: Der Doc schaufelte stumm das Essen in sich rein, und Ruth grantelte wegen irgendetwas herum, während Ania sich mit Heinrich über den Gestank in Zimmer elf stritt, »wie von totem Tier«. Elisabeth wirkte noch immer beleidigt, aber das konnte die unterschiedlichsten Gründe haben. Ich wollte es nicht genau wissen.

Am Nachmittag war Ruth dann so dezidiert bester Stimmung, dass ich dachte, es wird nicht so schlimm gewesen sein. Nur Elisabeth, die sonst immer auf Ruths Launen einschwenkte, bedachte sie mit misstrauischen Blicken.

Abends lief sie mir in die Küche hinterher, packte mich am Arm und zog mich in die Vorratskammer: »Hat Ruth mit dir gesprochen?«

»Ja sicher, das tut sie ab und zu. Wieso fragst du? Hab ich was angestellt?«

Sie schnaufte ärgerlich: »Es geht nicht immer um das, was du tust, Katia!«

Ich war wieder zwölf, und die von mir glühend verehrte Deutschlehrerin hatte mich eine vorlaute Göre genannt. Und schon in der siebten Klasse hätte ich mir eher die Zunge abgebissen, als vor jemand anderem eine Träne zu vergießen.

Vielleicht weil Elisabeth noch nie in diesem Ton mit mir geredet hatte, erzählte ich ihr nicht, dass ich Ruth am Morgen mit dem Doc hatte sprechen sehen.

Ich fiel fast in Sergejs Arme, als die Tür der Vorratskammer aufgerissen wurde. »Was macht ihr denn hier? Geheimnisse!« Er grinste breit, und ich nutzte die Gelegenheit, unter seinen Pranken hindurchzuschlüpfen und Elisabeths Ruf zu ignorieren.

Als ich nachts der randalierenden Schwalbennestkatze öffnete, lag ein Briefumschlag vor meiner Tür. Darin eine Minitüte Gummibärchen und eine Kunstpostkarte, Picassos »Im Kaffeehaus«. Auf der Rückseite stand in großen, beinahe kalligraphisch anmutenden Buchstaben:

»Es tut mir leid!

Deine

E.«

Was auch immer zwischen den beiden vonstattenging, ich wollte nicht hineingezogen werden.

4
Reichlich Vergangenheit

You mistake me, my dear. I have a high respect for your nerves.«

»Das kenne ich, Tante! Anschließend sagt er ihr, dass sie ihn die vergangenen zwanzig Jahre lang mit ›ihren Nerven‹ tyrannisiert hat.«

»Seht her, mein Nichtlein und die Weltliteratur! Aber diesen Teil des Zitats hatte ich ausgelassen. Mit Absicht!«

»Lasst euch durch meine Anwesenheit bloß nicht davon abhalten, mich zu beleidigen. Im Übrigen habe *ich* Respekt vor *deinen* Nerven, liebe Ruth, und das schon mehr als dreißig Jahre!«

Elisabeth klang nicht, als ob sie einen Witz machte.

Das Holzhackerlachen donnerte trotzdem von der Eckbank, die Tante legte die flache Hand an die Brust, neigte das Kinn und sagte: »Der Punkt geht an dich!«

Elisabeth stand auf: »Ich mache mich an die Arbeit. Wenn ihr wieder in der Lage sein solltet, euch ernsthaft über die Organisation eines Gästebetriebs zu unterhalten, findet ihr mich in der Backküche.«

Es ging schon ein wenig auf Elisabeths Kosten, was wir gelegentlich veranstalteten, aber da sie weder ein Paar noch Geschwister waren, war ich der Ansicht, keine moralischen Bedenken hegen zu müssen, wenn die Pointe gut war. In dieser Hinsicht waren wir uns dann doch wieder ähnlich, die Tante und ich.

»Ich schätze deine Diskretion.«

Dieser Satz aus Ruths Mund war ein Meilenstein auf dem Weg zu so etwas wie Freundschaft. Ich kapierte seinen vollen Sinn zwar erst sehr viel später, aber da auch die Tante etwas brauchte, um zu merken, dass ich nicht verstanden hatte, gerieten wir in vertraulicheres Fahrwasser, was, bei allem Unverständnis, keiner von uns beiden weh getan hat.

Sie war am Tag, nachdem ich sie mit dem Doc am Strand gesehen hatte, bei mir im Schwalbennest eingefallen. Das hatte sie noch nie gemacht, noch dazu vor dem Frühstück. Dementsprechend sprang ich aus dem Bett, überzeugt, dass etwas Schreckliches passiert sein musste, Feuer, Sturmflut, Bombendrohung. Ich hatte mir bereits hektisch ein T-Shirt über den Kopf gezogen, als ich bemerkte, dass Ruth hinter der Katze her grinste, die mit murrenden, grunzartigen Lauten unter dem Schrank verschwand.

»Sachte! Du verschreckst noch deine Zimmergenossin«, sagte die Tante und schien nicht sonderlich besorgt zu sein, was mir aber zur Entwarnung noch nicht reichte. Sarkastische Ruhe, kurz vor dem Ausbruch, war durchaus in ihrem Repertoire vorhanden. Dennoch fiel sofortige Evakuierung wegen Feuer wohl erst mal weg, *so* abgebrüht war sie nun auch wieder nicht.

»Was ist passiert?«, keuchte ich.

»Man wird in seinem eigenen Haus doch noch ein Zimmer betreten dürfen.«

Ich stieg in meine Jeans und Ruth sagte: »Bascha hat recht.«

»Wie?«

»Du solltest mehr essen.«

»Deswegen weckst du mich?«

Sie lachte und ging zum Fenster, stellte sich auf die Zehenspitzen, versuchte hinauszusehen. »Ist es hier nicht zu eng für eine hochgewachsene Person wie dich?«

»Ich fühle mich wohl. Sogar an das Krallenmonster hab ich mich gewöhnt.«

Sie schob das Fenster auf, klemmte den Riegel fest.

»Wir könnten dir eines der größeren Zimmer geben.«

»Ich will kein anderes Zimmer.«

Sie ging zum Bett. »Darf ich?« Ich nickte. Ruth setzte sich auf die Kante, betrachtete die Bücher auf meinem Nachttisch, zog eines aus dem Stapel, blätterte darin, hielt es mir entgegen: »Du weitest deine Lektüre auf das zwanzigste Jahrhundert aus? Hast du dies hier schon gelesen?«

»Noch nicht einmal angefangen.«

»Tu's! Du wirst es nicht bereuen! Oder warte lieber noch, ich gebe dir erst das vorherige, das wird dir …«

»Tante! Es ist halb sechs Uhr morgens, du hast aller Wahrscheinlichkeit nach noch keinen Kaffee gehabt, kommst auf mein Zimmer und *sprichst*. Also: Willst du mir jetzt endlich sagen, was los ist?«

Sie sah mich scharf an.

»Eigentlich wollte ich dich darum bitten, genau das nicht tun zu müssen.«

Ich verstand überhaupt nichts und sagte: »In Ordnung.«

Ruths Gesicht entspannte sich wieder. Sie klopfte neben sich auf die Bettkante und sagte: »Hinsetzen!«

Als ich neben ihr Platz genommen hatte, legte sie mir den Arm um die Schulter, was mich endgültig aus dem Gleis brachte. Ich drehte den Zipfel meines Bettlakens in den Händen, spürte, wo ihre Finger auflagen, wartete, was kommen würde.

»Katia?«

»Ja?«

»Ich mag's, wenn du mich ›Tante‹ nennst.«

»Okay.«

Allmählich bekam ich Angst vor ihr.

»Das sagt sonst keiner zu mir.«

»Der schreckliche Bertram neulich.«

»Zählt nicht.«

»Aha.«

Sie räusperte sich, drückte etwas fester auf meine Schulter, räusperte sich erneut, nahm den Druck weg, kratzte sich am Hinterkopf. Ich wartete, Ruth schwieg, eine Ewigkeit von mindestens sechs oder sieben Minuten lang.

Dann drängte ein Gedanke in mein noch müdes Hirn, drehte sich hierhin und dorthin, breitete sich aus, wurde immer größer, fetter, wahrscheinlicher. Ich dachte: Es könnte sein, es kann nichts anderes sein, es ist so, sprang auf und rief: »Der Bergedorfer ist gekommen! Der schöne Herr Doktor Fischer hat im Strandkorb gesessen, die halbe Nacht, und schwafelt jetzt von Liebe.«

Ich lief zum Schreibtisch, kam zurück, blieb vor der Tante stehen, strich mir die verfilzten Haare aus der Stirn.

Ruth sah zu mir auf, hob sehr langsam ihre Brauen und sagte: »Wer, um alles in der Welt, ist ›der schöne Herr Doktor Fischer‹?«

Ich ließ mich wieder aufs Bett fallen.

Ruth schaute mich an, sichtlich amüsiert.

»Jetzt musst du mich schon aufklären.«

»Das ist die Geschichte, die du lieber nicht hören wolltest.«

»Erzähl sie mir!«

Da saß ich, morgens um halb sieben auf einem verschwitzten Laken und packte aus: die ganze blöde Affäre, mitsamt dem ebenso schmählichen wie lautstarken Ende. Ich ersparte mir, und vor allem der Tante, wenig.

Ruth hörte zu, ohne sich auch nur einmal zu rühren, schaute dabei auf ihre Knie wie nicht ganz bei sich, und nachdem ich endlich auch noch von meiner sich mit Verzweiflung füllenden Mailbox und von Manus Anrufen berichtet hatte, musste ich nach Luft schnappen.

Ruth sagte: »Fertig?«

Ich sagte: »So weit ja.«

Ruth sagte: »Jetzt brauche ich Kaffee!«

Sie erhob sich, ging bis zur Tür, blieb mit dem Rücken zu mir stehen: »Was hat dir der Doc genau erzählt?«

Ich war noch immer in meiner Geschichte und verstand nicht, was der alte Griesgram damit zu schaffen haben sollte.

»Der Doc? Wieso? Sollte ich vom Doc etwas wissen?«

Ruth verharrte mit der Hand auf dem Weg zur Klinke, gab ein eigenartiges kleines Geräusch von sich und sagte: »Danke, meine Liebe. Mach dir keine Sorgen.«

Die begann ich mir augenblicklich zu machen, wusste aber nicht, in welche Richtung sie zu gehen hatten. Ich blieb verwirrt auf meiner Bettkante sitzen und betrachtete den Rücken der Tante, aus dem spitz die Schulterblätter ragten.

Sie öffnete die Tür, trat auf die Schwelle, wandte sich um und sagte: »Könntest du dir vorstellen, für länger hier zu leben, ein bisschen im Palau Fuß zu fassen?«

Sie sprach gedämpft, schaute dabei knapp an mir vorbei.

Noch bevor mir eine passende Antwort eingefallen war, sagte sie: »Na dann«, lächelte und zog die Tür mit einem sanften Klack hinter sich zu. Ich starrte noch eine Weile auf die Holzmaserung, aber nichts rührte sich.

Zwanzig Minuten später hatte sie sich beim Frühstück hinter dem *Tagblatt* verschanzt, und Elisabeth sagte bei meinem Erscheinen: »Heute verschlafen aber auch alle.«

Wir gingen nahtlos zum Alltagsprogramm über: Gäste wurden am Nachmittag erwartet, Zimmer mussten vorbereitet, die Rezeption zwischen dreizehn und siebzehn Uhr besetzt werden, und die Schranktür auf Zimmer neun klemmte auch schon wieder. Wenn ich noch Zeit fände, den Rasen vor dem Parkplatz zu mähen, wäre das wunderbar. Ich versprach, mein Bestes zu geben, und erinnerte daran, dass ich erst noch zwei Scharniere bei den Strandkörben auszuwechseln hätte, falls davon im Werkzeugkeller welche zu finden seien.

»Sie ist doch wirklich vielseitig verwendbar, unsere Große, findest du nicht auch, Lizzy?«

Wer von uns beiden jetzt verwunderter dreinschaute, Elisabeth oder ich, vermag ich nicht zu sagen. Die Tante strahlte.

Eine weitere Erklärung für ihr frühmorgendliches Auftauchen oder eine wie auch immer geartete Vertiefung ihrer Frage nach meiner möglichen Verwurzelung lieferte sie mir nicht, und ich erkundigte mich auch nicht danach, was ich vielleicht hätte tun sollen, aber Ruth gab mir keine Hinweise, dass sie dergleichen erwartete, benahm sich in der Folgezeit wie gewohnt, launisch und unberechenbar. Dennoch hatte sich irgendetwas im Ton zwischen ihr und mir verschoben. Was nicht bedeutete, dass wir Gelegenheiten für Auseinandersetzungen aller Art ungenutzt verstreichen ließen, aber es wurde selbstverständlicher zwischen uns, meinerseits weniger ängstlich um Vorläufigkeit bedacht und ihrerseits um Nuancen warmherziger. Jedenfalls eine Zeit lang.

Am ersten Juli kam Frank in den Garten und überraschte mich mit der Ankündigung, sich verabschieden zu wollen. Er ergreife wie jedes Jahr rechtzeitig zur Saison die Flucht und werde den Sommer bei einer Freundin beziehungsweise deren Schafherde verbringen. In drei Monaten sei er zurück.

»Du verschwindest während der Saison? Das habe ich nicht gewusst«, sagte ich.

»Ich bin ein Schafhirte der Extraklasse«, sagte Frank.

»Zweifellos auch das.«

»Und die Freundin ist *eine* Freundin, verheiratet, zwei Kinder.«

Ich musste lachen. »Dann ist ja alles gut.«

»Komm doch mit.«

»Schafe hüten?«

»Rein platonisch!«

»Vergiss es!«

Er grinste. »Finde ich dich im Oktober noch hier?«

»Keine Ahnung. Möglich.«

»Dann gehst du mit mir ins Kino, ohne Ausrede, ich weiß es!«

»Soso.«

Er reichte mir die Hand, warm und etwas feucht.

»Pass auf die Alten auf.«

»Die können bestens selbst auf sich aufpassen.«

Frank nickte, drückte mir einen unangebracht freundschaftlichen Kuss auf jede Wange und verschwand die Steintreppe zum Strand hinunter.

»Verabschiedest du dich nicht von den andern?«, rief ich hinterher.

»Ruth hasst es«, hallte es über den Steinwall.

Am nächsten Morgen waren die blauen Läden der Fischerhütte vor die Fenster geklappt, die Kräutertöpfe der Pflege Elisabeths anvertraut, und Ruth knurrte: »Nur gut, dass wir nicht auch noch die beiden hässlichen Köter durchfüttern müssen.«

Sie betonte mehrfach, dass sie auch gut ohne den »neunmalklugen Tagträumer« zurechtkomme, dem weine weder sie noch sonst jemand eine Träne nach.

»Genau!«, rief Heinrich dazwischen und wurde von Ania ausgelacht.

Ich wandte mich an Ruth und fragte, was denn gegen Frank vorliege. Bislang hatte ich den Eindruck gehabt, dass sie ihn mochte, trotz oder gerade wegen der ganzen Beinamen, mit denen sie ihn versah: Spinner, Ökotourist, Grünschnabel.

»Auf einmal will er hier alles verändern!«, schimpfte Ruth. »Verdient sein bisschen Honorar mit dem Verfassen mäßig erfolgreicher Büchlein, ist ständig knapp bei Kasse, wenn's ums Mietezahlen geht, und hockt den Sommer über bei Lämmergeblöke im Bauwagen, aber uns will er belehren, wie wir es ›wirtschaftlicher gestalten‹ können, der Klugscheißer.«

»Da tust du ihm Unrecht«, rief Elisabeth, »der Junge meint es gut mit uns.«

»Herrgott, Lizzy! Überleg mal, was du da sagst!«

Ein Wunder, dass die Tür noch fest in ihren Angeln hing.

Ich fragte, was Ruth damit gemeint hatte, dass Frank alles verändern wolle, mir schien, er mochte das Palau so, wie es war. »Einen Ort wie diesen«, hatte er mehr als einmal zu mir gesagt, »findest du kein zweites Mal.«

»Er hat Sorge, dass wir uns nicht halten können, wenn wir nicht hier und da ein bisschen umdenken«, sagte Elisabeth.

»Und Ruth hat die Sorge nicht?«

»Ach, die!«

Es stellte sich heraus, dass »alles verändern«, wie es Frank zur Last gelegt wurde, zunächst aus den zaghaft vorgebrachten

Vorschlägen bestand, erstens ein Kartenlesegerät anzuschaffen, damit die Leute nicht immer erst sieben Kilometer zum nächstgelegenen Geldautomaten fahren mussten, um ihre Rechnung begleichen zu können, und zweitens eine E-Mail-Adresse fürs Palau einzurichten, damit Anfragen auch online erfolgen konnten, wenn schon die Möglichkeit der automatischen Buchung nicht bestand.

»Was ist daran schlimm?«, wollte ich wissen.

»Ruth befürchtet, das könnte der Anfang vom Verlust unserer Identität sein.«

»Du lieber Himmel!«

»Vielleicht hat Frank zusätzlich noch ein paar Dinge ausgesprochen, die sie nicht hören wollte. Na ja, egal, sie beruhigt sich schon wieder.«

Elisabeth schien nicht näher darauf eingehen zu wollen, und da Heinrich eine Rede gegen »rücksichtslose Modernisierer und dreiste Profitler« anstimmte, besann ich mich auf das noch zu entfernende Unkraut zwischen den Wegplatten vom Parkplatz zum Hauseingang und verschwand.

Ich deutete Ruths Ablehnung zunächst als Technikfeindlichkeit, die in einer generellen Angst vor Veränderungen wurzelte, aber damit war ich auf dem Holzweg.

Vielleicht hätte ich mich dafür interessieren sollen, welche konkreten Befürchtungen Ruth und Elisabeth umtrieben, statt mich, wie gewöhnlich, von Konflikten fernzuhalten. Aber sie kamen seit Jahrzehnten bestens ohne meine Einmischung klar. Es gab auch so genügend Ärger, in den ich hineinrutschte, und für mitfühlendes Verständnis fehlte mir die Begabung. Niemand, den ich je trösten wollte, hat sich danach sichtbar besser gefühlt; die wenigen Menschen, die bei mir Beistand gesucht haben, waren damit nicht eben gut beraten gewesen, und weil ich von meiner Unfähigkeit in diesem Bereich überzeugt war, ignorierte ich vorsorglich sämtliche Hinweise und Andeutungen. Eine friedenserhaltende Maßnahme, redete ich mir ein, konfliktvermeidende Neutralität.

Man könnte es auch Feigheit nennen.

Andererseits: Was hätte es geändert?

»Dinge geschehen«, sagte die Tante, »mit und ohne Kopfstand.«

Mitte Juli füllte sich das Haus, wenn auch langsam. Acht der zwölf Zimmer waren mit Feriengästen belegt, Ania und Bascha teilten sich nun dauerhaft das Zimmer eins. In der Kammer neben dem Schwalbennest war Sergejs Schwester Olga eingezogen, die ihre Abende damit verbrachte, die Telefonrechnung lautstark in astronomische Höhen zu treiben. Tagsüber redete sie kaum etwas, huschte morgens in die Küche, schien sich den ganzen Tag kaum von Spülmaschine und Schneidbrett wegzubewegen und weigerte sich, mit uns in der Kajüte zu essen. Sergej sagte: »Lasst Olga, war sie schon immer komisch mit den Deutschen« und kümmerte sich nicht weiter um sie. Ab und zu schmetterte er einen knappen Befehl in ihre Richtung durch die Küche. Ich war solchen Ton von Sergej nicht gewohnt und fuhr jedes Mal zusammen, wenn ich dort zu tun hatte. Kein Wort verstand ich von dem Geschrei, wunderte mich über die friedlichen Gesichter, die so gar nicht zu ihrem Umgangston passten, und dachte, es könnte russische Eigenart sein, sich unter Geschwistern anzubrüllen. Dass Olga schwerhörig war, registrierte ich erst nach mehreren Wochen.

Die »Sommermannschaft« war vollständig, acht Personen, den Doc und die Dorfaushilfen nicht mitgerechnet, aber: mich.

Mit mir wurde gerechnet, ich ließ mit mir rechnen, zählte die Tage meines Aufenthalts nicht mehr einzeln ab, orderte die restlichen drei Kisten mit meinen Sachen, entsorgte die Hälfte des Inhalts gleich wieder auf dem Kirchenbasar von Liefgaard und hängte fünf eigene Bilder an die Wand im Schwalbennest. Ich übte mich vorsichtig im »Fußfassen«, obwohl Ruth zu diesem Thema nichts mehr gesagt hatte.

Es ging mir gut in diesem Juli. »Angekommen« war vielleicht zu viel gesagt, aber nach beinahe drei Monaten schaffte die zeitliche Ausdehnung des Vorläufigen beinahe schon so etwas wie Sesshaftigkeit, ob ich wollte oder nicht. Ich wollte aber, sogar sehr, ging nicht mehr davon aus, jeden Moment abzuhauen oder noch vor Ende des Sommers das Arbeitsamt aufzusuchen, dachte sogar darüber nach, meinen Zweitwohnsitz in Halsung anzumelden, wagte es allerdings noch nicht, mit Ruth oder Elisabeth darüber zu sprechen.

Wollte ich versuchen, die Wochen dieses Sommers zu zeichnen, würde ich einzelne Punkte auf ein Blatt setzen, die erst später, wenn man sie endlich verbunden hätte, eine Form erkennen ließen. Ähnlich wie bei diesen durchnummerierten Pünktchen in Rätselheften für Kinder, die erst dann, wenn sie mit dem Filzstift verbunden werden, ein Bild ergeben. Meine Mutter hatte öfter selbst welche für mich entworfen, als ich noch klein war: Mickymaus, Schneewittchen, Peter Pan. Micky musste später zerrissen werden, wegen Mamas neu erstarktem Antiamerikanismus.

Als sie weg war, habe ich versucht, selbst solche Bilderrätsel zu zeichnen, pauste meine Lieblingsfiguren durch, ein Zirkelstich an jeder markanten Stelle, mit mäßigem Erfolg. Donalds Schnabel verrutschte, Micky, der jetzt wieder mitmachen durfte, hatte seine Ohren an der falschen Stelle sitzen, und Plutos Schwanz vergaß ich komplett.

Mein Palau-Bild wäre eine Insel in Form eines Oktogons: der Beginn der Transformation des Quadrates in den Kreis, gefasst in den Farben Rot, Grün, Blau. Ruth würde dazu sagen, dass ich nicht mehr alle Tassen im Schrank hätte.

Immer noch sehe ich den glühenden Punkt im Strandkorb zwölf, aufglimmen, abglimmen, sich ständig weiter entfernen, obwohl das nicht sein kann. Sie saß da, unbeweglich, manchmal halbe Nächte lang, »hab zu tun, Kleine«, wollte sich nicht unterhalten. Morgens fegte ich dann die Kippen weg und hoffte, es möge jetzt wieder für einige Zeit genug des einsamen Strandkorbhockens sein, und wir könnten erneut zu Wortgefechten und Gelächter übergehen. War Ruth nach dem Frühstück wieder normal, schob ich die Sorge um eine einsam im Strandkorb vor sich hin grübelnde Frau beiseite und wünschte, dass es diesmal für länger sein könnte.

Die Abstände zwischen den Glutpunkten verkürzten sich, aber die Verbindungslinien ergaben trotzdem lange kein Bild.

Vielleicht war ich aber auch schlicht zu beschäftigt mit der Erfüllung meiner neuen Funktion als Mitglied einer Hotel-Crew. Ein Ausdruck, den die Tante sich in ihrer Anwesenheit verbat.

Ich durfte dazugehören, las regelmäßig »Hotel & Gast«, studierte Kapitel wie »Basiswissen Service« oder »Gastgewerbliche Betriebsorganisation« und gewöhnte mich an die Rolle mit der Kellnerschürze vor dem Bauch.

Alle waren beeindruckt von meinen Trinkgelderträgen. Der Doc sagte: »Katia macht das sehr charmant« und alle, mich eingeschlossen, starrten ihn erstaunt an. »Ist so«, lächelte er, »da braucht ihr nicht so schauen. Sie ist gleichbleibend freundlich, verlässlich zur Stelle, wenn sie gebraucht wird, und sie sieht auch nicht ganz so verschrumpelt aus wie wir. Bei ihr ist das Café in guten Händen. Und wer weiß, was sonst noch alles.«

Mir war nicht bewusst, dass der Doc mich auch nur einmal draußen beim Bedienen beobachtet hätte, geschweige denn, was er mit seiner Rede eigentlich sagen wollte. Ich erschrak, suchte nach einer abschwächenden Erwiderung, sagte: »Ich verteile doch nur Kaffee und Kuchen«, und wunderte mich, dass die Tante nicht mich, sondern den Doc beobachtete.

»Doc, hast du was Hartes getrunken?«, fragte Elisabeth.

»Nee«, sagte der Doc.

Ruth sagte: »Tempora mutantur.«

Der Doc sah sie scharf an und sagte: »Nos et mutamur in illis.«

»Könnt ihr bitte Deutsch sprechen?«, sagte ich.

Heinrich übersetzte: »Die Zeiten ändern sich, und wir ändern uns mit ihnen.«

»Und?«

»Ist eine Tatsache.«

Ruth nahm ihren Tabaksbeutel an sich, stand auf, klopfte mir im Vorbeigehen auf den Rücken, sagte: »Bist doch sonst so ein kluges Kind« und verschwand nach draußen.

Der Doc schaute ihr nach, seufzte: »Ich halte jetzt wieder die Klappe.«

Ania sagte: »Besser so.«

»Ich möchte mal wissen, warum man mit fast dreißig bei euch immer noch das Kind ist«, sagte ich, fand aber kein Gehör, denn wir alle zuckten zusammen, als es plötzlich krachte.

»Manchmal möchte ich euch alle zur Hölle fahren lassen!«

Elisabeth knallte unter unseren entsetzten Blicken das Geschirr aufeinander, räumte den Tisch ab, obwohl Heinrich noch nicht mit dem Essen fertig war, und stürmte in die Küche.

Sergej sagte: »Oje!«

Bascha eilte hinter Elisabeth her, kam kurz darauf wieder zurück: »Will sie nicht reden!«

Ich kapierte mal wieder gar nichts und sagte: »Dann verschwinde ich auch mal. Braucht jemand vielleicht etwas aus dem Dorf?«

»Wie ähnlich du deiner Tante doch sein kannst«, sagte der Doc und machte sich auf den Weg nach draußen.

Ich sah seine rundliche Gestalt später allein über den Deich wandern, von Ruth keine Spur.

In Halsung kaufte ich eine Postkarte mit aufgewühltem Strandpanorama ohne genaue Ortsangabe, lieh mir einen Kugelschreiber und warf die Karte in den nächsten Briefkasten.

Lieber Papa, an der Ostsee gibt es reine Luft, mildes Klima und einen guten Sommerjob für mich: Ich arbeite jetzt in einem Hotel. Das ist viel besser, als reicher Leute Kinder zu hüten! Es würde Dir gefallen, mich fleißig zu sehen. Melde mich bald ausführlicher und küsse Dich. Deine K.

Als ich abends draußen auf einem Felsen saß und den Rauch in die blau dämmernde Aussicht blies, ertönte von hinten eine Stimme im nachgeahmten Iwan-Rebroff-Sound:

»Das Fräulein stand am Meere
und seufzte lang und bang,
es rührte sie so sehre
der Sonnenuntergang.«

»Nix Rührung oder Seufzer, Tante, ich schaue nur aufs Wasser.«

»Geht's dir gut, Nichte?«

Ich war ob der Frage überrascht, drehte mich zu ihr um, konnte aber in der Dämmerung ihr Gesicht nicht erkennen.

»Bestens. Wieso fragst du?«

»Du gehst nie aus, lädst keine Freunde ein, treibst dich nicht in der großen, bunten, weiten Welt herum, wie es deinem Alter angemessen wäre.«

»Mir ist es hier bunt genug.«

Sie kam näher, blieb wenige Schritte hinter mir stehen.

»Das Palau ist ein Gebilde, dessen Zeit bald abgelaufen sein könnte. Das muss jedem klar sein, der sich mit uns einlässt.«

»Wie bitte?«

Ich fragte mich, was sie bezwecken wollte, wünschte, sie würde einen anderen Ton anschlagen, von mir aus wieder irgendwas zitieren, Hauptsache, Schluss mit dieser deprimierten Ernsthaftigkeit. Die Tante hustete und fuhr fort: »Reichlich Vergangenheit, wenig Zukunft, das meiste irreversibel vorbei.«

Ich zuckte mit den Schultern. Wenn ich nur auf der Durchreise bleibe, brauchen mich Verfallsdaten nicht zu kümmern, dachte ich und hoffte, sie würde nicht so weitersprechen.

»Möglich, dass die Konzeption veraltet, die Aussichten schlecht und unsere Tage gezählt sind, aber das Ganze, Katia, war ziemlich gut. Ist es noch immer. Nicht perfekt, aber ziemlich gut.«

»Für mich allemal«, sagte ich und versuchte ein Lächeln.

»Nicht nur für dich! Kannst du bitte mal über deine eigene Mütze hinausdenken?«

Wir werden uns wieder streiten, dachte ich: Ich werde falsche Stichworte geben, und die Tante wird in die Luft gehen.

Ich sagte: »Natürlich: Nicht nur für mich.«

Ruth blieb unerwartet ruhig: »Was würde zum Beispiel aus einem wie Heinrich ohne das Palau? Schon mal darüber nachgedacht?«

»Keine Ahnung. Altersheim.«

»Eben.«

»Nicht schön.«

»Kann man sagen. Sicher, dort wäre auch jemand da, der für ihn kocht, wäscht und sauber macht, wahrscheinlich wären sie sogar nett zu ihm, aber wer würde seinen Vorträgen zuhören, wen könnte er mit seinem Wissen bereichern oder nerven, wo gingen seine Wanderungen hin? Bei gutem Wetter dreihundert Meter durch den umzäunten Park, ansonsten den Flur rauf und runter? Was findet man da überhaupt, Fieberthermometer, Mullbinden, Pillendosen? Ohne uns wäre Heinrich schon vor zehn Jahren ein Sozialfall gewesen, ein überflüssiger Schwätzer, den sich keiner seiner Blutsverwandten zumuten möchte. Aber wir haben ihn gerne, für uns ist er wichtig. Auch wenn er die meisten seiner Rechnungen nicht bezahlt.«

»Ich möchte ihn auch nicht missen.«

»Aber das alles hier wird eines Tages vorbei sein. Aus, Ende, Finito! Verstehst du, was ich dir damit sagen will?«

Ich sah einer Möwe beim Landen zu und sagte: »Lieber nicht.«

Vor mir klatschte etwas ins Wasser, und ich dachte, wie merkwürdig das ist, dieser Drang, Steine ins Meer zu werfen, sie mit einem Platscher zu versenken, möglichst weit draußen, selbst kleine Kinder können darin eine unglaubliche Ausdauer entwickeln.

»Auch eine Einstellung. Nicht mal die schlechteste«, sagte Ruth so leise, dass ich sie kaum verstand.

Ich hörte ihr Feuerzeug, atmete ihren Rauch ein, hätte meine Worte gerne wieder zurückgenommen, stattdessen etwas anderes gesagt, etwas Tröstliches, oder Widerspruch eingelegt.

»Bei der Caritas kriegt er nicht mal sonntags einen Schnaps!«, setzte die Tante nach und lachte bitter.

»Katia, es wäre wünschenswert, dass du draußen als Bedienung besser kenntlich bist«, sagte Elisabeth zwei Tage später beim Frühstück. Bevor ich, von der Vision einer häubchengekrönten Serviererinnentracht wenig begeistert, etwas erwidern konnte, schnauzte es hinter dem *Tagblatt* hervor: »Schwarzer Vorbinder reicht! Wir sind hier nicht in Wien!«

»Als ob ich das nicht wüsste!«

Elisabeth verzog das Gesicht, schien aber nicht sonderlich beleidigt zu sein.

»Vielleicht könnte sie wenigstens ein Kopftuch umbinden?«

Ich sagte mit einem Maximum an Verzweiflung in der Stimme: »Kopf-tuch?«

Elisabeth verdrehte die Augen.

»Die gnädige Frau meint deine Frisur, Nichte«, sagte Ruth und grinste.

Bisher hatte kein Mitglied der Mannschaft etwas an meiner Aufmachung auszusetzen gehabt, und ich nahm an, zwischen den geblümten Kitteln, polnischen Dauerwellen und schwarzen Rollkragenpullovern fiele mein Aufzug nicht weiter ins Gewicht.

Elisabeth war mit Beginn der Saison dazu übergegangen, tagsüber, wenn sie nicht mit Backen beschäftigt war, einen schwarzen Rock mit weißer Bluse zu tragen, was dazu führte, dass beinahe jeder, der den Betrieb nicht näher kannte, sie augenblicklich als Chefin ansah. Manche nannten sie »Direktorin« oder »Patronin«, andere »Dame des Hauses«. Elisabeth gefiel das.

»Kleider machen zwar keine Leute«, sagte sie, »aber sie helfen bei der Orientierung.«

»Blödsinn«, sagte Ruth.

»Dich, werte Ruth, halten sie allenfalls für den Hausmeister.«

»Und wenn schon!«

»Ich bin mit Elisabeths Theorie einverstanden«, sagte ich, »da kann ich weiterhin gelassen meine zerlöcherten Jeans tragen, in der Gewissheit, den Leuten damit genug über mich zu verraten.«

Zwei Augenpaare sahen mich an: eins mitleidig, eins spöttisch.

»Lizzy, du hattest Recht: Sie macht sich nichts daraus.«

»Geschmäcker sind ein weites Feld.«

Das Thema Kleider wurde fallen gelassen.

Dass ich mir in der folgenden Woche ein Paar schwarze Jeans und ein halbes Dutzend weiße T-Shirts kaufte, mir die Haare auskämmte und zum Pferdeschwanz band, blieb zu meiner Enttäuschung von beiden zunächst unkommentiert. Einzig Heinrich erhob sich sofort bei meinem Erscheinen, verbeugte sich leicht und sagte: »Formidable!«

Bascha hatte schon zwanzig Minuten um mich herumgewischt, als sie bemerkte: »Siehst aus wie Mensch.«

Immerhin.

Ich lief bereits fast eine Woche »zivilisiert« herum, als Ruth sich eines Nachmittags, während ich hinter der Theke einen Kaffee brühte, an meinem Rücken vorbeischlich und mit einem kurzen, scharfen Ruck an meinem Zopf riss.

»Au!«

Holzhackerlache. »Nicht unpraktisch, die neue Frisur.«

»Sehr witzig!«

Als ich dem Gast seinen Kaffee gebracht hatte, stand Ruth noch immer hinter der Theke und wartete auf mich. Sie nahm mich beim Arm, zog mich durch die Schwingtür in die Küche, wo Sergej gerade etwas brüllte, das sich wie »Kapusta!« anhörte.

»Gefällt dir dein neuer Kleidungsstil?«

Sie hatte immer noch die Hand an meinem Arm, und ich fragte mich, was das hier werden würde.

»Ja, klar. Dir nicht?«

Ruth lockerte ihren Griff, fuhr sich durch die Haarstoppeln.

»Doch. Steht dir.«

»Danke. Warum fragst du?«

»Ich möchte nicht, dass du dich nur wegen altmodischer Tanten anders anziehst. Wegen uns musst du nichts an dir verändern, das solltest du wissen.«

Ich war gerührt, versuchte etwas zu sagen, aber Ruth war noch nicht fertig.

»Obwohl man zugeben muss, dass du vorher ausgesehen hast wie einer von Anias abgeranzten Wischmopps. Ein Wunder, dass die Gäste keine Angst vor dir gehabt haben!«

Ich nahm sie bei den Schultern, drückte ihr einen Kuss auf die Stirn, und Ruth sagte: »Jetzt mal … nun also.«

Frank wollte es mir später nicht glauben, aber ich bin mir sicher, dass sie rot geworden war.

Sie zog nie wieder an meinem Pferdeschwanz, nannte mich aber fortan ab und zu »mein wohlgestaltetes Nichtlein«, wofür sie allerdings einen *Premiummoment* haben musste, und davon gab es in diesen Wochen nicht viele.

Elisabeth kümmerte sich, während der Regen die Leute im Haus hielt, nahezu allein um die Unterhaltung der Hotelgäste oder Besucher, die in der Kajüte auf besseres Wetter warteten. Ruth ließ sich phasenweise kaum bei den Gästen blicken. Die Tante verschwand dann, fuhr zum Einkaufen, reparierte Möbel, räumte Bücher von hier nach da, half Sergej wortkarg beim Kochen, ging über die Zimmer, um nach dem Rechten zu sehen, oder spazierte allein über den Deich in Richtung Liefgaard, von wo sie erst nach Stunden wiederkam, ohne zu verraten, was sie dort gemacht hatte. An diesen Tagen konnte man fast sicher sein, abends den kleinen Glutpunkt im Strandkorb zwölf zu finden.

»Früher war das anders«, erzählte Heinrich, »auch da hatte sie gute und schlechte Tage, mal unterhielt sie alle mit ihren Geschichten, mal stauchte sie jeden zusammen, der ihr über den Weg lief, aber Ruth war mittendrin, bei ihr liefen alle Fäden zusammen. Sie kümmerte sich um jeden Gast, auf ihre eigene Weise, nannte es ›persönliche Betreuung‹, und die meisten liebten sie dafür. Auch wenn sie die Leute anmaulte, war sie doch da, das Herzstück des Ganzen. Ich frage mich, was in diesem Sommer mit ihr los ist.«

»Vielleicht geht ihr meine Anwesenheit auf die Nerven.«

»Unsinn! So etwas solltest du nicht einmal denken!«

Heinrich sprach mit solchem Nachdruck, dass es mir leidtat, aber auch ein bisschen wohl.

»Erzähl mir mehr von Ruth, bitte.«

Heinrich rückte sich auf seinem Stuhl zurecht, erfreut, ums Erzählen gebeten worden zu sein.

»Um die Kinder kümmerte sie sich besonders, versammelte sie während der Sommerferien mittags um den eigens für sie bereitgestellten Tisch zu Bratkartoffeln und Schnitzel mit selbstgemachtem Ketchup. Während die Erwachsenen eine Stunde später ausgeruht von Elisabeth zu Seezunge, Scholle, Makrele oder Hering gebeten wurden, tobte Ruth mit den Sprösslingen am Strand herum, ließ Drachen steigen und Indianer kämpfen, klebte Pflaster auf blutige Knie. Wir müssten irgendwo ganze Kisten von Urlaubsfotos haben, die uns die dankbaren Eltern geschickt haben.«

Bevor ich ihn weiter ausfragen konnte, erschien Ania, ätzte, dass wir wohl nichts zu tun hätten, und scheuchte mich an die Arbeit.

Ich hätte die mit einer Kinderschar über den Strand tobende Tante gerne gesehen.

»Es hat sich etwas verändert«, hatte Heinrich gesagt, und ich machte mir Gedanken, was es sein könnte. Ruth ist eine launische Person, dachte ich, sie wird nicht jünger, und wer weiß, was ihr zur Zeit über die Leber läuft. Wer sollte ahnen, was in ihr vorging?

Sie hat Zeichen gegeben, ja, aber nicht genug und auf keinen Fall wie jemand, dessen Tage gezählt sein könnten. Ruth, die jeder Stimmung nachgab, jede Laune augenblicklich umsetzte, versteckte sich in dieser Unbeständigkeit meisterhaft. Wir kamen ihr nicht drauf. Zwischendurch war sie immer wieder fröhlich und von einer Leichtigkeit, die uns demonstrieren sollte: Es ist alles in Ordnung.

Ich für meinen Teil glaubte das nur zu gerne.

Keiner ahnte, welchen Aufwand sie tatsächlich trieb für das, was sie »sich nicht hängen lassen« nannte, was es für sie selbst hieß, wenn sie forderte, angesichts zunehmenden Alters oder diverser »Zipperlein« auf keinen Fall jämmerlich zu werden und, wenn es irgend ging, auch nicht den Humor zu verlieren.

»Am Abgrund kommt es allein auf die Haltung an«, sagte sie und grinste breit.

Ich liebte sie dafür.

Ich wollte Ruth stark haben, wollte erleben, wie sie mit ihrer Zähigkeit die Zeit aufhielt und dem Verfall eine lange Nase machte. Die Sanduhr einfach wieder umgedreht und weitergemacht, allen Zweifeln zum Trotz.

»Meine Tante ist zäh«, sagte ich stolz, wenn sich die Gelegenheit ergab. »Die lässt sich von nichts unterkriegen!«

Wie ein Baum wünschte ich sie mir, verwachsen und zerzaust, aber unumstößlich, unsterblich und vor allem: furchtlos.

»Lasst mich in Ruhe!«

Wir hielten die Luft an, wenn Ruth ihre verfinsterten Momente hatte, wir atmeten befreit auf, wenn sie sich wieder erhellte, und vergaßen in Rekordgeschwindigkeit.

»Sie hätte uns früher mit einbeziehen sollen«, sagte Elisabeth.

»Was hätte das gebracht?«

Wir bekamen Zeit geschenkt, kostbare Tage, Wochen, Monate, für Alltagsgeschäfte, große Pläne und Gedankenlosigkeit. Ein Aufschub, ohne den vieles nicht möglich gewesen wäre.

Ich möchte glauben, dass dies keinem, nicht einmal Ruth selbst, geschadet hat.

Mit Unterstützung von Lina, einer Hausfrau aus dem Dorf, die sich im Sommer etwas dazuverdiente, kümmerte sich Elisabeth während der Saison hauptsächlich um den Betrieb der Kajüte und überließ mir das Strandkorbcafé, um mich mit der Arbeit dort vertraut zu machen, bevor die Sommerferien die Gästezahlen weiter steigen lassen würden. Ich nahm die Herausforderung an, befreite es mich doch von Anias Empfindlichkeiten, was meine Mithilfe beim Putzdienst anging. Zudem durfte ich mich in dem Gefühl sonnen, endlich einen festen Stand in der Hausmannschaft zu haben, ohne dass jemand gleich »Sie mischt sich in meinen Bereich ein!« schrie. Zu tun hatte ich genug. »Kein Vergleich zu früher«, sagte Elisabeth, aber ich war, solange der Regen sich noch nicht zum Hauptakteur dieser Saison aufgespielt hatte, auch wochentags mit dem Service ausgelastet, so dass ich einen Großteil der Zeit kaum anderes tat, als Tabletts zwischen Küche und Strandkörben hin und her zu balancieren. Das ging mir zunehmend leichter von der Hand, fand ich und hatte Gefallen daran. Abends massierte ich mir die Füße mit Franzbranntwein, stieg bald auf Gesundheitssandalen mit Fußbett um, in der Hoffnung, dass mich niemals jemand, der mich von früher kannte, so sehen würde.

Ich war zufrieden auf meiner Insel, verließ sie nur ungern, und sei es auch nur bis Halsung oder Liefgaard zum Einkaufen.

Als Manu mich einmal am Telefon fragte, wann ich denn »Zeit für mich« hätte, entgegnete ich ihr, was das denn sein solle, »Zeit für mich«? Und welcher Mehrwert davon zu erwarten sei, »Zeit für mich« zu haben statt für Bücher, Spaziergänge, zum Arbeiten oder für nichts. *Mich* kannte ich bis zum Überdruss.

Das klang manchmal schon verdächtig wie eine von Ruths Grundsatzreden.

Manu hörte geduldig zu, sagte, dass sie dringend mal nach mir schauen müsse, nächsten Monat könne sie Urlaub nehmen, und ob wohl ein Sonderpreis für sie drin sei.

Ich sagte: »Eventuell« und »Schauen wir mal«, betonte, dass ich während der Saison sehr beschäftigt und unabkömmlich sei, die Zimmer weitgehend ausgebucht. Trotzdem rechnete ich nicht damit, sie auf Dauer von ihren Plänen abhalten zu können, Manu würde schon aufkreuzen, wenn ihr nicht ein neuer Mann den Sommerurlaub anderweitig füllte.

»Was ist eigentlich mit Fischer, hast du ihn noch immer nicht angerufen?«

Sie sprach nicht mehr vom »Schnösel«, das war neu.

»Hab ich fest vor. Morgen oder übermorgen.«

»Das behauptest du seit Wochen. Inzwischen tut er mir leid. Beinahe hätte ich ihn letztens zum Essen eingeladen, als er so traurig klang. Was hast du bloß mit dem gemacht?«

Er hatte sie weichgekocht. Die Ausdauer, die er an den Tag legte, war beinahe schon schmeichelhaft. Und da waren noch immer regelmäßig diese Nachrichten auf meiner Mailbox, die ich nicht hören wollte, aber auch nicht zu ignorieren fertigbrachte. Vielleicht liebt er mich tatsächlich ein bisschen, dachte ich, so etwas kommt vor.

»Das Schicksal hat uns zusammengeführt.«

Textfetzen kamen angeflogen wie aus den Filmen, die wir gemeinsam angesehen hatten, seine Hand auf meiner, wie zufällig dort abgelegt, ein Probefühlen, pubertierenden Schülern gleich, die sich das erste Mal heimlich im Kino anfassten, *Moon River,* und dann der Verlust jeglicher Hemmung bis zum erbärmlichen Ende. Mir wurde übel. Einmal auf seine Masche hereingefallen zu sein war mehr als genug.

»Scheiße!«

»Wie bitte?«

Ich wimmelte Manu aus fadenscheinigen Gründen ab, legte auf und überlegte, wie ich dem ein Ende setzen könnte, ohne mich der Gefahr seiner samtweich einschmeichelnden Stimme auszusetzen. Dann kam mir ein Gedanke: *Sie* würde das für mich erledigen. Sie hatte ihn auf den Knien um Vergebung winseln lassen und mich wie eine Diebin aus dem Haus gejagt. Er war vor ihr gekrochen, hatte kommentarlos hingenommen, dass sie mich eine Hure nannte, und mir dann später heimlich reuevolle Liebesbeteuerungen geschickt. Die beiden hatten es nicht besser verdient. Ich hob erneut den Hörer an, wusste die Nummer noch auswendig. Um diese Zeit würde ihr Anrufbeantworter dran sein.

»Frau Professor Fischer, hier ist Katia Werner. Bitte richten Sie Ihrem Mann aus, er möchte nicht mehr bei mir anrufen. Danke.«

Nein.

»Frau Fischer, wenn Sie bitte Ihren Gatten von weiteren Anrufen bei mir abhalten würden.«

Nein.

»Leider belästigt mich Ihr Mann fortdauernd, obwohl ich ihn konstant abweise. Ich bin der Meinung, Sie sollten darum wissen.«

Besser.

Ich hatte den Finger noch in der Wählscheibe stecken, als es hinter mir raschelte.

»Was tust du da?«

Ich drückte auf die Gabel.

Elisabeth sah mich mit einer Mischung aus Bestürzung und Entsetzen an, die mir in den Bauch fuhr und dort schmerzhaft stecken blieb.

»Ich jage einen Mann zum Teufel. Gute Sache, das.«

Elisabeth nahm mir den Hörer aus der Hand, strich mir etwas Feuchtes von der Wange und sagte: »Aber doch nicht so!«

Sie fasste mich bei der Hand, führte mich in die Kajüte, wo niemand außer uns war, drückte mich am Personaltisch auf die Eckbank und sagte: »Warte hier!«

Mit der Keksbüchse und einem Stück Erdbeertorte kam sie hinter dem Tresen hervor, klemmte sich eine Flasche unter den Arm und installierte sich neben mir. Sie schob Likörgläser, Torte und Kekse zwischen uns, seufzte: »So. Jetzt mal von vorn. Was hattest du vor?«

Und wieder begann ich meine Geschichte zu erzählen, richtete mich auf einen langen Monolog ein, aber nach wenigen Sätzen schüttelte Elisabeth den Kopf und sagte: »Das kenne ich schon. Was ich wissen will, ist, wie du da anders herauszukommen gedenkst als durch Verrat.«

Ich starrte sie an und fing wieder ein bisschen an zu heulen, was ihren Blick milder werden ließ.

»Wir brauchen einen Plan!«

Elisabeth hielt mir ein Stofftaschentuch hin, wartete, bis ich damit fertig war, und steckte das verrotzte Knäuel in ihre Rocktasche.

»Liebst du den Mann?«

Ich schüttelte den Kopf.

»Willst du ihn loswerden?«

Ich nickte.

»Sicher?«

Ich nickte.

»Wie oft hast du ihm schon gesagt, dass er dich in Ruhe lassen soll?«

Ich zuckte mit den Schultern.

»Herrgott!«

Sie zog den Tortenteller zu sich herüber, nahm eine Gabel voll und schüttelte, während sie kaute, fortdauernd den Kopf.

»Ein klarer Schnitt: präzise, hart, schmerzhaft, heilbar.«

Ich verstand nicht und sagte: »Ich verstehe nicht.«

»Wir werden das üben!«

»Nein!«

»Doch!«

Selten bin ich mir so blöd vorgekommen.

Wir übten mehrere Versionen von »Schluss machen«, und Elisabeth spielte die unterschiedlichsten Variationen von männlichen Reaktionsmöglichkeiten durch, bei jeder Runde die Gläser neu gefüllt, bis wir beide vor Lachen kaum noch sprechen konnten. Es half. Nach einer weiteren Stunde nahm sie mich wieder bei der Hand, zerrte mich ins Büro, drückte mir den Telefonhörer ans Ohr.

»So! Jetzt rufst du ihn an! Und halt die Frau da raus. Ich gehe in die Küche.«

Und ich gehorchte, machte es tatsächlich.

In der Firma bekam ich ihn gleich ans Telefon, spulte meine vorgefertigten Sätze ab, die frostige Variante, erntete Schweigen, redete weiter, die geschwätzige Variante, wiederholte mich, kam aus dem Konzept, weil ich mit jeder Antwort gerechnet hatte, außer mit keiner.

»Hast du mich verstanden?«

Sein Atem ging dicht an meinem Ohr.

»Hörst du mich?«

Atmen.

»Ich sehe mich ansonsten gezwungen, deine Frau anzurufen.«

Ich zuckte zusammen, als nach einer Weile doch noch seine Stimme durch den Hörer drang: »Das wird nicht nötig sein.«

»Du lässt mich in Frieden?«

»Verlass dich darauf.«

Nichts mehr von Samt und Traurigkeit, vielmehr Ruhe, kühle Gefasstheit, als hätte ich bei ihm soeben einen Auftrag storniert.

Ich wartete noch einige Sekunden, ob er noch etwas von sich geben würde, als ich es knacken hörte. Vorbei.

Eine nicht messbare Zeitspanne lang sah ich auf den Apparat, dachte nichts, betrachtete die graue, verdrehte Gummispirale, die sich auf der Tischplatte wand, dachte »präzise, hart, schmerzhaft, heilbar« und dass ich mich nicht immer nur aus allem raushalten sollte.

Hinterher ging ich geraden Wegs in die Küche, legte Elisabeth wortlos die Stirn auf die Schulter, ließ mir den Rücken klopfen und erbrach wenig später ein Erdbeertorten-Likör-Gemisch ins Handwaschbecken, ohne dass es mir peinlich war.

Trotz des mehrfach beiseitegeschobenen Gedankens, dass ein Anruf im nüchternen Zustand vielleicht doch die bessere Lösung gewesen wäre, fand ich, dass ich einen entscheidenden Schritt weitergekommen war, und Elisabeth versicherte wiederholt, sehr stolz auf mich zu sein.

Dass Ruth ihr die Geschichte meines Rauswurfs bei den Fischers bis ins Detail erzählt hatte, versuchte ich ihr nicht übel zu nehmen. Sie lebten und arbeiteten seit Jahrzehnten zusammen, und ich hatte nicht ausdrücklich um Diskretion gebeten.

Mein Verhältnis zum Likör blieb allerdings ein gespaltenes.

Hotelgäste kommen und gehen, selbst in der Ferienzeit bleibt kaum einer länger als eine Woche, da ist es ein Leichtes, freundlich und kontaktfreudig zu sein, selbst für jemanden wie mich. Es liegt in der Natur der Sache, dass man all die netten oder weniger netten Menschen wieder loswird, was die meisten möglichen Komplikationen im Vorhinein verhindert. Man muss weniger auf der Hut sein, bei reinen Cafébesuchern fast gar nicht, denn man sieht sie höchstens drei, vier Mal pro Woche für ein, zwei Stunden, unverbindlich, folgenlos.

»Eine sympathische junge Frau, die Sie da neuerdings beschäftigen«, und Ruth sagte: »Meine Nichte.«

Ich war eine umgängliche Kellnerin und Hotelmitarbeiterin geworden, und mein Geschirrbruch bewegte sich in Richtung Minimalbereich.

»Begabt ist das Kind«, hörte ich und erwischte mich das ein ums andere Mal beim Wunsch nach Unabkömmlichkeit. Sie sollten mich behalten wollen, sollten denken: Was haben wir nur ohne sie gemacht?

Als Bedienung und »Mädchen für alles« nahm ich niemandem einen Platz weg, zumal ich darauf bedacht war zu betonen, dass ich zufrieden damit war, Arbeitsanweisungen auszuführen, und keine weiteren Ansprüche hegte als gelegentlich ein paar Euro zum Kleiderkauf, Sergejs wunderbares Essen und ein Kämmerchen unterm Dach.

Bascha nutzte das weidlich aus, ließ mich immer wieder Zimmer fertig machen, die auf ihrem Arbeitsplan standen, Fenster putzen oder die Wäsche in den Keller bringen, während sie mit der strengen Ermahnung »Nicht Ania sagen!« rauchen oder telefonieren ging. Dafür war ich regelmäßig »bestes kleine Kollege von Welt« und reichlich mit polnischen Zigaretten versorgt. So hatten wir beide etwas davon.

Montagnachmittag waren Café und Kajüte geschlossen. Wenn trotzdem jemand kam, wurde er bedient, aber mir blieb meistens dennoch Zeit zum Rasenmähen, Heckeschneiden, Wäschewaschen oder zum Ausbau meiner weiteren Hoteltauglichkeit mit Hilfe von »Hotel & Gast«.

»Erstaunlich, der neue Ehrgeiz«, hätte Manu spitz gesagt und Recht gehabt. Mir war es gleich. Ich war frei zu tun, was mir gefiel, und es gefiel mir gerade, fleißig, umgänglich und effektiv zu sein.

Am ersten Augustmontag wurde die neue Espressomaschine geliefert, wegen der sich Elisabeth und Ruth den halben Vormonat gestritten hatten. Ruth hatte gegen die von Elisabeth vorgebrachten finanziellen Einwände mit dem Argument gewonnen, dass es doch schließlich Elisabeth selbst sei, die auf Neuerungen dränge, um den Gästen gegenüber zeitgemäßer zu wirken, und so wurde das fauchende, edelstahlglänzende Gerät hinter dem Tresen angeschlossen. Die Einführung, die der Händler selbst vornahm, brach Ruth mit den Worten ab: »Einfache Kaffeezubereitung genügt für unsere Gäste.« Der »Signore«, der dem Akzent nach aus der Gegend von Wuppertal kam, packte seine Herzschablonen und Kakaopulverstreuer wieder ein und verließ kopfschüttelnd das Gelände.

»Modischer Quatsch!«, maulte Ruth. »Verlangt hier niemand! Im Gegenteil!«

»Hast du es denn schon mal versucht?«, fragte ich.

»Fang du nicht auch noch an! Wieso nimmst du dir eigentlich nie deinen freien Nachmittag und verschwindest für ein paar Stunden?«

Ich wollte beleidigt den Raum verlassen, aber Elisabeth packte mich am T-Shirt und sagte: »Auf keinen Fall! Ich brauche dich.«

Ruth fauchte: »Da schafft man etwas für sie an, und dann machen sie 'ne Oper draus«, ging mit dem Kommentar »mich braucht man hier ja offensichtlich nicht« rauchen, tauchte wenige Minuten später wieder auf und schaute mit verschränkten Armen, was wir da machten.

Des ungeachtet studierten Elisabeth und ich die unterschiedlichen Funktionen der Maschine, testeten diverse Kaffeesorten und Mahlstärken, und Elisabeth führte mich bis zum Abend in die tieferen Geheimnisse der Kaffeekochkunst ein.

»Niemals würde ein Wiener einfach ›Kaffee‹ bestellen, wie es die Touristen hier tun.«

Ich versuchte ihr klarzumachen, dass das inzwischen in Hamburger oder Berliner Coffeshops auch niemand mehr tut. Ruth bekam einen Wutanfall bei dem Wort »Coffeshop«, verbat sich jeglichen Vergleich, probierte dennoch, nach mehrmaligem Bitten, meine Latte macchiato, die ich vorsorglich als »Milchkaffee italienischer Art« vorstellte.

»Und mit dieser gischigen Suppe wollt ihr die Gäste beeindrucken?«

»Jetzt tu nicht so, als hättest du noch nie Milchschaum gesehen!«

»Bah!«

Elisabeth bevorzugte die österreichische Variante, erläuterte die Unterschiede von »großer und kleiner Brauner«, »Verlängerter« oder »Fiaker« und entwarf großherzige Kaffeehauspläne mit eigener Nachmittagskarte und aufwendigem Kuchenbuffet.

»Damit könnten wir mehr Umsatz machen, einige Leute waren heute schon begeistert, dass sie bei uns guten Espresso bekommen konnten.«

»Dazu deine Hammer-Torten«, sprang ich ihr bei, »so etwas spricht sich herum. Die Leute wollen im Urlaub immer etwas Besonderes, was sie zuhause nicht haben. Dafür kommen sie dann auch von weit her.«

»Hammer-Torten, so würde ich es ja nun nicht gerade …«, murmelte Elisabeth geschmeichelt.

Ruth fuhr mir übers Haar, nahm rasch die Hand wieder weg, lächelte: »Du bist ja ganz begeistert, Kleine.«

»Denk doch, Tante, im nächsten Jahr könnten wir die erste Kaffeehausadresse in Ostholstein sein!«

Elisabeth sah von mir zu Ruth, strich sich eine verschwitzte

Locke aus der Stirn und sagte: »Jetzt üben wir erst mal weiter, nehmen probeweise vier oder fünf Kaffeevarianten in die Karte und sehen, wie das ankommt. Nächste Saison können wir dann vielleicht schon im großen Stil …«

Ruth schaute aus dem Fenster, wo zwei Rucksacktouristen spazierten. »Nächstes Jahr …«, sagte sie und vergrub die Hände in die Hosentaschen, »wer weiß, was nächstes Jahr ist?«

Elisabeth ging nicht darauf ein: »Schwarzer im Glas mit Schlagobershaube, wie klingt das?«

»Lang und zu alpenländisch für diese Gegend, und es passt nicht zu der Musik, die du auflegst«, antwortete ich, ohne Ruth aus den Augen zu lassen, die ihre Schultern krümmte, als hätte sie irgendetwas mit ihrem Atem.

Elisabeth lachte: »Du glaubst wohl, wir bräuchten eine Großstädterin wie dich, um internationales Flair in unser Haus zu bringen.«

Ich hätte gern meine Tante beiseitegeführt, sie beschützt vor etwas, das ich nicht benennen konnte. Stattdessen sagte ich: »Wir erfinden etwas Eigenes in austro-holsteinisch: Koffiepott-Melange, oder so.«

Elisabeth kicherte.

Ruth straffte sich, sagte: »Macht, was ihr wollt, aber hört mir auf mit den Wortmonstern. Außerdem will ich nichts Amerikanisches auf meiner Karte!«

»Amerikaner können eh keinen Kaffee kochen!«, sagte ich, erleichtert, dass sie wieder normal klang und gewohnt energischen Schrittes Richtung Tür ging, wo ihr Heinrich den Weg verstellte, das Haar zerzaust, auf der flachen Hand balancierte er einen Stein: »Ein einschlussführender Diabas vom Typ ›Alsarp‹, das ist sehr ungewöhnlich!«

Ania kam von hinten angeschossen, boxte den Alten in

den Rücken und schimpfte: »Steine! Grau oder schwarz, alle gleich!«

»Also, da muss ich widersprechen. Schau, dieser zum Beispiel hat …«

»Schuhe abwischen sollst du! Macht alles Flecken!«

Sie warf ihm ein Putztuch vor die Füße, schaute finster in die Runde und rauschte davon. Heinrich seufzte, trat einen Schritt vor und schleifte seine Sohlen über den verschlissenen Lappen. Ich nahm ihm den tropfenden Mantel ab und fragte: »Soll ich dir einen Kaffee machen? Mit Schuss?«

Der Alte nickte dankbar, entdeckte die neue Maschine, aus der mit leisem Fauchen eine kleine Dampfwolke quoll, und bewunderte »die vielversprechende Neuerwerbung«.

Ruth sagte: »Elisabeth und Katia planen zukunftsgläubig ein Kaffeehaus. Für nächstes Jahr.«

»Wirklich?«

Heinrich schaute in die Runde, als wüsste er auch nicht, was von Ruths Unterton zu halten sei.

Ich wollte etwas sagen, aber Elisabeth hielt mich zurück.

»Wusstet ihr, dass das erste Wiener Kaffeehaus Ende des siebzehnten Jahrhunderts eröffnet wurde?«, sagte der Alte. »In Mekka hingegen existierten bereits im zwölften Jahrhundert etliche Kaffeehäuser, die waren uns weit voraus. Das erste Kaffeehaus auf europäischem Boden wurde 1647 in Venedig gegründet, die Engländer folgten wenige Jahre später, und erst 1683 zog Wien nach, wo dann allerdings, wie allgemein bekannt«, er verbeugte sich leicht zu Elisabeth hin, »die Kaffeehauskultur zu ihrer vollen Blüte gebracht wurde. Ich gratuliere zu dem Vorhaben!«

Elisabeth erwiderte die Verneigung und lächelte: »Warten wir es erst einmal ab.«

Ruth fuhr zu ihr herum: »Abwarten? Soll ich dir einen Spiegel holen? Schau in deinen Pass, und dann sagst du mir, was du noch abwarten möchtest.«

Elisabeth starrte sie an, wollte etwas sagen, stockte, fuhr sich mit beiden Händen durch die Locken, ließ die Arme fallen, die wie leblos an ihrem Körper herunterhingen.

»Ruth, also …«

Ich wünschte mich mit einem Mal weit weg von ihnen, dachte, dass ich jetzt etwas sagen sollte, etwas wie: »So alt seid ihr nun auch wieder nicht«, sah ein, dass es sich völlig schwachsinnig anhören würde, kaute auf meiner Unterlippe und schaute diese beiden Frauen an, die sich ein Duell lieferten. Heinrich trat ruhig, aber bestimmt zwischen sie und sagte: »Damen bekamen übrigens erst im neunzehnten Jahrhundert Zutritt zu den Kaffeehäusern. Man war der Meinung, das ›schwache Geschlecht‹ vor Spiel, Alkohol, aufregenden Gesprächen und Zigarettenrauch schützen zu müssen. Was sagt ihr dazu?«

Ruth blies ihren Rauch aus, legte Heinrich die Hand auf die Schulter, schob ihn sanft beiseite, sagte: »Da sieht man doch, dass Bildung wirklich zu was nutze ist«, und verschwand nach draußen.

Abends ging ich geradewegs auf den Glutpunkt in der zwölf zu, kam Ruths »Ich hab zu tun!« mit »Ich weiß« zuvor und ließ mich neben sie auf das Polster fallen.

Da saßen wir, stumm, schauten zu, wie die große wabernde Fläche vor uns sich mit Schwärze füllte.

Weit nach Mitternacht schreckte ich von einem Möwenschrei geweckt auf, spürte eine Wolldecke, die vorher nicht da gewesen war, dachte: nicht einmal mit ihr wachen kann ich.

Ruth erhob sich, sagte »Geh ins Bett, Kleine« und schlurfte zum Haus zurück.

5
Eine Bekassine

Pünktlich zum Beginn der Sommerferien gab das Wetter eine vorerst letzte goldene Vorstellung. Die Sonne brannte drei Wochen lang vom Himmel, sorgte für Rekordtemperaturen und glättete Elisabeths Stirn, während sich neben der Palau-Kasse auch mein Beutel mit Trinkgeldmünzen füllte.

Als hätte die Wärme sie aufgetaut und plötzlich alle auf den schmalen Küstenpfad zwischen Halsung und Liefgaard getrieben, strandeten Scharen von Touristen auf der Hälfte des Weges bei uns. Sie kamen und gingen bis in den späten Abend, die meisten zu Fuß, einige schoben ihre Fahrräder über den Deich, andere verstellten mit ihren Autos sogar die Zufahrt für den Obstmann. Durstige und hungrige Menschen breiteten sich über das Gelände aus, nahmen Kaffeetassen oder Bierflaschen mit an den Strand, besetzten Steinbrocken und Grasflecken, wenn alle Strandkörbe belegt waren, aßen den Kuchen aus der Hand, fotografierten bettelnde Möwen, schokoladenverklebte Münder und nackte Füße in der träge an Land schwappenden See. Kinder traten in Muschelscherben, bettelten um Eis und Limonade. Ältere Paare im Freizeitwesten-Einheitslook führten ihre Hunde an die Wasserschalen, verzehrten Buttercremetorte oder gedeckten Apfelkuchen mit Sahne. Wanderer ließen sich Trinkflaschen auffüllen und blieben nach einem Teller Bortsch oder Rudelki nicht selten für den Rest des Tages hängen, manche sogar über Nacht.

Wir hatten zu tun, und ich war inzwischen gut genug eingearbeitet, um auch in dieser Flut die Stellung zu halten.

Ganze Tage vergingen, an denen ich an nichts anderes zu denken brauchte als an Tischnummern, Essenspreise und das Gleichgewicht eines Serviertabletts. Abends fiel ich erschöpft ins Bett, schlief fest und traumlos, stellte beide Wecker auf fünf Uhr früh, um am nächsten Morgen zwanzig Minuten lang den stillen Tagesanfang mit der zeitungslesenden Tante genießen zu können, bevor diese sich auf ihren Müllsammelspaziergang machte, das Frühstückszimmer für die Hausgäste geöffnet wurde und ich mit dem Umbinden der Schürze in meine Dienstexistenz schlüpfte. Darin brauchte ich nichts und niemanden darzustellen, hatte nur zu funktionieren, und das tat ich mit Vergnügen: Ich wurde in Verfügbarkeit unsichtbar, durfte verschwinden hinter »Fräulein!«, einem Fingerschnipsen, »Bedienung!«, erhobenen Zeigefingern, *»Junge Frau!«;* ich gehörte zur Belegschaft, Teil einer Dienstleistung, etwas, das man mit einer Bestellung oder dem Ausfertigen der Rechnung beauftragte und jenseits dessen nicht zur Kenntnis nehmen brauchte. Beim Gang in die Küche konnte es geschehen, dass ich für Sekunden sichtbar und Katia wurde, ein Stück Backfisch oder ein Fleischbällchen in den Mund gesteckt bekam. Noch in der Schwingtür verwandelte ich mich wieder in »Fräulein!«. In dieser Gestalt legte ich täglich mehrere Kilometer Weg zurück, füllte zwischendurch Münzen und Scheine in die große Blechkiste unter dem Tresen, fragte bei jeder Runde aufmerksam nach, ob es noch etwas sein darf. Mir fiel nicht einmal auf, dass mir kaum Zeit für Rauchpausen blieb, und ich erholte mich so gut von mir wie noch nie.

Nicht mehr *Katia-der-Kauz,* nicht mehr *Freak,* nicht mehr

mutterlose junge Wilde, nicht mehr *sonderbar,* nicht mehr *Schlampe,* nicht mehr traurig. Dazu blieb sowieso keine Zeit.

Die Tante stand gelegentlich mit verschränkten Armen in der Hintertür und schaute mir zu. Als es mir zum ersten Mal auffiel und sie nach etwa fünf Minuten immer noch da war, ging ich zu ihr.

»Ist was?«

»Nein.«

»Was tust du dann hier?«

»Mir gehört der Laden, da kann ich herumstehen, wo ich will.«

»Beobachtest du mich?«

»Offensichtlich.«

Nie war ich schlagfertig genug, um auf diese Art Anwürfe reagieren zu können. Ich stand bloß da und sah die Tante fragend an, bis sie mich bei den Schultern fasste, umdrehte und mit einem Stoß in den Rücken anschob: »Ab! Dahinten möchte jemand bestellen!«

Als ich wieder zu ihr hinsah, war sie im Haus verschwunden. Da sie nicht dazu neigte, auch nur den leisesten Unmut für sich zu behalten, ging ich davon aus, dass ihre Beobachtungen sie zufrieden gestellt hatten.

»Du bist nützlich und praktisch«, witzelte auch Elisabeth, die den halben Tag vor sich hinsummte und endlich aufgehört hatte, Ruth einreden zu wollen, dass ich mich *emotional nicht zu stark an das Palau binden* durfte, wenn sie glaubte, ich könne sie gerade nicht hören. Jetzt schnappte ich Sätze auf wie: »Sie hat sich wirklich gemacht!«

»Was für einen Einsatz sie zeigt!«

»Sie ist ein Gewinn!«

Ich sonnte mich in dem Lob, auch wenn das Vokabular eher

dem meiner Oma entstammte, und dachte, hier würde mir so schnell niemand gefährlich werden. Wem war ich vorher je ein Gewinn gewesen? Wäre in diesen Tagen jemand mit diesem Angebot an mich herangetreten, hätte ich einen Vertrag auf Lebenszeit ohne Zögern unterschrieben.

An einem Samstagmorgen waren bereits um zehn Uhr morgens so viele Menschen über den Küstenpfad zu *Strandkorbfrühstück* und *Kajüten-Jause* eingetroffen, dass Elisabeth zwei weitere Aushilfen aus dem Dorf anforderte. Eine von ihnen, Frau Scherer, die drei erwachsene Kinder hatte, sollte sich nach dem Willen der Tante von mir in die Arbeit einweisen lassen. Elisabeth widersprach ihr nicht einmal, meinte nur: »Gute Idee!« und ließ uns machen.

»Katia wird Ihnen sagen, was zu tun ist«, sagte Ruth, ohne mich vorgewarnt zu haben, und als ich zögerte, der Frau, die etwa im Alter meiner Mutter war, Anweisungen zu geben, schnauzte die Tante: »Jetzt tu mal nicht so, als wärest du eine Abiturientin im ersten Ferienjob!«

»Du bist ja nicht erst seit gestern hier«, ergänzte Elisabeth.

Nein, war ich nicht, ich gehörte zur Hauptmannschaft, erste Liga. Ich war unentbehrlich und bewohnte ein Zimmer, an dessen Tür jemand zwei Tage zuvor ein Schild *privat* geschraubt hatte, genau so eines, wie es sie auf Elisabeths und Ruths Zimmertür gab. Das Schwalbennest war nicht mehr für Gäste verfügbar, es gehörte mir und das Strandkorbcafé auch schon halb.

Frau Scherer stellte sich als erfahrene Kellnerin heraus, die weder Anleitung noch Weisung von mir benötigte, was Ruth sicher gewusst hatte. Wir teilten uns die Tische auf, ich die linke Seite, sie die rechte, so dass keine der anderen in die Quere kam.

Die Sonne hielt sich, der Touristenstrom riss nicht ab, meine Einsatzbereitschaft auch nicht, es ging mir gut.

Mitte der zweiten Augustsonnenwoche rümpfte die Tante bei der außerplanmäßigen Getränkenachbestellung angewidert die Nase, wollte sich weigern, vom billigsten Wein zu ordern oder die Firma Coca-Cola weiter zu bereichern, statt den Leuten etwas Ordentliches vorzusetzen. Sie wurde von Elisabeth überfahren, die den Bestellblock an sich riss und ihre Kreuze und Zahlen dahin setzte, wo es ihr richtig schien.

»Ich würde auch lieber Dom Perignon zu Gillardeau-Austern servieren, aber wir können den Gästen nicht vorschreiben, was sie zu konsumieren haben!«

»Das Angebot macht die Nachfrage, Lizzy, nicht umgekehrt!«

»Jedes Jahr führen wir diese Auseinandersetzung, Ruthi!«

»Jedes Jahr wird es schlimmer! Die Leute trinken klebrige, gepanschte Gülle und essen fettig-giftigen Mist, sobald man es ihnen anbietet!«

»Aber sie lassen sich nicht gerne bevormunden!«

»Es gab Zeiten, in denen wir unseren Anspruch nicht so weit heruntergeschraubt haben!«

»Zu diesen Zeiten war unser Firmenkonto auch nicht so überzogen.«

»Elisabeth!«

»Ist doch wahr!«

»Siehst du nicht, wohin uns das führt?«

»Wir stellen uns auf die Menschen und ihre Bedürfnisse ein, daran kann ich nichts Anstößiges finden. Davon, dass wir Lambrusco und Fanta ausschenken, wird das Palau nicht untergehen. Abgesehen davon kriegt man bei uns noch immer weit besseres Essen als anderswo, selbst wenn es sich um

Pommes mit Brühwürstchen handelt. Im Übrigen orderst du Nüsse in Plastiktüten und verteilst sie abends an die Biertrinker, die aus dem Dorf rüberkommen! Wo, bitte, ist da dein *Niveau?*«

»Das ist etwas anderes.«

»Wieso?«

»Das ist Nachbarschaftspflege!«

»Du gestattest, dass ich lache!«

An dieser Stelle entschuldigte ich mich mit Kopfschmerzen, erntete von der Tante einen verächtlichen Blick, der mich mit dem Gefühl, versagt zu haben, nach oben schleichen ließ. Wer auch immer an diesem Abend als Siegerin ins Bett ging, am nächsten Morgen hatte Elisabeth die Draußenkarte neu geschrieben, sie in Ruths Sinne erweitert und wie zufällig neben deren Frühstücksplatz liegen lassen. Die Versuche, Cafébesucher und Touristengruppen mit Angeboten von selbst gemachter Zitronenlimonade oder *Limette-Orange-Eistee* auf andere Gedanken zu bringen, scheiterten dennoch am fest installierten Wunsch nach *Sprite* oder *Cola,* ganz gleich, ob das nun auf der Karte stand oder nicht. Selbst die kleine, von Elisabeth liebevoll gestaltete Rubrik *Heiße Reise* wurde von den zehn bis fünfzehn Hotelbewohnern zwar rege, aber draußen bei den Massen, wie Ruth es nannte, nur zögerlich aufgegriffen. Kaum einer wollte im Strandkorb oder auf der Wiese die exotisch klingenden Kreationen serviert haben, einige bestellten »Gefleckte Milch«, sobald sie erfragt hatten, was sich dahinter verbarg: »Ah, das soll ›Latte‹ heißen!«

Die beigelegten Schokoladentäfelchen, handgegossen edelherb, wurden von draußen angebissen zurückgeschickt, so dass wir nach einigen Tagen ganz darauf verzichteten, zumal Ruth sich über die Maßen aufregte, wenn sie in den Mülleimer sah: »Perlen vor die Säue!«

Die Tante litt ernsthaft an den friedlich ihren Ostseeurlaub vertrödelnden Massen: »Diese Gummischlappenträger vertreiben uns die richtigen Gäste!«, keifte sie, aber Elisabeth hielt ihr die Abrechnung unter die Nase oder sagte: »Wir können jetzt den Wäschetrockner reparieren lassen«, und Ruth musste einräumen, dass die momentane Gästeflut, bestehe sie auch in der Hauptsache aus trinkfreudigen Strandspaziergängern und »halbdebilen Milchschaumschlürfern«, ein finanzieller Aufschwung war. Über meine Bemerkung, man dürfe nicht allzu wählerisch sein, wenn man dem Bankrott entgehen wolle, gerieten wir dann alle drei in Streit: Was das heißen solle, *wählerisch*, ob ich jetzt auch anfinge, die Gäste in niedere und höhere Kasten einzuteilen, fragte Elisabeth. »Niemand geht hier pleite!«, rief Ruth. »Und du kannst aufhoren, so zu tun, als würden hier Urlauber wie Parias behandelt, verdammt noch mal!«

Mein Versuch zu sagen, dass ich weder das eine noch das andere gemeint hatte, schon gar niemandem übel wollte, ging unter. Ich versuchte einzulenken, mich zu entschuldigen, beiden Recht zu geben: »Gut, es mag stilvoller sein, feinsinnige Hotelgäste der gehobenen Klasse zu bewirten, aber bei der derzeitigen Lage kommt der Gewinn über die Masse der Leute herein. Das muss man nicht für gut halten, aber das sind schlicht die Fakten. Mach dir nichts draus, Tante, in der Nebensaison trinken sie dann wieder mehrheitlich grünen Tee, und keiner liest mehr die BILD auf deinem Gelände. Soweit ich es beurteilen kann, ist doch die Hauptsache, dass wir …«

»Jetzt mach mal halblang, Kleine!«, fuhr Ruth mir dazwischen. »Nach nicht einmal einer Saison als Kellnerin brauchst du dir nicht einzubilden, dass du beurteilen könntest, auf welche Art man einen Hotel- und Gastronomiebetrieb führt. Ist das klar?!«

Damit fanden sich dann beide wieder auf derselben Seite, die Tante wortführend, Elisabeth zustimmend. Gemeinsam gegen mich sorgten sie zwar nebenbei dafür, dass ich mich nicht mehr ganz so großartig als *Gewinn* zu definieren brauchte, aber in dieser Konstellation, sprich: sich einig, waren sie mir dennoch lieber, als wenn sie einander angifteten. Sie stritten sich immer öfter in diesen Tagen, und ich lernte, dass es meinem und dem allgemeinen Wohlbefinden zuträglicher war, das schlicht zu ignorieren.

In einem Punkt allerdings waren Ruth und Elisabeth stets einer Meinung: Menschen in allzu spärlicher Bekleidung mussten, Hitze hin, Hitze her, ob draußen oder drinnen, des Palau verwiesen werden.

»Weg mit den blanken Specksilhouetten!«, forderte die Tante.

»Bierbäuche sind eine unzumutbare Belästigung«, pflichtete Elisabeth ihr bei.

Einzig über die Form der Abweisung wurde verhandelt, aber vom Grundsatz wichen weder die eine noch die andere ab. Neben dem Blechschild, das jetzt durchgängig auf geöffnet stand, wurde ein weiteres aufgestellt:

Wir bitten von Besuchen
in Badekleidung abzusehen!

Heinrich erzählte mir, Elisabeth habe Ruth nach zähem Ringen diese Textvariante abgerungen, nachdem die Tante einen Abend lang auf Wer nichts anhat, fliegt raus! bestanden hatte, extra groß!

Einem Mann, der das Schild übersehen hatte und in Badelatschen und Shorts bis zur Theke vorgedrungen war, um seiner Enkelin ein Eis zu besorgen, hielt Ruth mit steinerner Miene den zum Ausgang hingestreckten Zeigefinger entgegen.

»Bin ich nicht dran?«, fragte der Mann und schaute sich nach den hinter ihm wartenden Menschen um.

Ruth blieb stumm, sah knapp an seinem rechten Ohr vorbei und wies unverändert auf die Tür.

Elisabeth kam dazu, schob Ruth beiseite, legte beide Hände auf die Theke, beugte sich lächelnd nach vorne und sagte: »Wir werden Sie gerne bedienen, wenn Sie angezogen sind.«

Einige der Anwesenden kicherten, jemand sagte gedämpft: »Bravo!«, und der Mann verließ »Unverschämtheit!« schnaubend den Raum.

Nach Feierabend wurde ich belehrt, dass die Weigerung, halbnackte Menschen zu empfangen, keine moralischen, sondern rein ästhetische Gründe hatte.

»Schließlich geht man ja auch nicht nackt zum Sonntagsgottesdienst!«, sagte Heinrich und war verstimmt, weil ich diesen Vergleich dann doch überzogen fand.

»Aber du wirst mir doch zustimmen, dass es eine Wohltat ist, wenn wir hier ein Mindestmaß an Anstand aufrechterhalten?«

Das tat ich und beschloss, mir die Formulierung zu merken.

»Ach was, Anstand!«, sagte Ruth.

»Es ist eine Frage des Respekts vor den anderen Gästen. Was nützt es, einen Raum sauber zu halten, die Tische mit Kerzen und Blumen zu schmücken, die Wände mit Bildern und schönen Dingen zu gestalten, wenn dazwischen schmierige Fettlappen über karierte Badehosenränder hängen?«, sagte Elisabeth. Und ich nickte.

Möglich, dass ich allmählich anfing, in ihren Kategorien zu

denken. Noch vor wenigen Wochen hätte ich derjenigen garantiert einen Vogel gezeigt, die mir das Tragen eines ärmellosen T-Shirts oder zu kurz abgeschnittener Jeans ausreden oder gar verbieten wollte. Jetzt lächelte ich auf solche Forderungen hin nur und zog mir etwas anderes an.

Auch die Hotelgäste wurden hinsichtlich der Kleiderordnung abgerichtet. Für sie lagen flauschige, nach Weichspüler duftende Bademäntel in den Zimmern, die, laut Informationsmappe, auch mit an den Strand genommen werden durften. Unerfahrene Neuankömmlinge wurden von ihren Zimmernachbarn darauf hingewiesen, dass es sich empfehle, die Bademäntel innerhalb des Hauses nur für einen eiligen Gang durch die Flure oder zum Strand zu benutzen. Für den Besuch von Frühstücksraum oder Kajüte habe man sich tunlichst um- beziehungsweise anzuziehen, gerne *sportlich*, aber in jedem Fall *vollständig*.

In diesem Sinne wurden die neuen Hotelgäste schnell auf Palau-Kurs gebracht. Auch sie begannen schon nach wenigen Stunden Aufenthalt, die stillosen Ausflügler vom Strandkorbcafé mit der Herablassung von Eingeweihten als *dahergelaufene Massentouristen* zu behandeln.

Dagegen wiederum hatte Ruth nichts einzuwenden; der Graben, der sich zwischen »Ansässigen« und »Daherkommenden« auftat, gefiel ihr, was wiederum mir missfiel.

War die Kajüte überfüllt, wurde der Frühstücksraum ganztägig für die Hotelgäste zugänglich gemacht und bekam, mit eigenem kleinen Menü und dem entsprechenden Hinweis an der Tür, den Charakter eines exklusiven Clubs, was überaus geschätzt wurde. Die Exklusivität blieb stets gewahrt, ohne dass einer von der Belegschaft sich darum kümmern musste. Dorthin konnte Elisabeth dann ihre hausgemachten Spezialitäten tragen: *Baltischer Pharisäer, Othello am Strand, Deichgrafs Mazaran.* So etwas bestellte bei mir draußen kein Mensch. Die Fronten hielten sich gegenseitig stabil, wirkten jeglicher Vermischung entgegen, auch am Strand, wo der kleine Abschnitt des Hotelbereichs von hausfremden Handtuchhockern und Plastikboxen tragenden Ausflüglern frei gehalten wurde.

»Frau Schuhmann wünscht es nicht!«

Dass ich einmal der Frau Direktor Preysing, Palau-Sommerurlauberin seit 1981, nach einem arroganten Auftritt die Zunge hinter ihrem Rücken herausstreckte, brachte mir dennoch den Applaus aus drei Strandkörben gleichzeitig ein. Der anschließende Tadel seitens Elisabeths war mir allerdings kaum verständlich.

»Dich nerven die bornierten Hoteldiven doch auch.«

»Sehr sogar, aber deswegen braucht man sich ihnen gegenüber nicht despektierlich zu verhalten.«

»Sie hat es doch gar nicht gesehen.«

»Umso verwerflicher!«

Sie benutzte ernsthaft das Wort *verwerflich.* Ich konnte es kaum fassen!

Ruth machte sich, trotz all ihrer Prinzipienreiterei und des Geredes über »Stil und Niveau«, öfter lustig über das Gehabe derer, die sich als »Insider« bezeichneten, wobei jeder, der es wagte, in Gegenwart der Tante dieses Wort zu benutzen, streng zurechtgewiesen wurde: »Bitte nicht diese furchtbaren Amerikanismen!«

Elisabeth hasste das, was sie hiesiges Kastenwesen nannte, ging so weit zu behaupten, die älteren Stammgäste würden mit ihrem elitären Gehabe die Atmosphäre vergiften und dafür sorgen, dass neue, jüngere Menschen rasch wieder abzögen, weil diese sich unbeschwerte Urlaubstage wünschten, ohne dass sie schon beim Frühstück Tiraden über Niveauverlust und Kulturignoranz über sich ergehen lassen müssten. Auch das ewige Gerangel, wer am längsten und am häufigsten Gast sei, sich am besten mit den sogenannten Hausbräuchen auskenne oder den vertrautesten Umgang mit den Chefinnen habe, sei zunehmend unerträglich. »Da sind mir Katias frohgemute Bier- und ›Latte‹-Trinker ja noch lieber!«

Sie sagte zu der Zeit »Katias Gäste«, wenn sie vom Strandkorbcafé sprach, und die Tante grinste mich jedes Mal breit an, bevor sie zum verbalen Gegenschlag ausholte. Ich ging meiner Wege, zückte den Bestellblock, wurde wieder »Fräulein!« und ließ sie ihre Scharmützel unter sich austragen, soweit es ging.

Dann kam der Regen und erledigte Badehosenträger, übermäßigen Sprite-Konsum und verhärtete Gästefronten von selbst.

Dunkle Farbfelder schoben sich vom Meer her näher, wurden träge herbeigezogen von schwarzen Fäden, die aus ihnen niedergingen wie dünne Tusche, mit dem Borstenpinsel verwischt. Beim ersten Mal dachte ich noch: Was für ein Schauspiel!

Ein Wetter brach los, fegte Strand und Gartencafé leer, scheuchte die Bewohner des Palau unters schützende Dach und machte dabei keinen Unterschied zwischen Gästen und Residierenden oder solchen wie mich, die irgendetwas dazwischen waren. Wir saßen alle fest und verfolgten den Wetterbericht, der wenig Besserung versprach, für den Lauf der Woche sogar noch Schlimmeres ankündigte.

Die Tagestouristen blieben aus, das Strandkorbcafé wurde vorübergehend geschlossen. Der Club im Frühstückszimmer zog zurück ins Erdgeschoss, und in der Kajüte wurde wieder friedlich gelesen oder Jazz gehört, dazu japanischer Sencha oder *Nordisches Intermezzo* zu *Wolkenbiskuit in Blaubeerschaum* oder »was auch immer Frau von Kroix heute Wunderbares gezaubert hat« bestellt. Meine Hoffnung, dass wenigstens die Tante dadurch milder gestimmt werden würde, stellte sich leider als trügerisch heraus.

Das Ehepaar Otternschlag sowie Familie Gaigern brachen kurz nacheinander ihren Aufenthalt ab und ließen die Sommersuite sowie das größte Doppelzimmer leer stehen, was Ruth um diese Jahreszeit als persönliche Beleidigung nahm. Elisabeth störte sich mehr daran, dass der Wind sich zu immer höheren Stärken aufblähte und die Tageseinnahmen auf wenig über null einbrachen, und legte ihre Stirn wieder in Falten.

Wir saßen ab dem frühen Nachmittag am Personaltisch herum, starrten auf die graue Wand hinter den Fenstern und warteten neben den übrig gebliebenen Hotelgästen und den aus allen Himmelsrichtungen heimgekehrten Katzenviechern, dass es vorbeiging.

Ging es aber erst einmal nicht.

Die Tante war während der letzten fünf Schönwettertage quasi unsichtbar gewesen. Sie hatte sich selbst zum Küchendienst eingeteilt und war gänzlich darin abgetaucht, nachdem eine Horde vereinsurlaubender Fußballfreunde aus Düsseldorf das Palau regelmäßig zu belagern begonnen hatte und Ruths Toleranzpotential damit endgültig aufgebraucht worden war. Selbst ich hatte mich angesichts dieser Typen nicht dagegen wehren können, doch ein gewisses Verständnis für Ruths Gästepolitik zu entwickeln. Und hatte ihre Nörgeleien glatt vermisst. Vom Bibliotheksfenster aus war nachts draußen der Glutpunkt auszumachen gewesen, ich hatte es aber nicht geschafft, ihm nachzugehen. Ruth wollte ihre Ruhe, sollte sie haben.

Jetzt kam sie zwar endlich wieder hervor, hockte aber mürrisch auf der Bank am Personaltisch und las in einem Buch, das Frank ihr vor seiner Abreise gegeben hatte. Mehrmals täglich erhob sie sich, um auf Kontrollgänge an den Buhnen und Wellenbrechern entlangzugehen, kam dann übellaunig wieder zurück und brummte: »Hält noch!«

Auf Flaubert-Zitate ließ sie uns vergeblich warten.

Ich band morgens nicht mehr die Kellnerinnenschürze um, wurde von Ania oder Bascha wieder auf mehr oder weniger sinnvolle Zimmermädchen-Gänge geschickt, sammelte dreckige Handtücher ein, übte mich im Betrieb einer Heißmangel, in deren Sockel mein Geburtsjahr eingeschweißt war, und verbrachte viel Zeit mit der Perfektionierung meiner Schuhputztechnik.

Als nach drei Tagen sämtliche Zimmer, Wäschevorräte und Gästeschuhe im Topzustand waren, teilte die Tante mich zum Rezeptionsdienst ein, wo sie den Karteikasten offen hinstellte und einige Bücher positionierte, von denen ich annahm, dass ich sie finden und lesen sollte. Ich griff mir dennoch lieber *Hotel & Gast* aus dem Regal, studierte einen Artikel über *Verkaufsförderungs-Aktivitäten,* einen weiteren über *Methoden der Stärken-/Schwächen-Analyse gastgewerblicher Unternehmen.* Ich dachte mir nicht allzu viel dabei, wollte mich nur informieren, etwas mehr wissen und, ja, ich wollte auch die Damen davon überzeugen, dass ich mehr drauf hatte, als Kuchenbestellungen abzuwickeln.

Als Elisabeth sah, was ich in den Händen hielt, fragte sie: »Willst du ins Hotelfach?«

Ich hielt es für einen wohlmeinenden Scherz und sagte: »Klar! Das scheint mir die Branche mit den besten Zukunftsaussichten zu sein!«

Elisabeths Gesicht erbleichte und verhärtete sich auf geradezu beängstigende Weise.

»Nun, wie du meinst«, sagte sie spitz und verließ ohne weitere Erklärung die Rezeption.

»Was habe ich nun schon wieder Falsches gesagt?«, rief ich hinterher, bekam aber keine Antwort.

Ich seufzte, schob *Hotel & Gast* zurück ins Regal, griff mir *Die Schatzinsel* und nahm sie für nachts mit aufs Zimmer, wo der aufs Dachfenster prasselnde Regen mich auch dann vom Schlafen abhielt, wenn ich nicht über beleidigte alte Damen nachgrübelte.

Ich war auf eine falsche Taste gekommen und hatte nicht die geringste Ahnung, welchen von Elisabeths Codes ich so empfindlich verletzt haben konnte, dass sie solch einen Abgang hinlegte. Dauerregen konnte auch bei ausgeglichenen Menschen an den Nervensträngen sägen, dachte ich und versuchte, die Szene zu vergessen. Schließlich handelte es sich hier um ein Hotel und *ins Fach wollen* war Blödsinn, denn da war ich doch schon. Wer weiß, was hätte vermieden werden können, wenn ich nicht so begriffsstutzig gewesen wäre. Im Endeffekt vermutlich gar nichts, aber etwas früher schalten hätte ich schon können, mein zweitschlimmster Tag im Palau wäre dann vielleicht anders verlaufen.

»Hätte, wäre, könnte … alles Quatsch!«

Tantenzitate: unauslöschlich und allüberall. Sie wird mir nicht verloren gehen.

»Verehrteste Frau von Kroix, unsere liebe Frau Schuhmann sieht richtig schlecht aus in diesem Jahr!«, sagte Frau Oberstudienrätin i.R. Schmidt-Walther eines Nachmittags, als sie Ruth, Elisabeth und mich im Eingangsbereich antraf. Elisabeth verzichtete auf eine Antwort, und Ruth verschränkte die Arme vor der Brust. Dessen ungeachtet redete die Schmidt-Walther, die bereits seit Jahren mit dem Vermerk *Nervensäge schlimmster Sorte* gebrandmarkt war, ungebremst weiter.

»Ich habe den beiden werten Damen Palau etwas mitzuteilen«, sagte sie. »Ich möchte Ihnen nämlich ein Geschenk der besonderen Art machen.«

Gespannt warteten wir auf weitere Ausführungen, wurden aber, falls wir mit Zuwendungen oder Stiftungsvermögen gerechnet hatten, enttäuscht. Eine Beauty-Woche für Senioren sollte es sein, und die Pensionärin, laut Karteikarte verwitwet, heimliche *Gala*-Leserin und Liebhaberin von »Edle Tropfen in Nuss«, war augenfällig stolz auf ihre, laut Selbstaussage, »reizende Idee« zum Jubiläum ihres zehnten Sommeraufenthalts im Palau.

»Ich lade Sie beide ein«, jubelte sie, »fünf Tage Fango, Massage, Kulturprogramm, Anwendungen altersgerechter Naturkosmetikprodukte plus Champagner-Dinner inclusive!«

Sie sah erwartungsvoll von einer zur anderen.

»Da werden Sie mal so richtig schön ausspannen können!«

Ich wäre bereits an dieser Stelle in Gelächter ausgebrochen, wenn ich nicht Ruths Augen zu Schlitzen hätte werden sehen.

»Es gibt vier Alternativtermine«, fuhr die Schmidt-Walther fort, »wählen Sie!«

Die Alte bemerkte zu spät, dass sie dabei war, eine Lunte zu zünden, und machte ungebremst weiter: »Königsfeld im Schwarzwald, *Medical Wellnes für Best Ager,* nur gutes Publikum und keine von diesen magersüchtigen Dingern, wie sie sonst überall herumhüpfen! Ich selbst kure dort jedes Jahr und fühle mich stets um ein gutes Dutzend an Jahren verjüngt, mindestens! Der Herr Professor Junot sagt immer zu mir: C'est incroyable, madame, und ich muss selbst zugeben …«

Ein fauchendes Geräusch ließ sie innehalten. Elisabeth wollte Ruth beiseitenehmen, aber es war bereits zu spät.

»Es spricht ganz offensichtlich nichts für den Erfolg einer solchen Aktion«, sagte die Tante mit der Freundlichkeit einer Rasierklinge, »wo doch in Ihrem Fall auf der Hand, oder sagen wir lieber *im Gesicht* liegt, dass keine noch so altersgerechte Kosmetik sich wirksam genug gezeigt hat, Sie, werte Frau Schmidt, vom Aussehen eines senilen Bassets zu befreien, bien au contraire, madame!«

Die Schmidt-Walther verfiel in Schockstarre, sämtliche Anwesenden hielten den Atem an, nur Ruth nicht. Sie drehte noch um einige Phon höher: »Vielleicht sollten Sie mal ein Lächeln versuchen, wenn meine Kolleginnen Ihnen den Müll aus dem Zimmer räumen, oder etwas freundlicher dreinschauen, wenn unser Koch Ihnen die zweifach bemängelten Frühstückseier zum dritten Mal serviert. Davon würde ich mir mehr Effekt für Ihr ramponiertes Antlitz versprechen als von der Tatsache, dass Sie sich freiwillig für teures Geld im Schwarzwald entwürdigen lassen und anderen mit ebenso dummen wie beleidigenden Vorschlägen auf die Nerven gehen!«

Die Schmidt-Walther japste, röchelte etwas Unverständliches, schwang ihre nicht unbeträchtliche Körpermasse auf dem Absatz herum und eilte mit den mühsam hervorgestoßenen Worten »Rechnung per Post!« in Richtung ihres Zimmers.

»Die sehen wir nie wieder«, sagte ich, und Elisabeth zischte Ruth zu, sie hätte nicht gleich so ausfallend werden müssen, die Frau hätte doch nur nett sein wollen und auf ihre Art Dankbarkeit zu zeigen versucht. Aber die Tante griff die Lautstärke, zu der sie sich gesteigert hatte, nahtlos wieder auf und brüllte durchs Treppenhaus, dass man es vermutlich bis ins letzte Zimmer hören konnte: »Sie wirkt wie eine aufgetakelte Achtzigjährige, die auf vierzig macht und dabei ist sie gerade mal neunundsechzig. *Das* nenne ich schlecht aussehen!«

Elisabeth war drauf und dran, ihr den Mund zuzuhalten. Ich konnte nicht mehr und fing so laut an zu lachen, dass Ruths weiteres Geschimpfe und Elisabeths Vorhaltungen in meinem Grölen untergingen.

Heinrich, Ania und Bascha kamen besorgt aus unterschiedlichen Richtungen angelaufen, um festzustellen, dass Ruth sich wieder beruhigt hatte und lächelnd auf ihre Nichte herabsah, die sich, noch immer hysterisch lachend, an der Lehne eines Stuhls festklammerte.

»Was ist denn los?«, fragte Heinrich.

»Wellness für Best Ager«, schnaubte Ruth, während sie mir beruhigend auf die Schulter klopfte. »Wofür hält sie uns?«

In seltener Einigkeit zuckten Ania und Heinrich mit den Schultern. Die Tante fasste sich ins Gesicht, zog die Haut an beiden Wangen zu den Ohren hin, ließ sie zurückschnellen und schnitt eine Grimasse.

»Ich bin alt genug, um mir dieses Aussehen leisten zu können, das nehme ich mit ins Grab, jede einzelne Falte, ich schwöre!«

Der Regen machte einen Tag Pause, an dem ich den Parkplatz fegte und mit Heinrich spazieren ging. Der Regen kam wieder, triefend und kalt, und vertrieb mit der Zeit auch die restlichen Gäste, einen nach dem anderen. Aufenthalte wurden abgebrochen, Reservierungen storniert, die Blasen an meinen Füßen heilten vollständig ab, und in der Kajüte aßen wir am Gulaschtopf vier Tage lang.

Von außerhalb machte nur noch der Doc sich auf den Weg durch die Wasserwand zu uns herüber. Bis zum Schaft waren seine Gummistiefel verschlammt, wenn er sie vor der Tür abgestreift hatte und beim Eintreten wie halbverweste Kadaver von sich streckte. Elisabeth hastete jedes Mal eilig aus dem Raum und erschien wenig später mit der *Frankfurter Allgemeinen* unterm Arm, um die nassen Stiefel daraufzupacken, bevor Ania den Doc schimpfen konnte. Am dritten Tag kam sie mit einem Paar graumelierter Filzpantoffeln, die sie feierlich vor seinen Füßen abstellte.

»Die wollte ich dir eigentlich erst am Geburtstag geben.«

Der Doc schlüpfte einen Dank murmelnd in die Schuhe, während Elisabeth ihm die Gummistiefel aus der Hand nahm und sie auf der Zeitungsunterlage neben der Garderobe abstellte.

»Passen sie?«

»Hmhm«, machte der Doc, und Elisabeth erblühte zartrosa.

Ruth warf den beiden einen Blick über den Brillenrand zu, den ich nicht einzuordnen wusste, schlug dann ein Buch auf, obwohl sie vorher noch mit uns im Arbeitsgespräch gewesen war, und tat, als hätte sie keinerlei Zeit oder Interesse an einer Unterhaltung. Schon seit geraumer Zeit redete sie kaum mit ihm. Was hat er ihr getan, dachte ich, aber der Doc schien sich, wie an den vorigen Tagen, nicht weiter daran zu stören, ließ sich auf seinen Platz fallen und lobte allenfalls die Filzpantoffeln ein wenig zu ausführlich: »Gemütlich! Jetzt bekomme ich hier schon ein Paar Hausschuhe geliefert, wenn das kein Service ist!«

»Es sind deine, du darfst sie mitnehmen«, sagte Elisabeth und stellte ihm sein Bier vor die Nase.

Ich wollte witzig sein: »Soll er sie doch hierlassen. Er braucht dann nur noch eine Zahnbürste bei uns zu deponieren, und seine Ausstattung als Hausfreund ist perfekt.«

Diese besondere Art Schweigen, die Schrecksekunde, in der einem klar wird, dass man etwas Unpassendes von sich gegeben hat, direkt gefolgt von dem Wunsch, die soeben entschlüpften Worte wieder zurückzunehmen, sie aufzusaugen mit dem nächsten Atemzug. Nicht einmal Heinrich fiel eine Weisheit zu meiner Rettung ein, ich musste allein wieder herauskommen, obwohl mir gar nicht ganz klar war, worin genau ich mich verfangen hatte.

»Ich meine nur«, fing ich an zu stottern, »weil das Wetter doch manchmal umschlägt, und wenn es dann noch schlimmer kommt, und wenn dann keiner mehr über den aufgeweichten Deich gehen kann oder Sturmflut ist, und er gerade hier ist, und … Ich habe doch gar nichts gesagt!«

Es war aussichtslos, sie schwiegen mich platt.

Da knallte plötzlich Ruth ihr Buch auf den Tisch und schlug einen Ton an, dass alle Augen zu ihr herumfuhren.

»Das bist du doch, Doc, ein Freund des Hauses, oder etwa nicht?«

»Will ich meinen«, sagte der Doc und wirkte erleichtert.

»Na also!«, sagte die Tante. »Jetzt hast du noch die dazugehörigen Hausschlappen bekommen: Südtiroler Wollfilz mit Samteinfassung. Für unsere Hausfreunde lassen wir uns nicht lumpen!«

Ich schwöre, dass ich die Tante in diesem Moment liebte. Mit all der Innigkeit, die mir als noch nicht allzu erprobte Nichte möglich war, liebte ich sie mindestens sieben volle Minuten lang ohne jede Einschränkung.

Elisabeth hustete und ging zum Tresen herüber, Sergej grinste, Heinrich hörte auf, seine Hände zu kneten, Ania kicherte, Bascha seufzte, strich sich durch das frisch dauergewellte Wasserstoffblond und blätterte lustlos in einem polnischen Erzählband, von dem Ania behauptete, Bascha trage ihn nur zum Angeben mir sich herum und habe noch nie eine Zeile darin gelesen.

»Gut, wenn nichts mehr los ist, dann fahre ich zu Wochenende nachhause. Ja?«, sagte Bascha etwas später und bekam von ihrer Schwester eins mit dem Ellenbogen.

»Von mir aus«, sagte Elisabeth, »was sollst du dich hier mit uns langweilen.«

Der Doc lächelte noch immer Ruth an, während er fragte: »Was habt ihr mit den Sommergästen angestellt?«

Ruth fluchte: »Alles Memmen, die sich von so einem bisschen Regen und Wind vertreiben lassen. Sie wissen ja nicht, was sie verpassen!«

»Was sollen die Leute denn machen?«, sagte ich. »Wenn es draußen schüttet, können sie bei uns nicht einmal im Bett fernsehen oder im Internet surfen.«

Und bewies damit umgehend, dass ich meine Rettung nicht verdient hatte: Ruth ging übergangslos und komplett in die Luft. Sie bescheinigte mir, keine Ahnung von nichts zu haben, nannte mich »Konsumterroropfer« und »fernsehverdorbene Wohlstandsgöre«, die besser keine Kommentare zu Sachverhalten abgeben sollte, von denen sie nichts versteht.

»All die Arbeit, die wir auf dich verwandt haben, war wohl sinnlos vergeudete Zeit!«

»Ruthi, bitte nicht!«

Elisabeth versuchte mit der Hand die Tante zu erreichen, die energisch abwehrte.

»Lass mich in Ruhe, Lizzy, ich dachte, sie wäre anders, würde etwas verstehen von dem, was wir hier machen.«

Ich schnappte nach Luft, erhob mich von meinem Stuhl und sagte: »Mir ist nicht bewusst gewesen, dass du Zeit und *Mühe* in mich investieren musstest. Bisher war ich so naiv zu glauben, dass ich diejenige sei, die für *dich* arbeitet, die *dir* ihre Zeit schenkt, aber da muss ich mich wohl geirrt haben. Hast Recht, Tante Ruth, ich kapiere gar nichts, habe sogar auf einiges verzichtet, was mir früher wichtig war, nur um dir zu gefallen, so blöd war die Wohlstandsgöre, stell dir das mal vor!«

»Katia, jetzt wollen wir das alles mal nicht auf die Goldwaage legen«, sagte Elisabeth, »sie meint doch nicht …«

Ruth fiel ihr ins Wort: »Verzichtet? Worauf hat sie denn verzichtet? Liebesfilmchen um Mitternacht? Elektronische Korrespondenz mit ihrem Verflossenen?«

»Leute, macht mal langsam!«, raunte der Doc.

»Bei meinem Neffen Wanja läuft Fernsehen ohne Pause«, sagte Bascha.

»Vielleicht sollten wir wirklich mal ernsthaft überlegen, was wir den Gästen für die kalten Herbsttage anzubieten haben«, sagte Elisabeth, und Ania antwortete: »Das gute Idee!«

»Na bitte!«, rief die Tante. »Wenn's nach euch geht, werden wir wie alle anderen Hotels: austauschbar, einheitlich, den schlichten Bedürfnissen von Strickwarenvertretern und Proleten angepasst, Schundblätter und Pornokanal inklusive!«

Heinrich stemmte beide Fäuste auf den Tisch und rief: »Aufhören! Was hier geredet wird, tut keinem gut!«

»Allerdings«, brummte der Doc leise in den Moment der überraschten Stille hinein, der auf Heinrichs Ausbruch folgte.

Elisabeth sagte mit belegter Stimme: »Du tust uns allen Unrecht, Ruth Schuhmann, und das weißt du auch.«

Die Tante machte eine wegwerfende Handbewegung und starrte aus dem Fenster. Ania und Bascha steckten die Köpfe zusammen und unterhielten sich leise auf Polnisch. Weder schien jemand bemerkt zu haben, was die Tante mir zuvor an den Kopf geworfen hatte, noch wollte einer etwas zu meiner Verteidigung vorbringen. Der Doc sagte: »Ich hab Sprechstunde, kriegt euch wieder ein«, und verließ den Raum. Ich ging ebenfalls, quetschte mich vor der Garderobe am Doc vorbei, der gerade seine Stiefel anhob, überhörte, wie jemand meinen Namen rief, warf die Tür hinter mir zu und lief ums Haus herum. Während ich mir die Tränen mit dem Ärmel wegwischte und versuchte, unter dem Dachvorsprung beim Kücheneingang eine Zigarette anzuzünden, schlurften die Gummistiefel des Doc näher, der sich bis zur Nasenspitze in seinen Regenmantel gehüllt hatte.

»Hab ein bisschen Geduld mit deiner Tante. Ruth meint es nicht so, wie es klingt. Sie hat es zurzeit nicht leicht.«

Ich fand dies keiner Antwort wurdig und drehte mich von ihm weg. Der Doc legte mir eine Hand auf die Schulter, führte sein brennendes Sturmfeuerzeug an meine Zigarettenspitze.

»Weißt du nicht, dass meistens andere dafür zahlen müssen, wenn Ruth Angst hat?«

Ich wollte gar nichts wissen, schüttelte seine Hand ab und wartete, bis er endlich seiner Wege ging.

»Und rauch nicht so viel!«

»Ach, lass mir die Ruhe.«

Er schlurfte davon.

»Katia, nimm es nicht so tragisch«, hörte ich kurz darauf Heinrichs Stimme neben mir. Er hatte sich nicht damit aufgehalten, etwas überzuziehen, stand triefend im Regenschütter und sah mich traurig an. Ich wich seinem Blick aus.

»Ruth wird sich beruhigen, und dann tut es ihr leid. Sie wird das zwar nicht sagen, aber es wird dann alles wieder gut sein. So ist es immer gewesen.«

»Ruth kann mich mal!«

Wassertropfen perlten von seiner Stirn, ein kleines Rinnsal zog eine Spur von einer verrutschten Haarsträhne zum Mundwinkel.

»Geh rein, Heinrich, du erkältest dich.«

»Kommst du mit?«

Ich schüttelte den Kopf.

»Sollen wir einen Spaziergang machen? Bei diesem Wetter werden die wunderlichsten Dinge angeschwemmt!«

Ich versuchte ein Lächeln, das zur Fratze missriet, und bat ihn, mich in Ruhe zu lassen. Heinrich ging weg, kam einen Augenblick später wieder, hängte mir eins von seinen Regencapes um die Schultern, bevor er wortlos wieder verschwand.

Ich rauchte eine halbe Packung, bevor ich mich durch den Hintereingang schlich. Auf Strümpfen stieg ich die Treppe zum Schwalbennest hoch und begann, meine Sachen zusammenzupacken. Ich hatte die feste Absicht, den Sieben-Uhr-Bus zu erreichen, dessen Abfahrtszeit ich dann, ohne auch nur den Versuch unternommen zu haben, das Haus zu verlassen, verstreichen ließ. Einmal hörte ich Schritte vor der Tür, ich starrte auf den Spalt zwischen Boden und Tür, wartete, aber nichts schob sich darunter durch, niemand klopfte, die Schritte entfernten sich wieder. Ich kann mich nicht erinnern, jemals vorher so ausdauernd geheult zu haben, nicht einmal, als Papa mir erklärt hatte, dass wir beide von nun an alleine zurechtkommen müssten, weil Mama jetzt woanders wohnen würde, weit weg, so dass sie uns nicht so bald besuchen kommen könnte, aber natürlich hätte sie mich immer noch lieb, und ich wusste genau, dass nichts davon der Wahrheit entsprach.

Irgendwann muss ich eingenickt sein. Kurz vor elf schlich ich mich in die Kajüte, wo ein einzelner Teller auf dem Tisch wartete, neben dem mein Serviettenring lag. *Gaudeamus igitur* war darin eingraviert, Ruth hatte das spaßig gefunden und ihn in meiner zweiten Palau-Woche zu »dem Nichtlein seiner« erklärt. Elisabeth saß einsam auf dem Hocker hinter der Theke, schreckte hoch, als ich näher kam, und machte sich daran, die Suppe aufzutragen, die sie auf dem Herd für mich warm gehalten hatte.

Ich setzte mich, begann stumm zu löffeln.

Elisabeth ging Brot holen, polierte Gläser und kramte in der Schankstube herum, bis ich den leeren Teller von mir schob.

»Willst du mehr?«

Ich schüttelte den Kopf.

Sie nahm Teller und Brotkorb vom Tisch.

»Da wäre noch ein Blaubeertörtchen.«

»Danke. Ich muss schlafen.«

»Ja. Du siehst sehr müde aus.«

Ich nickte: »*Wie ausgekotzt* beschreibt es wohl besser.«

Elisabeth lächelte: »Ziemlich übel, ja.«

»Wo ist Ruth?«

»Sie hat gesagt, ich soll mit der Suppe auf dich warten, und ich soll dir das hier geben.«

Auf ihrer flachen Hand lag ein rotes Stück Samt, sorgsam zu einem kleinen Päckchen gelegt, aus dem ich eine winzige goldene Taschenuhr faltete.

»Was soll das?«

»Sie gehörte ihrer Mutter, aber Ruth wird nicht wollen, dass ich dir das erzähle.«

Ich fing wieder an zu heulen.

»Bist du auch böse auf mich?«

»Niemand ist böse auf dich!«

Elisabeth setzte sich neben mich, ich ließ mich in ihre Arme sinken, und sie wog mich langsam hin und her, summte dabei einen monotonen Singsang, bis ich fast an ihrer Brust eingeschlafen wäre.

»Alles gut. Es wird ja alles wieder gut«, murmelte sie, und ich war mir nicht sicher, ob sie zu mir oder zu sich selbst sprach.

Am nächsten Morgen sah keine von uns besonders frisch aus. Als ich mich zum Frühstück hinsetzte, sank das *Tagblatt* um einige Zentimeter, gab kurz die dunkel umrandete Augenpartie der Tante frei, hob sich wieder.

»Ich wünsche dir einen guten Morgen.«

»Danke, Tante, den wünsche ich dir auch.«

Ich hatte bereits in die zweite Brötchenhälfte gebissen, als Ruth fragte, diesmal ohne die Zeitung zu senken:

»Gefällt dir die Uhr?«

»Sehr!«

»Ist ein altes Stück.«

»Toll. Danke!«

Wir strichen den ganzen Tag umeinander herum wie auf dünnem Eis, ich gab mich wortkarg und dienstbeflissen, die Tante lobte jeden zweiten meiner Handgriffe und irritierte mich mit ausgesuchter Liebenswürdigkeit, bis ich es am späten Nachmittag nicht mehr aushielt: »Lass uns jetzt bitte wieder normal miteinander sein, geht das?«

Sie sah mich an, kniff die Brauen zusammen, dass ich dachte, sie würde wieder ausrasten. Ohne es zu wollen, wich ich einen Schritt zurück, aber sie lächelte, sagte fast schüchtern: »Ich beiße doch nicht.«

»Weiß man's?«

Sie lachte leise, trat auf mich zu, legte mir die Hand an die Wange, und mit ihren Augen passierte etwas Eigenartiges.

»Du bist doch gerne hier, Nichte, oder?«

Ich nickte.

»Bleib noch ein bisschen.«

Ich nickte wieder.

Sie machte mir Angst in diesem Zustand, und es wäre mir fast lieber gewesen, wenn sie wieder *Göre* zu mir gesagt hätte, statt ihre warme, etwas schweißfeuchte Hand auf meinem Gesicht liegen zu lassen.

»Hör auf, Tante, ich fang sonst wieder an zu heulen.«

»Bloß nicht!«

Sie zog die Nase hoch, ihre Hand flog zu meiner anderen Wange, kniff hinein, dass es schmerzte.

»Au!«

»Weichei!«

Da waren wir wieder im Lot. Vielleicht sogar mehr als das, aber das Verhalten der Tante zu analysieren, hatte ich aufgegeben.

Abends zog sie sich ins Grübeln zurück, ging noch vor Ende der Mahlzeit in Richtung des Strandkorbs, den sie mit Lastwagenplane regensicher gemacht hatte, und sagte im Rausgehen zu mir: »Steh nicht wieder sinnlos am Bibliotheksfenster rum, Nichte, das führt zu nichts.«

Es klang warm und nicht unfreundlich, und ich hielt mich daran.

Nach einer zweitägigen Verfinsterung, während der sie mich allerdings weitgehend mit ihrer Übellaunigkeit verschont hatte, stand Ruth plötzlich vom Frühstückstisch auf, schlug auf die Tischkante, dass es schepperte, und rief: »Jetzt ist es genug!«

»Was, Tante?«, fragte ich, bekam jedoch keine Antwort.

Ruth verließ schnurstracks das Haus, spazierte über den Deich in Richtung Liefgaard davon. Erst am späten Nachmittag kam sie zurück, wie ausgewechselt: grüßte freundlich in die Runde, erzählte dann abends beim Rotwein lustige Hotelgeschichten, zitierte wieder ohne Rücksicht auf Verluste, wirkte fast ein bisschen zu überdreht, aber sie war guter Stimmung wie schon sehr lange nicht mehr.

Als der Doc sich zu uns gesellte, wurde er von Ruth fast schon charmant begrüßt, was dessen Stimmung allerdings weniger aufzuhellen schien, als man hätte vermuten können.

»Weißt du, was mit der Tante ist?«, fragte ich Elisabeth leise, als wir uns hinter dem Tresen trafen, aber die schüttelte unwillig den Kopf: »Wer weiß schon, was mit Ruth ist.«

»Wir nutzen den Leerstand, um den Laden auf Vordermann zu bringen«, verkündete die Tante am nächsten Morgen, noch immer bester Laune. Sie teilte uns für innerhäusliche Arbeiten ein: Treppengeländer streichen, Bibliotheksregale abstauben, Bücher sortieren, Teppiche aufschäumen, Katzen entwurmen, Möbel polieren und so weiter. Bascha maulte: »Hat sie Energieschub, oder was?«

»Viel Wirkung, wenig Kosten«, sagte Ruth mit einem spöttischen Blick auf Elisabeth. »Auf geht's!«

Ich sah mich schon unter Anias Regie Kommoden und Kuchenvitrinen bearbeiten, als die Tante meinen Namen nannte.

»Das Nichtlein nehme ich mit auf den Dachboden.«

Ich war begeistert und sagte: »Ich bin begeistert!«

Ja, die Tante war schwierig, mitunter bis jenseits der Schmerzgrenze, und auch der alltägliche Betrieb war zeitweise aufreibend, milde ausgedrückt, aber in allen Zuständen, in die das Palau bislang geraten war, hatte ich irgendwie und meistens recht schnell meinen Platz gefunden: Saisonchaos, Schlechtwetterruhe und sämtliche Stadien dazwischen: Jedes Mal hatte ich mit reingepasst, und nie war eine Phase lang genug gewesen, um unerträglich oder gewöhnlich zu werden.

Laut Manu hielt ich den Weltrekord im Vermasseln von Jobs, aber dieser ließ sich scheinbar nicht so schnell vermasseln, nicht einmal von mir. Die Launen der Tante wusste ich zu nehmen, mehr oder weniger, und wenn weniger, dann lernte ich die kleinen Zeichen danach zu schätzen, auch wenn ich kaum eines wirklich in seinem von der Tante kodierten Sinnzusammenhang durchschaut habe, darauf kam es nicht so an. *Ritter Sport, Robinson Crusoe* oder eine alte Uhr, die klein, rund und golden in der Hand lag: Das gefiel mir, das verstand ich, da brauchte ich keine Feinheiten.

Und die Tante verstand, dass ich verstand, auf meine Weise, machte mir das Bleiben leicht, auf ihre Weise.

Manu hat einmal am Telefon gefragt, was mich dort aushalten lässt, trotz des regelmäßigen Ärgers mit der Tante oder den anderen. Vorher sei ich doch immer sofort abgehauen, wenn es Komplikationen gegeben hatte.

»Mit *Aushalten* hat es nichts zu tun«, habe ich geantwortet, »ich lerne viel, und ich mag die Arbeit, die Menschen auch.«

Aber das war nur der verlegene Bruchteil einer unmöglichen Erklärung. Manu verdrehte dann auch die Augen, mokierte sich: »Viel gelernt! Verarschen kann ich mich selber!«

Dann hielt sie mir einen Vortrag über mein angebliches *Mutterloch* als Ursache für meine Suche nach der Anerkennung durch ältere Frauen. Ich habe schallend gelacht und ihr gesagt, sie soll mich mit ihrem Psychoscheiß verschonen.

»Kompensation ist was für Schachspieler«, habe ich Ruth zitiert und Manu mit einem Loblied auf den gesunden Menschenverstand meiner Tante gereizt. Ruths Antworten auf Theorien bezüglich defizitärer Persönlichkeiten waren nichts als Spott und ein saftiges Arbeitsprogramm: unbequem, aber effizient. Etwas oder jemanden über einen Mangel zu definieren, hielt Ruth für Zeitverschwendung, und wenn man unbedingt traurig sein wollte, konnte man den *Lenz* lesen, danach müsse es aber auch gut sein.

Manu fand das *arg verkürzt formuliert;* mir gefiel das außerordentlich gut.

Ich blieb vielleicht auch deswegen im Palau, weil es mir dort trotz allem besser ging als anderswo. Gut verborgen zwischen hereinschwappenden Touristenwellen, standesbewussten Darjeeling-Trinkern, vor sich hin dösenden Katzen und dieser Handvoll komischer alter Leute, die den Laden am Laufen hielten, verging mir die Zeit in einem eigenen Takt: nicht langsamer, nicht schneller, nur anders, und das war gut für mich.

Die Flüchtigkeit einer Hoteladresse, ohne Verpflichtung oder Arbeitsvertrag, kam beruhigend hinzu: Ich konnte ja jederzeit abhauen, konnte also genauso gut noch mit dem Fortgehen warten. Keine besonders erwachsene Haltung, wie ich von Manu zu hören bekam, aber das war mir vollkommen egal.

Von den Alten bekam ich einen Platz auf der Personalbank frei gemacht, wo ein Teller mit warmer Suppe auf mich wartete, auch dann noch, vielleicht sogar erst recht, wenn Krach gewesen war, das reichte.

Die Tante sagte: »Erklärungen sind eh Quatsch.«

Der Dachboden war nicht das, was ich mir darunter vorgestellt hatte: kein mit verstaubten Holztruhen und leinenverhängten

Antiquitäten vollgestopftes Panoptikum von Merkwürdigkeiten, keine riesige Halle, von Balken durchkreuzt, auf denen Eulen und Gespenster hätten sitzen und auf die Eindringlinge herabschauen können, keine holzwurmzerfressenen Kleiderschränke, keine Schaukelpferde oder Hutschachteln mit Porzellanpuppen darin, aus denen längst erwachsene Kinder die Augen gedrückt hatten.

Ruth hatte einen Besenstiel mit Haken in die Öse an der Decke vor meinem Zimmer gesteckt und eine Klappe zu uns heruntergezogen, aus der sich mit wenigen Handgriffen eine Leiter schieben ließ.

»Ist mir noch gar nicht aufgefallen, so direkt vor meiner Tür.«

»Du musst eben lernen, die Augen aufzumachen.«

Wir stiegen hoch, Ruth voran, und gelangten in einen ziemlich kleinen Raum, in dem ich leicht in die Hocke gehen musste, um nicht ständig an die Schrägen zu stoßen. Es herrschte eine beängstigende Ordnung: Einfache Holzregale waren rundum angepasst worden, darin Aktenordner, Pappkartons und Plastikkisten, auf denen mit schwarzem Filzstift der Inhalt verzeichnet war: *Steuer, Korrespondenz, Garantiebelege, Elektroschrott* und so weiter. Die Wand links gehörte chronologisch aufgereihten Ordnern mit Jahreszahlen drauf, alles staub- und geheimnisfrei und nichts, was ich auf den ersten Blick gerne mit meiner Tante durchforstet hätte.

»An die Arbeit!«, sagte Ruth.

»Sieht doch schon klasse aus.«

»Das Zeugs dürfte gar nicht hier lagern.«

»Wieso?«

»Brandschutz!«

»Wen stört das?«

»Mich! Außerdem habe ich nicht gerne etwas unerledigt.«

Ich wollte fragen, was sie damit meinte, aber die Tante sagte: »Erst Steuerpapier!«, als wäre das ihr letztes Wort.

Die Belege der siebziger bis Mitte neunziger Jahrgänge waren zu entsorgen. Die Tante gab die chronologische Wand förmlich zum Abschuss frei: »Petri heil! Tob dich aus!« Augenblicklich bereute ich es, nicht neben Bascha über die Dielen zu kriechen oder Sergej beim Schrubben der Kochkessel helfen zu müssen, da hätte ich wenigstens Musik gehabt und Tageslicht. Ich klappte einen Aktenordner nach dem anderen auf, stopfte den Inhalt in Pappkartons, die ich die kleine Leiter hinuntertrug, bis vor die Altpapiertonne, die nach einer Stunde bereits überquoll, obwohl noch nicht einmal die Hälfte des Regals leer war.

Die Tante kramte derweil in den Plastikkisten herum, zerrte immer wieder eine aus dem Regalfach, wühlte darin, ordnete die Sachen neu, stellte die Kiste wieder ein, fluchte.

»Man sollte den ganzen Plunder unbesehen wegschmeißen!«

»Mach doch!«

Sie nahm eben Anlauf zu einer mutmaßlich tadelnden Antwort, als sie in der Bewegung stoppte, sich bückte, um etwas hinter einem Karton hervorzuziehen.

»Sieh mal einer an!«

Die Tante ließ sich im Schneidersitz auf die unversiegelten Bodenbretter sinken und gab mir ein Zeichen. Ich eilte zu ihr und freute mich, weil ich dachte, dass dies doch noch auf Erforschung oder Enthüllung hinauslaufen könnte, ein paar Geschichten von früher vielleicht oder längst vergessene Kostbarkeiten aus einem Vorleben der Tante, von dem ich viel zu wenig wusste.

Auf ihrem Schoß hielt sie eine große alte Blechschachtel, weiß mit schwarz-rotem Aufdruck: *Coffein-freier Kaffee Hag*.

»Schön«, sagte ich und blieb in gebückter Haltung vor ihr stehen.

»Was?«

»Die Dose.«

Sie sah mich zweifelnd an und zerrte am Deckel, der nach einiger Anstrengung scheppernd auf den Brettern landete. Ruth griff vorsichtig hinein, versank fast bis zum Ellenbogen darin, zog sachte einen Gegenstand heraus, der im schummrigen Licht nicht sofort zu identifizieren war. Ich ging in die Hocke, um besser sehen zu können.

»Schau!«

Direkt vor meiner Nase balancierte eine ausgestopfte Vogelleiche, der Schnabel unproportional lang im Vergleich zum gedrungenen Körper, das Gefieder am Rücken in diversen Brauntönen gestromt, der Bauch hell, in der Mitte fast weiß. Ein einfallsreicher Präparator hatte die dünnen Beinchen auf einen Baumpilz montiert, der an den Rändern abbröckelte und dem Aussehen von getrockneten Kuhfladen ziemlich nahe kam.

»Was ist das?«

Ruth lachte.

»Eine Bekassine, auch ›Himmelsziege‹ genannt.«

»Hübsch.«

Die Tante grinste: »Ich mag sie auch nicht besonders. Eine Gabe des Freiherrn von Kroix, angeblich selbst erlegt. Er hatte zuhause eine ganze Hundertschaft von solchen Präparationen: Vögel, Füchse, Dachs und Eichkatze, ein Sechs- oder Achtender wird auch nicht gefehlt haben. Der Gatte hat zu Lebzeiten eine breite Spur von Tierkadavern hinter sich hergezogen, wenn man Elisabeth glauben mag. In die Kajüte hat es gut hineingepasst, das Himmelszicklein, aber Lizzy wollte nicht, hat sich total aufgeregt, als sie bei ihrer Übersiedlung das Ding neben dem Tresen vorfand.«

Sie hielt sich den Vogel an die Nase.

»Stinkt ein bisschen. Riech mal.«

Instinktiv wich ich zurück und plumpste auf meinen Hintern.

»Die tut dir nichts, Dummerchen, ist länger tot als du lebendig.«

»Glaub ich nicht.«

Ruth kicherte, betrachtete beinahe liebevoll das kleine Tier mit den ausdruckslosen Glasaugen, legte die Fingerspitzen auf das gefiederte Köpfchen.

»Du hättest sie sehen sollen!«

»Wen, Tante?«

»Die Freifrau von Kroix! Wie sie angereist kam: eine blondgelockte Sommerbrise in Altrosa, die in hochhackigen Schuhen auf der provisorisch verlegten Bohle über die halbfertigen Eingangsstufen hereinwehte. Der Freiherr, obwohl bereits leicht gekrümmt, überragte sie um Haupteslänge, aber mit ihr Schritt halten, das konnte er nicht mehr, hatte es nie gekonnt, wenn du mich fragst, trotz seines belämmerten Adelstitels und der prall gefüllten Konten. Unsichtbar war der große Mann neben dieser kleinen Frau in Crêpe de Chine! Es wehte um ihren schlanken Körper herum, dass die Kerle sich die Hälse verrenkten, wenn sie über die Wiese ging. Tat unschuldig und wusste ganz genau, wie sie sich in den Wind stellen musste, um ihr Kleid so zum Tanzen zu bringen, dass es einen zwang, sie anzusehen.«

Sie kicherte wieder, stellte den Vogel neben sich ab, lächelte zur Decke hin.

»Und dann diese Stimme! Wusstest du, dass sie bei privaten Abendgesellschaften gesungen hat?«

»Nein!«

»Doch! Nicht zu fassen! Und ich war die Erste, die sich getraut hat, ihr zu sagen, dass sie den Ton nicht halten kann.«

Ruth lächelte ins Regal hinein, fegte mit der Handfläche den nicht vorhandenen Staub von einer Pappschachtel, schüttelte ihren Kopf.

Ich wollte, dass sie weitererzählt, wagte nicht, sie dazu aufzufordern, weil ich fürchtete, sie würde, sobald ich etwas sage, etwas aus ihrem Gesicht verschwinden lassen, was sich gerade darin spiegelte. »Nicht zu fassen!«, sagte sie noch einmal und schien sehr weit weg zu sein. Unter uns ging der Staubsauger an, jemand schrie: »Telefon!« Die Tante scherte sich nicht darum.

»Eines Nachmittags bemerkte die Freiin von Kroix, dass mir der Betrieb über den Kopf wuchs. In der Küche brannte der Auflauf an, die Handwerker riefen nach mir, und in der Kajüte wollten die Gäste endlich ihr Essen. Da band sie sich ohne Umschweife die Küchenschürze über das Seidenkleid, streifte die Pumps von den Füßen und half. Einfach so. Sie kratzte die schwarze Kruste vom Auflauf, streute frischen Käse darüber, garnierte die Teller mit reichlich Petersilie und nahm beim Servieren gleich neue Getränkebestellungen auf, als hätte sie nie etwas anderes gemacht. Sie war gut: ein Glücksfall, für mich, für den Laden, von Anfang an! Die Frau hatte einen Blick für die Leute, war viel umgänglicher als ich, und was sie anpackte, gelang. ›Ich bin Elisabeth‹, sagte sie schlicht, als ich ihr versicherte, sie brauche das nicht zu tun. Am nächsten Tag erschien sie in Hosen und Tennisschuhen in der Küche und fragte, ob sie wieder helfen dürfe, sie langweile sich sonst zu

Tode! Sie hat richtig gequengelt, die Arme, wie hätte ich da nein sagen sollen? Wäre ich auch schön blöd gewesen. Von da an hat sie mitgemacht, dirigierte den Tresen mit ihren manikürten Händen, eroberte den Backofen, hockte abends mit am Personaltisch und teilte das Trinkgeld auf, während ein Stockwerk höher der Freiherr sich bereits zur Ruhe begeben hatte. Es war das Selbstverständlichste von der Welt, dass sie zum Betrieb gehörte, niemand störte sich daran, sie jeweils nach dem Frühstück vom Gaststatus in den Personalstatus wechseln zu sehen. Alle mochten sie, die Gäste, die Mitarbeiter, die Dörfler. Ich mochte sie auch. Logisch. Und mit ihrer Hilfe brachte ich den Betrieb in wenigen Wochen weiter voran als allein oder mit meinen Aushilfen in den Monaten zuvor. Eine wie sie hatte mir gefehlt, und mir graute vor dem Tag ihrer Abreise. Der Freiherr, tagsüber im Strandkorb vor sich hin kränkelnd, schien ganz zufrieden damit, dass seine Frau eine Beschäftigung gefunden hatte. Er stimmte einer Verlängerung ihres Aufenthaltes bereitwillig zu. Am Ende des Sommers, als die Abreise sich nicht mehr hinausschieben ließ, versicherte Elisabeth, sich in keinem Urlaub zuvor so wohl gefühlt zu haben, und sie versprach, spätestens im nächsten Frühjahr wiederzukommen. Von einem Preisnachlass oder gar Lohn für ihre Arbeit wollte sie nichts wissen, sagte, ich solle das Geld mal lieber in das Hotel stecken, ihr Mann gebe es sonst ohnehin für unnützen Kram aus. Es wurde mit einem Mal richtig leer, als sie weg war.«

Ruth machte ein Pause, und obwohl ich bereits einiges darüber wusste, wie es weitergegangen war, wollte ich nicht, dass sie hier die Geschichte beendet sein ließ, und sah sie auffordernd an. Sie nahm die Bekassine erneut in die Hand, drehte sie, betrachtete sie von allen Seiten.

»Irgendwie doch auch schön, nicht?«

»Totes Tier.«

»Das hat Lizzy damals auch gesagt. Sie hat nur mehr Worte dafür gebraucht.«

Ruth ließ den Vogel sachte wieder in die Dose gleiten, klemmte den Deckel drauf, hielt sie mir entgegen.

»Willst du?«

Ich zögerte nur den Bruchteil einer Sekunde.

»Dann nicht«, sagte sie achselzuckend und ließ die Kaffeedose in einem blauen Müllsack verschwinden. Ich wollte eingreifen, streckte schon den Arm aus, als die Tante wieder zu erzählen begann.

»Wir haben uns danach ab und zu geschrieben, schöne Briefe, ihre jedenfalls. So erfuhr ich auch, dass der alte von Kroix gestorben war. Ich hatte nicht damit gerechnet, dass sie es allzu ernst nehmen würde, wenn ich in meinem Kondolenzschreiben mit einem Nebensatz erwähne, dass sie jederzeit bei mir einsteigen könnte, sobald es ihr in dem großen Haus zu langweilig werden würde. Einige Wochen später stand sie vor der Rezeption, versperrte mit sieben Schrankkoffern die Auffahrt und sagte: ›Da bin ich, und Geld habe ich auch mitgebracht!‹ Sie hatte tatsächlich des Freiherrn Kinder aus erster Ehe ausbezahlt und seine Edelhütte an den nächstbesten Amerikaner verkauft, um ins Palau investieren zu können!«

Ruth legte den Kopf in den Nacken, lachte, war ganz weit weg, war sehr jung, sehr fröhlich und unbesiegbar.

Ich hätte sie gerne gesehen, die beiden Frauen, wie sie, eine nach der anderen, ihr Leben umdrehten, alles auf diese eine Karte setzten und dann gemeinsam am Hotel weiterbauten, das ohne Elisabeths Finanzspritze bereits im zweiten Jahr am Ende gewesen wäre. Ein Novembersturm hatte die frisch angelegte Ausflugsterrasse in einer einzigen Nacht pulverisiert und das halbe Dach gleich mit, so dass Ruths Geldmittel endgültig aufgebraucht waren.

Ich kannte schon einige dieser »Gründerzeit-Geschichten«, wie die Tante sie nannte, aber nie hatte Ruth so ausdauernd und schön erzählt wie an diesem verregneten Tag auf dem Dachboden. Wir saßen nebeneinander, mit den Rücken ans Regal gelehnt, die Knie angewinkelt, im Schummerlicht einer einsam von der Decke herabbaumelnden Glühbirne, vergaßen Zeit und Steuerunterlagen und alles andere auch.

»Ich quatsch dir die Tasche voll.«

»Niemals! Erzähl weiter!«

Elisabeth hatte nach und nach die meisten der Möbel heranschaffen lassen, mit denen die von Kroix'sche Villa vollgestopft gewesen war, und sie über die Hotelzimmer verteilt.

»Musste man ja nicht alles den Nachkommen oder dem Ami in den Rachen werfen!«

Im Palau wurde der Parkplatz angelegt, ein Gartenarchitekt beauftragt, das Obergeschoss weiter ausgebaut, maßgefertigtes Mobiliar und eine Musikanlage für die Kajüte angeschafft, der Küstenstreifen gefestigt, das freiherrliche Restvermögen großherzig verausgabt. Es wurde vornehm im *Strandhotel,* das sie nach gemeinsamer Benn-Lektüre in einer Sommernacht *Palau* getauft hatten, und es sprach sich herum, dass man jetzt an der Ostsee, in der Halsunger Bucht, zwischen Antiquitäten und Meeresrauschen stilvoll seine Sommerfrische verbringen konnte, den Tee dabei von einer *echten Adeligen* serviert bekam, in feinem Wiener Porzellan.

»All so ein Scheiß«, sagte die Tante und sah dabei nicht aus wie jemand, der von einem Scheiß sprach.

»Wir waren schon damals ein bisschen eigen, aber die Leute mochten das, kamen von Hamburg, Berlin, München angereist, um auf die See zu schauen und ihren Earl Grey aus den Goldrandtässchen des von Kroix'schen Familienservice zu schlürfen, während sie in einer Henry-James-Ausgabe von 1951 blätterten. Eine goldene Nase hätten wir uns verdient, wenn nicht die Erhaltung von Haus und Gelände so viel Geld gefressen hätte und der Osten nicht mit seinen frisch restaurierten Bädervillen in Konkurrenz gegangen wäre. Na ja. War aber auch so genug für ein gutes Leben.«

Ruth griff neben sich den Müllsack, kramte die Kaffeebüchse mit der Bekassine wieder hervor und schob sie ins Regal zurück.

»Ich werfe sie ein anderes Mal weg.«

Sie rieb sich durchs Gesicht, als wäre sie plötzlich von Müdigkeit überfallen worden, ließ einige Sekunden den Kopf in ihren beiden Händen ruhen, bevor sie sich langsam wieder aufrichtete und ihren Blick nachdenklich auf mir ruhen ließ.

»Ein gutes Leben …?«, sagte ich, damit sie nicht vergaß, wo sie stehen geblieben war.

»Wie man halt so sagt. Verdammt viel Arbeit war das. Und niemals Urlaub, aber wozu hätten wir auch verreisen sollen? Andere zahlten Geld dafür, um ein paar Tage dort sein zu können, wo wir zuhause waren. Die Leute kamen zu mir, da war Abwechslung satt, und fürs Fortsein hatte ich Bücher.«

Wieder stockte sie, schien die Lust am Reden verloren zu haben. Es wäre rücksichtsvoller gewesen, ihre Erschöpfung zu bemerken, sie zu schonen, aber ich wollte so sehr, dass sie weitererzählte.

»Wann sind die anderen gekommen? Sergej, die Schwestern, Heinrich?«

Ruth seufzte: »Lange Geschichten.«

»Erzähl schon!«

»Den Russen hat Elisabeth angeschleppt, frisch aus der Küche eines burgenländischen Jugendheims, den musst du mal selbst ausfragen. Heinrich ist hängen geblieben, nachdem er im ersten Urlaub nach seiner Pensionierung von seiner Familie unmissverständlich davon in Kenntnis gesetzt worden war, dass niemand ihn bei sich unterzubringen wünschte. Ah! Das ist eine traurige Geschichte. Aber Bascha, die stand eines Tages an der Rezeption, fragte nach Arbeit und … Moment, irgendwo habe ich noch diese ganzen Bilder.«

Sie rappelte sich hoch, stützte sich dabei auf meine Schulter, schnaufte angestrengt und schritt die Regalbretter entlang.

»Halt das mal!«

Ich sprang auf, ging zu ihr und nahm eine Kiste entgegen. Sie hatte sich eben wieder aufgerichtet, als sie mit einem Mal wie ein Klappmesser nach vorne schnellte, beide Fäuste in den Bauch drückte und ein Geräusch von sich gab, das mehr an das Zischen einer Maschine als an etwas Menschliches erinnerte. Ich ließ die Kiste fallen.

»Was ist?«

Ruth stöhnte: »Gleich vorbei«, und stand noch immer im rechten Winkel abgeknickt vor mir.

Sie nahm eine Faust aus ihrem Bauch, drehte sich zur Seite und stützte sich am Regal ab, das Gesicht abgewandt, winzig und aschfahl.

»Ich hole Elisabeth«, sagte ich, aber die Tante schüttelte heftig den Kopf.

»Du brauchst Hilfe, wir müssen den Doc rufen!«

»Warte!«, keuchte sie.

Ich blieb dicht neben ihr, unfähig, irgendetwas Sinnvolles zu denken, geschweige denn zu tun, strich ihr sachte über den gekrümmten Rücken, murmelte etwas von Notarzt und Krankenwagen, bekam jedes Mal ein Kopfschütteln als Antwort, versuchte, sie festzuhalten, bis ich merkte, dass der Körper unter meiner Hand sich allmählich zu entspannen begann. Sie atmete mehrmals tief ein und aus, richtete sich dann ganz langsam wieder auf, und wir merkten beide erst jetzt, wie fest sie sich in meinen linken Arm gekrallt hatte.

»'tschuldigung.«

»Tante …«

»Es ist nichts, wirklich, ich hatte das schon öfters.«

»Wie bitte? Du hattest das schon öfters?«

»Lass mich noch einen kleinen Moment in Frieden, ja?«

Sie atmete allmählich ruhiger, bekam wieder etwas Farbe, lächelte angestrengt: »Siehst du, geht wieder.«

»Ich bringe dich nach Liefgaard, zum Doc!«

»Nicht nötig!«

»Sicher?«

»Ja, verdammt!«

Jetzt war ich dran mit Kopfschütteln, aber fluchend gefiel sie mir schon deutlich besser.

»Ich sage dir doch: nicht schlimm«, fauchte Ruth, fast schon wieder im Originalton, »verklemmte Blähung oder so, es ist harmlos, glaub mir: Im Bauch hab ich nichts!«

Wir hörten Schritte, es rappelte, jemand kletterte die Ausziehleiter zu uns hoch. Ruth sah mich an, legte den Finger an die Lippen. Ich nickte, spürte ihre Hand die meine drücken, bevor sie einen Schritt von mir weg trat und sich an einem Karton zu schaffen machte. Elisabeths Kopf erschien in der Bodenöffnung.

»Habt ihr die Papiertonne offen gelassen?«

»Möglich«, sagte Ruth, und ich fügte hinzu: »Das war ich.«

»Es regnet rein, das gibt eine Riesensauerei, wenn's weiter so schüttet!«

»Katia kümmert sich sofort drum«, sagte die Tante, »wir sind hier sowieso fertig.«

Ich sah auf das halb ausgeräumte Regal, die leeren Aktenordner, die sich davor auf dem Boden stapelten. Elisabeth folgte meinem Blick, schaute zu Ruth, die sich wieder abgewandt hatte und dringend irgendetwas im Regal zu suchen schien.

»Lizzy, weißt du, wo die alten Fotoalben abgeblieben sind?«

»Ja, sicher«, sagte Elisabeth und es klang eher wie eine Frage.

»Gut«, sagte die Tante und schien mit dieser Auskunft zufrieden.

Ich wartete auf weitere Instruktionen, hätte gerne mit Ruth die Fotos angesehen, weiter ihren Geschichten zugehört, nicht nur, um mich davon zu überzeugen, dass sie tatsächlich wieder in Ordnung war, aber sie machte keine Anstalten, unser Zusammensein ausdehnen zu wollen.

Dass nicht sein kann, was nicht sein darf … Ich glaube nicht, dass dies ein Zitat ist, das ich jemals aus dem Mund der Tante gehört habe.

»Geh schon, Nichte, und mach die Tonne zu!«

Elisabeths Kopf war wieder verschwunden, ich stieg hinter ihm her. Die Tante knipste die Glühbirne aus und schlurfte zur Öffnung im Boden.

»Pass auf der Treppe auf«, rief sie, und ich schluckte »Du auch« früh genug herunter.

Ruth behielt erst einmal Recht: Es ging wieder. Sie saß in der Kajüte am Tisch, als wäre nichts gewesen, scherzte, hörte sich friedlich einen Bericht Heinrichs über seinen Streit mit Ania wegen einer möglichen, beziehungsweise unmöglichen Räumung eines seiner Vorratslager im Keller an, schien bester

Stimmung und guter Verfassung. Als ich in die Küche ging, um Wasser aufzusetzen, kam sie wie zufällig hinter mir her.

»Machst du mir auch einen?«

»Seit wann trinkst du Ingwertee, Tante?«

Sie lachte: »Er soll gut für die Gesundheit sein: antioxidativ, antientzündlich, antiarteriosklerotisch, wir werden hundertfünfzig Jahre alt mit dem Zeug!«

Dass sie meinen Blick registrierte, bemerkte ich wohl, mochte aber nichts weiter dazu sagen. Ich stellte eine zweite Tasse neben meine, schnitt die Ingwerknolle in schmale Streifen und übergoss sie mit kochendem Wasser.

»Willst du Minzblätter und Honig dazu?«, fragte ich.

»Wir nehmen Zitronenmelisse«, sagte Ruth.

»Wofür ist *die* gut?«

»Sie wirkt entkrampfend«, sagte die Tante, sah mich die Augen verdrehen und lachte aus vollem Hals. Ich fand es nicht lustig.

»Hier, mach's selber!«

Virtuos fing sie den Beutel mit den Kräutern aus der Luft, zupfte die Blätter von den Stängeln und verteilte sie auf die Tassen. So gut, dass ich wusste, sie war nicht wegen eines Kräutertees hinter mir her gekommen, kannte ich sie dann doch schon.

»Das vorhin sollte unter uns bleiben«, sagte sie, ohne mich anzusehen.

»Hab ich kapiert«, antwortete ich und gab ihr einen der Becher in die Hand.

»Kluges Kind!«

»Frau!«

»Von mir aus auch das.«

»Du hast mir Angst gemacht, Tante!«

»Angst ist kein Argument für gar nichts«, sagte Ruth und prostete mir zu: »Auf die Entkrampfung!«

»Du hast Nerven!«

Sie drohte mir grinsend mit dem Zeigefinger, stellte den Tee ab.

»Igitt! Wie kannst du so eine Plörre nur trinken? Ich pfeife auf das ewige Leben!«

Und sie verschwand mit einem kräftigen Tritt gegen die Schwingtür aus meinem Blickfeld.

Einige Tage lang beobachtete ich sie argwöhnisch auf der Suche nach weiteren Anzeichen für Schmerzen oder Krankheit, fand aber keine und wäre nur zu gerne bereit gewesen, die Sache zu vergessen. Ruth signalisierte entspannte Harmlosigkeit, war darin aber viel zu gut, um restlos zu überzeugen.

Ich wurde noch den ganzen Rest der Woche unruhig, wenn ich nicht genau wusste, wo sie war, oder wenn sie von ihrem Müllspaziergang später als gewohnt zurückkehrte. Dass sie nichts davon merkt, dachte ich, bis ich einen Zettel in meinem Serviettenring fand:

Bin am Nachmittag unterwegs und werde spät zurück sein.
Sich um mich zu sorgen ist nett, aber überflüssig.
Das gilt auch für die anderen Tage!
Liebe Grüße von deiner alten Tante R.

Den Zettel trage ich noch immer mit mir herum.

6
Die Zukunft wird kürzer

Leuchtend orange Bojen über die Wasseroberfläche gestreut, dazwischen kleine festgezurrte Motorboote in Blau, Rot, Gelb, dreizehn mal achtzehn, glänzend, mit weißem Rand.

Auf der Diagonalen des nächsten fädelt sich eine Horde Möwen auf, die Schnäbel exakt im gleichen Winkel Richtung Horizont gewendet, das Ganze in matschiges Grau gehüllt.

Im Vordergrund eines weiteren fällt Sonnenlicht auf drei Schwäne, die sich im Synchronschwimmen üben, dabei wohlinszeniert mit dem Dreimaster am Horizont korrespondieren.

Solche Bilder zeige ich gelegentlich her, wenn mich Menschen, denen ich eigentlich nichts darüber erzählen will, nach der Zeit bei meiner Tante fragen. Die Fotos besagen nicht viel, aber die Leute sind beim Anschauen der Abzüge aus der mit *hübsch* beschrifteten Mappe eine Weile beschäftigt. Das bewahrt vor tiefer gehenden Fragen, die mich an andere Bilder erinnern. Immer trinke ich zu viel, wenn wir uns meine Palau-Fotos ansehen.

»Noch etwas, wobei Katia in ihrem Element ist«, hieß es abends in der Kajüte, nachdem ich angefangen hatte, die neue Kamera zu benutzen. Und wer weiß, womit ich heute den größten Teil meiner Zeit verbringen würde, hätten die Palau-Bewohner mich nicht als geborene Bildermacherin nominiert, noch bevor ich von selbst auch nur auf die Idee gekommen wäre, dass meine Sachen für irgendetwas taugen könnten.

Elisabeth wollte Postkarten machen lassen, der Doc erbat sich eine Serie für sein Wartezimmer, Heinrich ließ sich ein Möwenporträt rahmen, und sowohl Ania als auch Bascha wollten Abzüge von Welle-auf-Sand-Variationen in Postergröße angefertigt haben für zuhause. Die Tante hielt sich anfangs zurück, fand die meisten meiner Fotos bestenfalls »harmlos«, zeigte sich aber froh, dass ich etwas *für mich* gefunden hatte.

Ich sagte: »Jodeldiplom«, die Tante antwortete: »Keine Verluste sind eine schwarze Null, fast schon ein Gewinn.«

Erst als sich die Bilder einzuschleichen begannen, die nicht mehr in der *hübsch*-Mappe eingeordnet werden konnten, fing Ruth an, sich ernsthaft dafür zu interessieren, was ich neuerdings mitbrachte, wenn ich lange draußen herumgewandert war. Mit der Müllserie und den Ansichten eines halbverwesten Fischkopfs verlor ich dann zwar meine Wartezimmertauglichkeit, bekam aber Ruth auf meine Seite, und brachte sie das eine oder andere Mal gar zum »Fotos gucken« mit mir vor den Bildschirm.

»Zeig mal her«, sagte sie und schaute lange hin.

»So einen harten Blick hätte ich dir gar nicht zugetraut.«

Elisabeth war der Meinung, der Doc sollte mal sein medizinisches Auge auf meine neuen Arbeiten werfen, die wären zum Fürchten deprimierend, aber die Tante fuhr sie heftig an, sie wollte nichts hören von überinterpretierendem Psychogequatsche, und ermunterte mich, dieses »nekrophil anmutende Zeugs« weiter ins Bild zu bringen.

»Es ist nicht *nekrophil!*«

»Was auch immer es ist, du solltest nicht damit aufhören. Es schaut übel, aber kräftig aus, daraus kann was werden.«

»Ist das ein Lob, Tante?«

»Das ist ein Lob, Nichte!«

»Jetzt ermuntere sie auch noch!«

Und schon hatten sich die beiden wieder in der Wolle.

Mitte September stand plötzlich Frank in der Kajüte, verlangte einen Kaffee und sagte mit Blick auf die Espressomaschine: »Kaum ist man weg, schon macht ihr auf moderne Zeiten.«

Ruth baute sich mit verschränkten Armen vor ihm auf und sagte: »Was machst *du* hier?«

»Ich bin der Bewohner der Hütte nebenan, schon vergessen?«

»Red keine Makulatur! Du bist erst in vier Wochen dran!«

Das Gesicht der Tante straft ihre Worte Lügen, dachte ich und überlegte, ob das ein Zitat war.

»Ja, wen haben wir denn daaa?«

Elisabeth kam aus der Küche gestürzt, hinter ihr Olga, die Frank ein strahlendes Lächeln zuwarf, was mich fast mehr schockierte als die Tatsache, dass er die Tante jetzt in seine Arme zog, sie in einer Weise an sich drückte und herumschwang, wie ich es nie gewagt hätte.

»Wie geht's dir, alte Eule?«

»Du weißt: Unkraut und so weiter.«

Allgemeines Gelächter, selbst Olga lachte mit, obwohl sie vermutlich nicht wusste, worüber genau. Sergej boxte Frank in die Seite, Ania fiel ihm mit einem spitzen Schrei um den Hals: »Stinkst nach Schaf!« Sogar Heinrich hatte ein paar freundliche Worte für ihn übrig. Ich schaute der allgemeinen Begrüßungsheiterkeit eine Zeit lang zu und dachte: Wiederkommen kann auch schön sein.

»Lasst mich die schweigsame Lady in der Ecke mal begrüßen.«

Er streckte mir die Hand entgegen wie ein Versöhnungsangebot: »Schöne Frau!«

Ich schlug trotzdem ein: »Frank.«

Er drückte meine Rechte etwas länger, als es angenehm gewesen wäre, und wurde von Ruth daran gehindert, mich näher zu sich hinzuziehen, indem sie ihn von mir wegdrängte und fragte: »Wo sind die hässlichen Köter abgeblieben?«

Es gab Schnaps zur Feier des Tages, selbst meine Stimmung hob sich, und der unfreundliche Gast von Zimmer sieben bekam auch eingeschenkt. Es blieb nicht bei einer Runde, ging alles aufs Haus, und keiner von uns würde in den nächsten Stunden irgendetwas Vernünftiges arbeiten können, geschweige denn wie ursprünglich geplant das Auto zwecks Einkauf nach Halsung lenken. Bevor der Alkohol uns allzu vorzeitig den Garaus machen konnte, kamen Sergej und Elisabeth mit würzig duftenden Schüsseln aus der Küche, eine frisch gebaute Pfirsich-Melba wurde anschließend mit dem Hinweis geschlachtet, sie sei sowieso übrig, der Rosenlikör, der eigentlich nur an hohen Feiertagen angerührt werden durfte, wurde auch noch vernichtet. Dem verlorenen Sohn hatte man verglichen damit einen verhaltenen Empfang bereitet.

»Wie war euer Sommer?«

»Sehr groß«, sagte Elisabeth und kicherte, während Ruth die Augen verdrehte.

»Ernsthaft?«

»Nicht wirklich: drei heiße Wochen, der Rest verregnet.«

Elisabeth fing an zu erzählen, wurde von den anderen unterbrochen, ergänzt, korrigiert, sie redeten, miteinander, durcheinander, inszenierten das übliche Gewirr, nur dass ich inzwischen die Erzählfetzen zuordnen konnte, die Geschichten größtenteils kannte, mittendrin war und den Schnaps besser vertrug. Bald werde ich auch noch reden wie sie, dachte ich, wenn ich das nicht sowieso längst tue.

»Zu kurz dieser Sommer«, sagte die Tante, »zwölf von den heißen Wochen hätten wir gebraucht, was sage ich, zwanzig!«

»Wird es denn für den Winter reichen?«, wollte Frank wissen.

Ruth zuckte mit den Schultern, Elisabeth seufzte, und ich wunderte mich, wie selbstverständlich Frank eine Frage stellte, die ich für indiskret gehalten und mich auszusprechen nicht ohne Weiteres getraut hätte.

»Ist nicht so dolle diesmal.«

»Es ist schon länger ›nicht so dolle‹, Ruthi!«

»Ihr müsst etwas machen!«

»Hör mal, Klugscheißer: Wir machen ständig was!«

»Zum Ankurbeln, meine ich: Werbung, Angebote, Veranstaltungen, solche Sachen.«

»Papperlapapp!«

»Reg dich ab, Ruthi, niemand hat das Wort *event* benutzt!«

»Egal wie ihr das nennt, wir brauchen so was nicht!«

»Jetzt mal im Ernst«, sagte Frank, »ihr müsst mehr Gäste heranschaffen, solche, die auch außerhalb der Saison kommen.«

»Ach ja? Auf die Idee wären wir von alleine nie gekommen!«

Frank war durch Ruths Ätzen nicht aus dem Takt zu bringen: »Vielleicht müsst ihr nur mal neue Wege der Akquise ausprobieren.«

Elisabeth nickte nachdenklich, aber die Tante verzog angewidert das Gesicht: »Sollen wir jetzt so werden wie die anderen Häuser? Sollen wir einen dieser Marketingexperten einladen oder wie die heißen? Diese Leute, die alles auf den Kopf stellen, und am Ende kriegt man einen ›Erneuerungsplan‹, nach dem Stück für Stück das gleiche plastikverkleidete Einerlei installiert wird wie überall, mit verjüngtem Personal, versteht sich! Nein danke! Wir sind, was wir sind, und wir bleiben es auch! Wäre ja noch schöner …«

»Ruth, warte mal«, unterbrach Frank ihren Ausbruch, »ihr sollt euer Hotel auf keinen Fall umkrempeln, im Gegenteil! Das Palau ist etwas Besonderes, seine Lage, sein Betrieb, das ist einmalig, so wie es ist. Aber genau das müsst ihr einer größeren Anzahl von zahlungswilligen Leuten beibringen.«

»Beibringen …«, murmelte Heinrich ärgerlich, »wir sind doch kein Mädchenpensionat!«

»Näher bringen, empfehlen, anpreisen, nennt es wie ihr wollt«, sagte Frank mit einer Geduld, die nicht nur mich für ihn einnahm.

»Wie stellst du dir das vor?«, fragte die Tante, nun schon deutlich milder im Ton.

»Da gibt es viele Möglichkeiten: Man könnte mit Anzeigen in den überregionalen Zeitungen beginnen, dazu Prospekte drucken und verteilen: Faltblätter mit Ansichten vom Haus, den Zimmern und dem malerischen Blick aus den Fenstern im Frühstücksraum. Dann könnte man Plakate aushängen: Im Kurhaus von Bad Geersten, in Restaurants, in den umliegenden Tourismusinformationen: ›*Strandhotel Palau, Erholung pur in traumschöner Umgebung*‹ oder so ähnlich, da fällt euch etwas Besseres ein. Zeigt den Menschen, wie schön es auch im Herbst oder Winter hier sein kann, sie werden kommen, da bin ich mir sicher.«

Ein Leuchten ging über die Gesichter, in unterschiedlichen Helligkeitsgraden zwar, aber deutlich im Bereich der Zustimmung anzusiedeln.

Frank setzte nach: »Man könnte natürlich auch versuchen, die Touristen aus den umliegenden Hotels mit Veranstaltungen ins Palau zu kriegen. Die Leute wären dann schon mal hier drin, würden den Abend genießen, sich für das Haus begeistern und ihren nächsten Urlaub womöglich gleich bei euch buchen.«

»Was sollen das denn für Veranstaltungen sein?«, fragte Ruth.

»Solche, die zu euch und zu diesem besonderen Ort passen«, sagte Frank.

»Kultur!«, rief Elisabeth aus und strich sich ein Löckchen hinters Ohr. »Also, ich könnte mir das schon vorstellen.«

Frank strahlte: »Seht ihr! Ich hab' ja gesagt, euch fällt etwas ein!«

Er klang seiner selbst so sicher, dass ich fast schon wieder in Sorge um Ruths Laune geriet. Aber die Tante blieb erstaunlich gelassen, lächelte sogar, als plötzlich mehrere durcheinanderredeten und Heinrich aufgeregt die Einbindung der Ortspresse vorschlug.

Die Idee war eigentlich gar nicht dumm, und wenn man länger darüber nachdachte, war sie sogar richtig gut: ein kleines, aber feines Kulturprogramm in der gediegenen Atmosphäre des Palau, Mozart mit Wiener Saftgulasch oder Salonorchester mit Sachertorte, dazu die Presse vor den Karren gespannt und so die Klientel ins Hotel gelockt, die Ruth glücklich macht: Feuilletonleser und Klassikliebhaber, die mit feierlichem Ernst zu Dostojewski greifen und nicht einmal heimlich Flatrate, Pay-TV oder Jever-Lemon vermissen.

Frank legte nach: »Binnen Jahresfrist könnte so etwas weit über die Grenzen der Halsunger Bucht hinaus bekannt sein, ein Treffpunkt von Künstlern und Kunstliebhabern, ein Geheimtip in den einschlägigen Kulturnachrichten!«

Ruth sagte heiter: »Das passt zu Lizzys und Katias Kaffeehausplänen: Größenwahnsinn allüberall!«

Elisabeth sagte: »Woher nehmen wir, so lange der finanzielle Aufschwung noch auf sich warten lässt, Künstler, die bereit sind, für nichts als ein Erdbeertörtchen aufzutreten?«

Frank streckte sich: »Wer war bei den Ost-Holsteinischen Poetentagen? Und wer hat aus den *Spülsaumgeschichten* gelesen?«

»Ach, du willst bloß deinen eigenen Kram vortragen.«

Die Art, wie Frank den verächtlichen Ton und das Wort *Kram* schluckte, bewies, dass er Ruth wirklich gern hatte.

»Nicht unbedingt«, sagte er gelassen, »mein *Kram,* wie du es nennst, wäre nur eine Möglichkeit von vielen. Ich kenne einige fähige Leute, die ebenfalls bereit wären, bei euch für gedeckten Apfelkuchen und eine Übernachtung mit Panoramablick aufzutreten. Wir fangen klein an, bitten erst mal kunstschaffende Freunde oder Bekannte und hoffen, dass es läuft und sich entwickelt.«

»In Halsung war ich mal bei einer Lesung, da kamen ganze sieben Leute«, sagte Heinrich.

Mir fiel etwas ein: »Könnten wir bei Bedarf das Klavier in den Frühstücksraum schaffen?«

»Das dürfte kein Problem sein«, versicherte Elisabeth mit einem Seitenblick auf die Küchentür, hinter der Sergej mit russischem Gebrüll zu hören war.

»Wozu willst du das Klavier in den Frühstücksraum schaffen?«, fragte die Tante.

»Dort passen mehr Leute rein, und ich weiß jemanden, der ihn vielleicht füllen könnte.«

»Wen?«

Ich erzählte, dass meine Freundin Manu, immerhin Sopranistin mit Festanstellung beim Hamburger Opernchor, sich gelegentlich mit einem Liederabend das Urlaubsgeld aufbessert und man ihr und einem Begleiter, zuzüglich zum Honorartörtchen, vielleicht ein Wochenende Sommersuite mit Vollpension anbieten könnte. Elisabeth war sofort begeistert, und nicht einmal Ruth hatte etwas dagegen einzuwenden, im Gegenteil: Sie sah mich mit Wohlwollen an und nickte fast schon richtig erfreut. Stolz wollte ich ausführlicher von Manus Qualitäten und denen einer Veranstaltung mit ihr reden, aber das musste warten, denn in diesem Moment bewegte sich draußen in der Elf die Fahne: Es war tatsächlich ein Gast gestrandet und wollte bewirtet werden.

Seit einigen Tagen lag auf jedem der Plastiktische vor den Caféstrandkörben eine in Folie eingeschweißte Karte, auf deren Titelseite die Handhabung der Bestellfähnchen erklärt wurde. Ich hatte ein gesamtes Wochenende mit dem Anfertigen eingängiger Bildchen verbracht, damit auch ein Grubenarbeiter aus Shijiazhuang, den es an die Ostseeküste verschlagen hatte, nach wenigen Sekunden wüsste, was er tun musste, um ein Getränk oder etwas Essbares zu bekommen. Nach einem weiteren im einzigen Kopierladen von Liefgaard verbrachten Nachmittag war mein Werk vervielfältigt und wetterfest gemacht. Als ich die Karten dann jeweils noch mit einem hübsch geformten Stein beschwerte, um sie am Wegfliegen zu hindern, bescheinigte mir die Tante hingebungsvolle Ausdauer und lebenspraktischen Sachverstand. Ob sich meine Mühe auch in Hinsicht auf die Gäste gelohnt hatte, musste sich noch herausstellen, denn bislang hatte sich noch kein ortsunkundiger Tourist zu uns verirrt, überhaupt kam niemand auf die Idee, freiwillig draußen in der Kälte herumzusitzen und auf mein Kommen zu warten, außer Ruth vielleicht, aber die gab dann andere Signale.

Jetzt flatterte endlich eines der Fähnchen einsam im Wind,

quasi als Gruß an meine Tüchtigkeit, und ich rief: »Da ist Kundschaft!«

Alle wandten sich zum Fenster, mindestens zwei Stimmen raunten: »Tatsache!«

»Wir haben zu«, nörgelte Heinrich, dem es trotzdem gefiel, dass ich es ignorierte.

»Egal. Bin gleich wieder da!«

»Siehst du, Lizzy, *das* meine ich«, hörte ich Ruth sagen, als ich die Tür hinter mir schloss, hatte aber nicht genug Zeit, darüber nachzudenken, was die Tante mit *das* meinen könnte. Aber es hörte sich nett an, und ich bezog es auf mich.

Beim Herannahen sah ich in der Elf jemanden sich nach seinen Schnürsenkeln bücken, dessen Rücken ich aus Tausenden herausgekannt hätte, an welchem Ort auch immer.

Ich blieb kurz stehen, dachte: Das kann nicht sein, und trat sehr langsam vor ihn hin.

Er hatte sich fein gemacht: Das Kinn rasiert, einen frischen Hemdkragen unter das Jackett gezogen, seine zerschlissene Lieblingskappe durch eine neue ersetzt, den Seidenschal umgebunden, den ich ihm zum letzten Geburtstag geschenkt hatte. Über all dem lag ein für diese Temperaturen deutlich zu dünner, aber gut geschnittener Trenchcoat.

Er saß da, auf rot-weißem Polster, lächelte zu mir hoch, als wären wir verabredet gewesen, sagte, dass ich gut aussähe, nicht mehr ganz so mager, und noch etwas sei anders geworden, er käme jetzt nicht gleich drauf.

»Ich hab mir die Haare gekämmt.«

Er lachte. »Du bist in jedem Aufzug meine Schöne gewesen.«

Was sollte man dazu sagen? Ich stand vor ihm und wartete auf eine Erklärung, von der ich wusste, dass sie nicht kommen würde. Er klopfte auf den freien Platz neben sich, mit einer leichten Drehung des Handrückens, der dem seiner Schwester so ähnlich war, dass es mich schockierte. Ich ließ mich in den Strandkorb fallen, legte den Kopf auf seine Schulter und schaute eine ganze Weile mit ihm gemeinsam auf den trübe verschwimmenden Horizont.

»Papa, was machst du hier?«

»Das hatte ich eigentlich dich fragen wollen, Tochter.«

»Ich arbeite in diesem Hotel, das habe ich dir geschrieben.«

»So ausführlich nun auch wieder nicht.«

Ich nickte und schob meinen Arm unter seinen. Er nahm ein Lederetui aus der Manteltasche und stopfte sich bedächtig die Pfeife, als hätten wir das Wesentliche bereits geklärt.

So war er, so ist er immer gewesen, ein Vater, um den man mich zu Schulzeiten beneidet hatte: Jungs mitbringen, mir die Haare grün färben, Schule schwänzen, all das regte ihn nicht sonderlich auf. Er fragte nie, wo ich gewesen war, wenn ich spät oder erst am nächsten Tag nachhause kam, und verlor auch dann sein Zutrauen in meine Verlässlichkeit nicht, als er mich, vierzehnjährig, zum dritten Mal bei Karstadt aus dem Büro des Kaufhausdetektivs auslösen musste. Papa fuhr mich zu den Sozialstunden, die ich daraufhin abzuleisten hatte, und fragte, ob eine Erhöhung meines Taschengelds die Diebstähle unnötig machen könnte. Als mir ein Schulverweis wegen wiederholter Unterschriftenfälschung drohte, identifizierte er mein stümperhaftes Gekrakel ohne Zögern als sein eigenes und bestätigte der staunenden Direktorin, dass all die vergangenen Unterrichtsbefreiungen natürlich von ihm stammten, von wem denn sonst? Unter meinen Klassenkameraden galt ich fortan als *die mit dem lässigsten Vater von allen.* Allein Manu fand ihn weder locker noch *cool,* sondern »schlichtweg nicht normal« und hätte lieber ihn statt meiner zu den von der Schulpsychologin verordneten Therapiesitzungen geschickt. Dass sie meinen Pa trotzdem jederzeit bereitwillig gegen den kontrollsüchtigen Choleriker eingetauscht hätte, unter dessen Tisch sie bis zur Volljährigkeit ihre Füße zu stellen hatte, daran ließ sie keinen Zweifel. Sie hielt meinen Vater für eigenartig und emotional gestört, aber sie mochte ihn, nannte ihn den letzten wahren Melancholiker, sang später eigens eine Version von *Don't explain* auf ihr Demoband, um ihm eine Freude zu machen. Von meinem Vater bekam sie zu unseren gemeinsamen Schulzeiten zahlreiche Alibis für Partyabende und Jungsübernachtungen, Nachhilfe in Deutsch und Englisch, ihre erste Zigarette und alle dreißig Bände von *Musik in Geschichte und Gegenwart* zum bestandenen Abitur.

»Hans, adoptiere mich!«, sagt sie noch immer, wenn sie ihn trifft, und mein Vater antwortet stets mit der gleichen brummigen Liebenswürdigkeit: »Jederzeit, schaff den Notar herbei!«

Ich glaube, nicht nur, weil er früh ergraute oder weil er so ruhig und anders war als die anderen Väter habe ich ihn, seit ich denken kann, als alten Mann gesehen: ein einsamer Oberstudienrat, der keine Affären hatte, nicht über seine verschwundene Frau sprach, mit der Gesellschaft seiner Plattensammlung wunschlos zufrieden schien; ein freundlicher Deutschlehrer, der sich bemühte, seine Leistungskursteilnehmer für Thomas Mann oder Kafka zu erwärmen und es weder persönlich noch als Indiz um sich greifender Oberflächlichkeit nahm, wenn das nicht gelang. Vater, Mutter und Bruder in einer Person, war er mir oft ein Fels gewesen, ein geduldiger Zuhörer, der keine Besitzansprüche an niemanden stellte, aber auch nichts von sich preisgab, woran ich mich hätte halten können.

»Was willst du mehr?«, fragten viele, und die Antwort: »Gelegentlich überhaupt etwas!« wäre ungerecht und nicht das gewesen, was die Fragenden hören wollten, also behielt ich sie für mich.

Wie auch immer, jetzt hockte er unangemeldet neben mir im Frühherbstwind, was ich bislang in mehrfacher Hinsicht nicht für möglich gehalten hätte. Es widersprach so sehr meiner Vorstellung von ihm, dass er sich in irgendetwas einmischte, mir gar nachreiste und mein Schweigen in den vergangenen Monaten anders als ein von ihm zu respektierendes Distanzbedürfnis interpretierte. Er war von seinem Sessel aufgestanden, hatte sich von seiner Musik, seinen Büchern, seiner Einsamkeit wegbewegt und war zu mir gekommen. Er hatte sich über die bewusst verzerrte Spurenlage hinweggesetzt, hatte mich gefunden, war da, still und fraglos, wie es dann doch wieder seiner Art entsprach: Diese abwesende Präsenz, mit der er mich wahnsinnig machen konnte oder in tröstlicher Sicherheit wiegen wie niemand anderes auf der Welt, je nachdem.

»Ich freue mich, dich zu sehen, Katia.«

»Ich freue mich auch, Papa.«

»Ja?«

»Ja.«

»Schön.«

Und wenn jetzt hinter uns nicht die Tür vom Haus aufgesprungen wäre und sich Schritte genähert hätten, wären mein Vater und ich in der Lage gewesen, den Rest des Nachmittags lang das zu tun, was wir gemeinsam am besten konnten: still sein, rauchen und alles ausblenden.

Ich erkannte sie frühzeitig am Gang, hatte also einen Vorsprung von etwa sieben Sekunden, den ich für nichts als einen

Zug aus Vaters Pfeife nutzte. Sie stand vor uns, bevor ich die Pfeife zurückreichen konnte, schaute von einem zum anderen und ließ kein Zeichen irgendeiner Verwunderung darüber erkennen, dass ich mit einem fremden älteren Herrn Arm in Arm im Strandkorb kuschelte.

»Guten Tag!«, sagte sie und beugte sich leicht zu uns herunter.

Mein Vater kniff einen winzigen Moment die Augen zusammen, dann erhob er sich, reichte seiner Halbschwester die Hand und sagte mit der Andeutung einer Verbeugung »freut mich sehr!«, wie er noch stets jede Frau begrüßt hatte, die ihm vorgestellt worden war. Nur dass hier noch keine Vorstellung stattgefunden hatte, weil ich in den Sekunden, in denen dazu Zeit gewesen wäre, zu verblüfft war, um etwas zu sagen. Er wusste eindeutig, wen er vor sich hatte, und ich suchte nach Anzeichen, die das als Missverständnis entlarven würden, denn wie hätte er das können? Ruth erwiderte seinen kräftigen Händedruck mit ungewohnter Herzlichkeit und sagte: »Mich auch!«

Ich verschluckte mich an meiner eigenen Spucke, was niemand weiter zur Kenntnis nahm. Sie warteten beide, bis ich mit Husten fertig war, ohne ein weiteres Wort miteinander zu wechseln.

»Ich habe Katia im Strandkorb verschwinden sehen«, sagte die Tante, »wollte nachsehen, wo sie abgeblieben ist, und da finde ich jetzt euch beide. Viel zu kalt, um draußen zu sitzen, findet ihr nicht? Wir sind hier ja nicht in Berlin, wo die Leute sich in den Cafés und Restaurants bis in den Winter hinein freiwillig die Nase abfrieren, um italienische Piazza-Gefühle aufkommen zu lassen, dabei sehen sie aus wie schlecht eingewickelte Heringe mit diesen albernen Decken um sich herum.«

Sie quasselte wie ein Wasserfall, während ich sie mit offenem Mund anstarrte.

»Diese grässlichen Heizpilze, wie man sie jetzt überall sieht, würde ich niemals aufstellen, sie gehören verboten!«

»Das stimmt«, sagte mein Vater.

Nachdem also Übereinstimmung in Sachen Heizpilzen festgestellt worden war, folgte mein Vater Ruths Aufforderung, ins Warme zu kommen, ohne auch nur ein gesondertes Wort an mich zu richten. Ich trottete hinter den beiden her, stoppte in der Kajüte vor dem vollbesetzten Personaltisch und hörte zu, wie sie ihn den anderen vorstellte: »Das ist Hans Werner, Katias Vater, mein Bruder, logisch.«

Wie kam es, dass sie gleich gewusst hatte, um wen es sich bei dem Mann neben mir handelte, und warum benutzte sie einfach so seinen Vornamen? Warum hatte sie ihn statt meiner den anderen vorstellen können? Niemand außer mir schien sich darüber zu wundern.

Sie nahm meinen Vater beim Arm, schob ihn einen Schritt nach vorne und wies auf die Runde, die dort saß.

»Hans, das ist die Sommerbelegschaft vom Palau.« Als wäre dies das Selbstverständlichste von der Welt.

Reihum standen alle auf, begrüßten ihn, ließen sich vorstellen.

»Angenehm.«

»Habe die Ehre.«

»Hallo.«

Frank sagte: »Sie sind sicher schon zum Geburtstag angereist.«

Papa sagte: »Ja. Auch.«

Ich schaute auf den Kalender neben dem Tresen und sagte: »Ach du Scheiße!«

Elisabeth und Ruth riefen unisono: »Katia!«

Von meinem dreißigsten Geburtstag trennten mich nicht einmal mehr zwölf Stunden, und obwohl es dämlich war, das vergessen zu haben, fand ich mich ganz entschieden zu alt für die Situation, die sich gerade vor meinen Augen abspielte.

»Wieso bin ich hier die Einzige im Raum, die sich Fragen stellt?«

»Ist das denn so?«, sagte Elisabeth.

Die Tante sah merklich nicht zu uns hin und sagte: »Hans, was darf ich dir bringen?«

Ich sagte: »Ihr entschuldigt mich«, schnappte mir Ruths Tabakpackung vom Tisch und lief nach draußen. Wozu brauchte ich Erklärungen? Ich rauchte eine Zigarette, dann noch eine und konnte es auch nach der dritten noch immer nicht fassen, dass keiner nach draußen kam, um zu sehen, wo ich abgeblieben war. Es half nichts, ich musste wieder rein, wenn ich erfahren wollte, was hier vor sich ging. Als ich die Kajüte betrat, fand ich meinen Vater vor einem großen Pils zwischen Frank und Heinrich sitzend, als gehöre er da hin, und den verdammten Trompeter hatte auch schon jemand in den CD-Spieler geschoben.

»Störe ich?«

»Nein«, sagte mein Vater, »wie kommst du darauf?«

Es dauerte, bis sie mich gemeinschaftlich wieder beruhigt hatten.

Im Rückblick sieht die Szene fast schon schön aus: Vertraute Gesichter reihen sich um mich, freundschaftliche Hände liegen auf Rücken und Schulter, jemand drückt mir ein warmes, stark nach Alkohol riechendes Glas in die Hand. Gesten, Worte, ich höre Wohlwollendes und die Versicherung, »alles ist gut, beruhige dich. Wir werden uns erst mal Gedanken machen, wie der morgige Tag zu feiern ist, obwohl du erst so spät damit rausgerückt bist, Herzchen.«

»Wie gut, dass der Hans heute schon gekommen ist!«, sagte Heinrich, und die anderen nickten. Jetzt war er schon *der Hans* für alle. Demnächst würden sie dann vielleicht noch *Papa* zu ihm sagen.

Ich bekam einen weiteren Anfall, der ebenfalls mit einer Flut von warmen Worten übergossen wurde, bis ich schließlich lachen musste, weil das die einzige noch mögliche Reaktion schien.

»Gebt ihr noch etwas zu trinken!«

Frank sagte: »Ich leg mal andere Musik auf.«

Erst später wurde mir bewusst, dass ich wegen dreier lausig gedrehter Zigaretten vor der Tür und meiner eigenen Blödheit jene erste halbe Stunde verpasst hatte, in der mein Vater mei ne Tante leibhaftig kennenlernte.

Er war tatsächlich anlässlich meines Geburtstags angereist, hatte sich einen Tag beurlauben lassen, für die Nacht im Halsunger Hof einquartiert, und weder er noch Ruth machten den Versuch, eine Umbuchung auf das Palau in Betracht zu ziehen. Er habe sowohl vom Bahnhof als auch vom Taxi aus versucht, bei mir anzurufen und stets nur die Mailbox dran bekommen, sagte mein Vater, als wäre das seine Schuld.

Bereits im Mai hatte er Manu nach meinem Aufenthaltsort gefragt und darin sofort die Adresse erkannt, an die er eine Todesanzeige seines Vaters hatte schicken lassen. Da hatte er sich seinen Teil gedacht, aber meinen Wunsch nach Abgeschiedenheit respektieren wollen und mich deshalb zunächst in Ruhe gelassen. Doch heute sei er am Morgen dann doch in den Zug Richtung Kiel gestiegen, weil er, trotz seiner hinlänglich bekannten Abneigung gegen runde Geburtstage, doch auf keinen Fall versäumen wollte, wie seine einzige Tochter die dreißig überschritt.

An dieser Stelle streckte er seine Hand zu mir über den Tisch, aber ich war zu sehr damit beschäftigt, nicht wieder in Tränen auszubrechen, um eine zärtliche Tochtergeste erwidern zu können, selbst wenn mir jetzt eigentlich danach gewesen wäre.

Ruth nickte meinem Vater zu, und ich hätte einiges darum gegeben, einen Blick hinter ihre Stirn werfen zu können.

»Wieso kennt ihr euch, und ich weiß davon nichts?«, wollte ich jetzt endlich wissen, und Hans sagte lässig: »Von Kennen kann ja gar keine Rede sein.«

»Ihr lügt doch!«

»Schluss jetzt mit dem Blödsinn!«, schrie Ruth, und mein Vater, der diesen Ton nicht gewohnt war, zuckte zusammen.

»Ich bin davon ausgegangen, dass er längstens informiert worden ist, wo seine Tochter sich aufhält«, sagte die Tante. »Was kann ich dafür, dass du dich mit deinem Vater nicht über dein Leben verständigst?«

Da hatte sie auch wieder Recht.

»Es ist mir blöd vorgekommen, täglich mit der Nichte zu frühstücken und den eigenen Bruder nie gesprochen zu haben. Und da das Nichtlein nicht den Eindruck gemacht hat, mit der guten Tante über die Familie sprechen zu wollen, und auch keine Nummern rausgerückt hat, habe ich die Todesanzeige hervorgesucht. Dein Vater hatte damals von Hand eine Telefonnummer dazu geschrieben, lange bevor du hier aufgetaucht bist. Ich habe die Nummer gewählt, sie stimmte noch. Hans hat sich erst etwas gewundert, dann haben wir bisschen geredet, und mehr gibt es dazu nicht zu sagen. Ich muss mich bei dir nicht für meine Telefonate rechtfertigen!«

»Wie lange geht das denn schon?«

»Da geht gar nichts, herrje! Gebrauch zur Abwechslung mal deinen Verstand!«

»Wir haben ganze zwei Mal miteinander telefoniert«, sagte mein Vater. »Ruth hat mich vorhin wegen der Ähnlichkeit mit einem alten Foto unseres Vaters erkannt, sagt sie, und mir ist es ähnlich gegangen: In Opas Nachlass waren Bilder von ihr. Sie sieht noch genau so aus wie mit vierzig!«

Ruth grinste: »Ist klar.«

Sie sprachen noch eine Weile über den Umstand, dass der Kontakt zwischen meinem Großvater und Ruths Adoptivfamilie anscheinend doch nicht so strikt unterbunden worden war, wie man ihnen immer eingeredet hatte, das Ganze in einem Ton, als wäre von den Hühnern des Nachbarn die Rede.

»Es überrascht mich, dass er Bilder von mir aufbewahrte«, sagte die Tante.

»Auch die Briefe deiner Adoptivmutter. Lange Briefe über dich. Wie du dich entwickelst und so weiter. Ich schicke sie dir gerne, wenn du willst.«

»Ach, lass mal.«

»Hat jemand von deiner Familie seine Antworten aufgehoben?«

»Weiß nicht«, sagte die Tante, »lassen wir sie in Frieden ruhen.«

»Ja«, sagte mein Vater, und noch einmal: »Ja«, als Ruth ihn fragte, ob er ein weiteres Pils wünsche, dann war er wieder still wie immer.

Sie taugten beide nicht für sentimentale Familienzusammenführung, waren einander fremd und realistisch genug zu wissen, dass dies im Wesentlichen so bleiben würde. Dass sie einander nicht unsympathisch waren, konnte ich sehen, und das reichte für diesen Moment, den ich mir später wieder und wieder vor Augen geführt habe, bedauernd, dass ich in der darauf folgenden Zeit die Chance ungenutzt verstreichen ließ, sie öfter an einen Tisch zu bringen.

Der Rest des Abends bleibt verschwommen. Grog, Wodka und Rosenlikör hatten mich niedergemacht, bevor es neun schlug. Wir hatten gegessen, getrunken, Geschichten erzählt, und alle hatten meinem Vater Loblieder auf mich gesungen, was diesem anscheinend außerordentlich gut gefiel. Ich erinnere mich nur an sein entspanntes Gesicht hinter Wolken aus Pfeifenrauch, durch den ab und zu sein Blick auf mich fiel, voller Wohlwollen und ein bisschen traurig, so wie er mich immer angesehen hatte, wenn es ihm gut ging und wenn er glaubte, ich achte nicht auf ihn.

Gegen elf hatte Frank meinen Vater zum Halsunger Hof begleitet und versprochen, ihn am späten Vormittag wieder im Palau anzuliefern, pünktlich zum Geburtstagsessen. Da kam was auf mich zu.

»Du kannst dich bei Frank bedanken, denn sonst hätte dein alter Herr noch mitgekriegt, wie du vollständig abgestürzt bist«, bekam ich später zu hören.

»Er ist Kummer gewohnt.«

»Gib nicht so an, schäm dich lieber.«

»Bin zu alt dazu!«

»Hört, hört!«

Dass ich zwar nicht gleich ausfallend geworden sei, nachdem mein Vater das Haus verlassen hatte, sondern erst mal wie ein nasser Sack unter den Tisch gerutscht wäre, wurde behauptet, und dass man mich gemeinschaftlich nach oben habe bugsieren müssen, was gar nicht so einfach gewesen sei.

»Die Sätze, die du dabei von dir gegeben hast, nun ja, die

sind doch mehr als merkwürdig gewesen, einer Dame so gar nicht würdig und ...«

»Hört bitte auf!«

»Der arme Heinrich hat deine Liebeserklärung womöglich wörtlich genommen, da kannst du jetzt sehen, wie du dich wieder herauswindest.«

»Lacht nur! Lacht mich ruhig aus!«

Ich weiß bis heute nicht, ob und in welchem Umfang das alles stimmte, aber sie zeigten sich einig darin, mir weitere Details zu ersparen und das überraschende Auftauchen meines Vaters nicht zu kommentieren, womit ich nur allzu einverstanden war. Wir hatten mit meinem Geburtstag sowieso genug zu tun, in unterschiedlicher Hinsicht.

»Dreißig volle Jahre!«, sagte Elisabeth feierlich, als ich beim Frühstück erschien, mit der Bitte um eine Aspirin und sonst gar nichts.

»So ganz jung ist das nicht mehr«, sagte die Tante und faltete zur Feier des Tages ihre Zeitung vorzeitig zusammen.

Die Torte mit meinem Namen drauf, die Elisabeth noch in der Nacht gebacken haben musste, sah umwerfend aus, und beim bloßen Gedanken, ein Stück davon essen zu müssen, wurde mir wieder übel.

»Blas wenigstens die Kerzen aus«, forderte Elisabeth.

»Später. Bitte!«

Das Tantengelächter drang mir direkt in den Stirnlappen, wo es schmerzlich und sternförmig explodierte.

»Seht euch das verkaterte Kind an!«

»Kind ist gut!«

»Mein Gott, als ich noch dreißig war!«

»Zu meiner Zeit galt man da schon als alte Jungfer.«

»Du siehst aus wie eine Leiche auf Urlaub.«

»Macht nur weiter, ich fühle mich schon viel besser!«

Und dann war da auf einmal Ruth direkt vor mir, die ihre Hände um meine Wangen legte, meinen Kopf zu sich herunterzog, mir einen warmen, feuchten Kuss auf die schmerzende Stirn drückte und brüllte: »Herzlichen Glückwunsch, Nichte!«, so dass ich es noch in der Magenschleimhaut zu spüren glaubte.

»Hattest ja den Kanal ganz schön voll gestern.«

»Mein Vater, hat er von meinem Zustand noch viel mitgekriegt?«

»Mach dir seinetwegen keine Gedanken«, sagte Elisabeth, »er hatte einen schönen Abend, da bin ich mir sicher. Ein netter Mann übrigens.« Sie schaute nach Ruth, die nicht reagierte. »Aber du kannst ganz beruhigt sein, wir haben dafür gesorgt, dass er von seiner Tochter einen guten Eindruck behält; auf uns ist Verlass!«

Ruth räusperte sich und sagte: »Wir haben so getan, als würde der Laden hier ohne dich so gut wie zusammenbrechen. Na ja, etwas in der Richtung. Er war jedenfalls froh, dich in unserer Obhut zu wissen.«

»Hans würde nie das Wort *Obhut* benutzen, wenn er von mir spricht, Tante. Er hält mich für eine erwachsene, selbstbestimmte Person, stell dir das vor!«

»Der Jugend Kenntnis ist mit Lumpen gefüttert!«

»Hä?«

»Alles Liebe zum Geburtstag!«

Elisabeth hielt mir ein Glas entgegen, in dem zwei Brausetabletten sprudelten.

Ich sah von einer zur anderen, murmelte ein tief empfundenes: »Danke!«

»Wofür? Geschenke gibt's später.«

»Ihr müsst mir nichts schenken.«

»So weit kommt's noch!«

Dreißig werden zwischen lauter Siebzigjährigen, zwischen *diesen* Siebzigjährigen, war schon eine sehr spezielle Übung.

Sie ließen mir noch eine stille halbe Stunde in der Gesellschaft eines auf der Basis von Tomatensaft zusammengerührten Mixgetränks, von Elisabeth angepriesen als Geheimrezept gegen Alkoholschäden. Magen wie Hirn beruhigten sich allmählich beim Blick auf die ewig gleiche Horizontale, von der nur unverbesserliche Romantiker behaupten können, das Meer ändere ständig seinen Ausdruck. Elisabeth hatte Recht, man gewöhnte sich schnell daran, aber dennoch ging es mir mit dieser Gewöhnung gut. Das wilde Leben war anderswo zuhause – abgesehen davon, dass mich nach wie vor nicht danach verlangte.

Vielleicht war *Obhut* doch kein so schlechtes Wort. Der Restalkohol machte mich weich, die Palau-Mannschaft tat ihr Übriges.

»Und, wie fühlt sich das, mit drei vorne?«

Ania überreichte mir, auch im Namen von ihrer Schwester, einen in Plastikfolie eingeschweißten Schal, toxisch anmutend in grell türkis, hundert Prozent Polyacryl, und einem Umschlag mit fünfzig Euro darin. Letzteres rührte mich ernsthaft.

»Im alten Rom war dreißig das Alter, das ein Mann erreicht haben musste, um Volkstribun werden zu können. Gratulation!«

Heinrich hielt mir ein kaum mehr als fünf Zentimeter großes Päckchen hin, in ein Stück der Titelseite des *Halsunger Wochenblatts* eingewickelt. Er entschuldigte sich, dass in der

Kürze der zur Vorbereitung auf diesen Tag verfügbaren Zeit kein dem Anlass entsprechendes Papier zur Hand gewesen wäre, und wippte auf seinen Fußballen auf und nieder, während ich eine flache, kreisrunde Messingdose auspackte. Unter dem Deckel erschien schwarz-weißes Ornament unter Glas, sternförmig um eine in Gold gefasste Achatperle angeordnet, im Norden die Lilie, ein Gegenstand wie aus *Fluch der Karibik,* nur kleiner.

»Ein Taschenkompass für Seefahrer«, erklärte Heinrich, »Kopenhagen, achtzehntes Jahrhundert, damit du deinen Weg gut finden kannst«.

Dass die Nadel fehlte mochte ich nicht überinterpretieren, es zählte die Geste, und das Ding sah wirklich schön aus.

Olga drückte mir eine Matruschka, wie ich sie im Halsunger *1-Euro-Laden* im Wühlkorb hatte liegen sehen, in die Hand, sagte: »Auch Glück!« Sagte es auf Deutsch, lächelte dabei und entschädigte mich fürstlich für all die ignoranten Küchenbegegnungen und die zahlreichen durch mürrisches Kopfschütteln abgelehnten Bitten um Brot oder mehr Soße während der vergangenen Monate.

»Dem Talmud nach steht der Mensch mit dreißig auf dem Höhepunkt seiner Kraft und Leistungsfähigkeit«, sagte Heinrich, der ein Gesicht machte wie ein Jubilar am Tag seiner Goldhochzeit. Die Tante rief: »Besser wird's nun also nicht mehr«, und bewahrte mich mit ähnlich aufbauenden Bemerkungen erfolgreich davor, in Rührung zu zerfließen, nachdem mir Sergej eine Porzellanmöwe mit Fisch im Schnabel überreicht, mich geherzt und gesagt hatte: »Ich mache dir ein Essen, das du nie vergessen wirst!«

»Nie Geburtstagskind ohne Pirók!«, schrie Olga, ihren deutschen Wortschatz bis zur Neige ausschöpfend.

Küsse, Umarmungen, Glückwünsche, es nahm kaum ein Ende, dabei waren noch nicht einmal alle da.

Gegen elf erschienen Frank und mein Vater, jeder mit einem Paket unterm Arm, innig ins Gespräch über die Rivalität von Dickens und Thackeray vertieft.

»Herzlichen Glückwunsch, Tochter! Katia, meine Liebe!«

Papa war in Hochstimmung.

»Ich wünsch dir was«, sagte Frank, und: »Heirate mich, wann immer dir danach ist!«

Irgendjemand hinter mir fand sein Gequatsche komisch und kicherte.

»Woher wusstest du eigentlich, dass ich Geburtstag habe?«, fragte ich ihn und erhielt zunächst nur ein Grinsen.

»Recherche ist die halbe Schreiberei.«

»Sag schon!«

»Ein anderes Mal. Erst Geschenke! Hans, fang du an.«

»Das ist für dich. Hoffentlich gefällt es dir.«

Mein Vater gab mir mit leichter Verneigung sein Paket, eingeschlagen und mit Schleife versehen, was es seit meinem dreizehnten Geburtstag aus Gründen der Müllvermeidung nicht mehr gegeben hatte. So kam ich zu meiner neuen Kamera. Ich hatte noch nicht lange genug mit dem Fotografieren aufgehört, um nicht zu wissen, wie tief Papa in die Tasche gegriffen hatte, um mir, halb entschuldigend, diesen Spiegelreflextrümmer zu überreichen.

»Ich habe immer bedauert, dass du es aufgegeben hast«, sagte er, »und da dachte ich, die Kamera könnte dich dazu bringen, wieder anzufangen.«

So viel aktives Eingreifen in meine Belange seinerseits war mir fast schon unheimlich. Ich fand, dass es ihm gut stand, und versicherte, das Gerät sei ein Traum, worauf er so glücklich wirkte, dass ich beinahe schon wieder zu heulen anfing. Frank hatte das Paket, das er beim Hereinkommen unter den Arm geklemmt hatte, der Tante gegeben, blau auf rot ringelte sich breites Geschenkband mit dem Werbespruch eines Elektronik-Kaufhauses darum: *Medienbasar, blöd sind nur die anderen.* Sie warf einen Blick darauf, schüttelte den Kopf und schob es über die Tischplatte: »Da!«

Aus Schichten von Pappe und Styropor legte ich einen schneeweißen, nagelneuen Laptop frei. Es dauerte seine Zeit, bis ich mich von der Nachricht erholt hatte, dass er ein gemeinschaftliches Geschenk von Ruth und Elisabeth war. Sie hatten Frank nach Lübeck geschickt, um den Rechner zu besorgen, bevor er mit Hans zum Palau kam, und hatten spontan an die tausend Euro für mich ausgegeben, obwohl sie kein Geld übrig hatten.

»Ihr seid ja komplett wahnsinnig! Alle!«

Sie standen da und sahen aus, als wären sie sehr zufrieden mit sich. Ich schluckte und dankte, schluckte und dankte noch einmal. Und mir fiel partout kein passender Satz ein, den ich hätte sagen können.

»Und diese Kleinigkeit ist von mir«, sagte Frank, »das fehlende Bindeglied für deinen neuen Zugang zu Welt!«

»Meinem was?«

»Damit kommst du ins Netz. Und erinnerst dich, dass eine Welt jenseits der Holsteinischen Landesgrenze existiert, wenigstens virtuell.«

»Wozu?«

»Das heißt: Danke, lieber Frank!«

Ich war viel zu weich, um mich mit ihm anzulegen.

Piroggen mit Krabben und Fisch, Torte, Kaffee, Likör, Geschichten: Von allem reichlich aufgetragen. Und extra für mich wurde, wenn auch völlig überflüssig, an beide Türen ein frisch gepinseltes Schild und doppelter Ausfertigung geklebt:

HEUTE GESCHLOSSENE GESELLSCHAFT!

Ein schöner Tag, einer der schönsten. Als ich abends um halb sieben dem Taxi hinterhersah, fiel mir ein, dass ich nicht mit meinem Vater am Strand spazieren gewesen war und dass ich vergessen hatte, ihm zu sagen, wie froh mich sein Besuch gemacht hatte. Solche Bekundungen seien zwischen uns überflüssig, sagte er später am Telefon, und ich gab ihm Recht, und gleichzeitig bedauerte ich ein bisschen, dass dem so war.

Frank brachte mich binnen einer halben Stunde online, ich fand siebenundneunzig ungelesene Mails in meinem Postfach und hatte doch nichts verpasst. Die aufgelaufenen Nachrichten von fünf Monaten bestanden hauptsächlich aus Nachrichten vom Telefonanbieter, Sommeraktionen *mit Flatrate inclusive*, Hinweise auf abrufbare Kreditkartenrechnungen und Ähnlichem. Drei Mails von *Fischer, S.*, die letzte kaum eine Woche alt, löschte ich ungelesen. Bevor Frank, der mir über die Schulter sah, mich etwas dazu fragen konnte, ging ich auf *halsunger-bucht.de* und führte den internetabstinenten Damen und Herren bunte Bilder vor.

»Seht ihr«, sagte ich, »hätte das Palau eine Homepage, könnte man es bequem hier finden und vom heimischen Sofa aus ein Zimmer reservieren oder schauen, was für eine Torte auf der Tageskarte steht.«

Vielleicht weil ich Geburtstag hatte, regte sich niemand auf, die Tante klopfte mir gar auf die Schulter, sagte: »Mach du das doch« und zeigte sich interessiert, als ich ihr den Internetauftritt vom *Halsunger Hof* vorführte, den sie allerdings *arg billig* fand. Sicherheitshalber gab ich ihr Recht.

Auch eine Art Wiedergeburt: die Fotos von diesem Tag, die ersten seit Abbruch der Lehre bei *Foto-Kinzig*, mehr als acht Jahre zuvor. Sie zeigen hauptsächlich fröhlich feiernde Gesichter: Sergej, der die Küchenschürze schwingt, Hans mit der Pfeife in eines der Bücher versunken, Elisabeth mit Sahneklecks im Mundwinkel, Ania vor der Wanddekoration in der Kajüte und einmal Ruth, wie sie, leicht vorgeneigt auf der Tischkante abgestützt, aus dem Fenster hinausblickt ins verregnete, kalte Grau, die Mundwinkel gekräuselt, in einem Stadium, das noch alles werden kann: Lachen oder Zorn oder die ganze Palette von Möglichkeiten dazwischen. Manchmal denke ich: so war sie, genau wie auf dem Foto. Aber an anderen Tagen bin ich überzeugt, dass das Bild gar nichts über sie verrät.

Meine Kamera erzählt selten das, was ich zu sehen glaube, auch heute noch nicht, wo ich sie täglich und mit größerer Selbstverständlichkeit gebrauche. Vielleicht heute sogar noch weniger als zu der Zeit im Palau, als ich mich ihr und den Bildern zu nähern versuchte wie einer lange vermissten Person.

Kurz vor Mitternacht waren nur noch Ruth, Elisabeth, Heinrich und ich an der Geburtstagstafel übrig. Der Alte saß zusammengesunken auf der Eckbank und schnarchte leise vor sich hin, während wir »drei Hinterbliebenen«, wie die Tante uns nannte, noch den letzten Rest einer Flasche Chateau Cheval-Blanc unter uns verteilten, die Elisabeth für einen besonderen Anlass aufbewahrt hatte.

»Noch fünf Minuten, und ich hab nicht mehr Geburtstag.«

»Jetzt geht's strack auf die vierzig zu!«

»Na ja.«

»Das geht schneller, als du denkst.«

»Und sieh, die Schönheit schwindet hin, der Jahre mitleidlose Spur …«

»Sprüche!«

Die Tante lachte mit mir, aber Elisabeth wurde ernst: »Das sind keine leeren Sprüche. Auch du wirst das erleben: die Zeit beschleunigt sich, ein Jahrzehnt passt plötzlich in zwei Sätze, die Jugend in wenige Fotografien. Noch denkst du, Zeit ist etwas, das du vor dir hast, aber bald wird Zeit für dich etwas sein, das du zum größten Teil hinter dir hast.«

»Sie ist gerade mal dreißig geworden, Lizzy!«

»Na und? Ihr steht vielleicht gerade noch die Welt offen, aber uns verschließt sie sich jeden Tag mehr.«

»Du kriegst nichts mehr zu trinken!«

Ruth begann das Geschirr abzuräumen, fegte mit der Handkante die Krümel vom Tisch und donnerte die Teller aufeinander, dass man um sie fürchten musste. Elisabeth war noch immer nicht fertig:

»Du siehst es zuerst in den Blicken der anderen. Heute und morgen noch nicht, aber irgendwann, bald, es nähert sich bereits, glaub mir. Etwas ändert sich, schleichend. Und dann kommt der Tag, an dem jemand über dich sagt: Das *war* einmal eine schöne Frau.«

Ich flüsterte: »Only yesterday you where younger.«

Die Hand der Tante ruhte eine Sekunde lang auf meiner Schulter, während Elisabeth weitersprach.

»Es fängt damit an, dass du Gleichaltrige für älter schätzt, als du selbst es bist. Du lernst jemanden kennen, auf einer Feier, bei der Arbeit, dann nennt dieser Mensch sein Alter, und du erschrickst, weil sie oder er zwei oder vier Jahre nach dir geboren wurden und du ihnen locker fünf Jahre *mehr* als dir selbst gegeben hattest. Du sagst dir: So alt wie die sehe ich nicht aus, die hat sich schlecht gehalten, die raucht viel mehr, die lebt ungesünder und so weiter. Dann schaust du um dich und bemerkst, dass deine Umgebung immer jünger geworden ist, aber du irrst dich: Niemand ist jünger geworden, sondern du älter. Du lügst dich, wenn es gut läuft, noch einige Jahre in Sicherheit, bis du es selbst entdeckst, eines Morgens beim Zähneputzen oder wenn du deinen Lidstrich nachziehst, erscheint eine ältere Frau vor dir und erwischt dich eiskalt: Du selbst bist diese ältere Frau. Der Verfall hatte erst mal ohne dich angefangen, aber dann hat er dich eingeholt, an einem Tag, dessen Datum du dir nicht merken wirst. Du hast in den Spiegel geschaut und es gesehen, und nun ist es zu spät, und keiner ist da, bei dem du dich dafür rächen kannst.«

Sie sah mich an, schien ernsthaft zu erwarten, dass ich mich in irgendeiner Weise dazu äußere.

»C'est la vie«, sagte die Tante, »die Zukunft wird kürzer, die Freunde werden weniger, man sortiert die Verluste und versucht Haltung zu bewahren. Mach kein Drama daraus, Lizzy, es könnte schlimmer sein!«

»Ihr habt hier wenigstens ein richtiges Leben«, sagte ich, »das kann noch lange nicht jeder von sich behaupten.«

»Leben«, sagte Ruth, »ja«, und ging eine weitere Flasche *vom Besten* holen.

Keine Ahnung, wie lange wir dann noch schweigend und trinkend in der Kajüte saßen. Es ging uns nicht so schlecht dabei.

Dass zu diesem Zeitpunkt für Ruth *Zukunft* bereits real zu etwas sehr knapp Bemessenem geworden war, kapierte ich erst später.

Elisabeth erhob sich schließlich, strich mir im Vorbeigehen über den Rücken, sagte: »Nichts für ungut, Kleine«, und ging.

Die Tante schüttelte den Kopf und sagte: »*Sie* war wirklich einmal eine schöne Frau!«

»Ist sie doch noch immer«, sagte ich, und der Blick, mit dem Ruth mich bedachte, war irgendwo zwischen Spott und Mitleid einzuordnen, aber allemal wohlwollend.

»Gute Nacht!«, sagte die Tante und klopfte beim Aufstehen auf den zusammengeklappten Computer, der noch immer auf dem Personaltisch stand. »Morgen sind wir wieder vernünftig, und du zeigst mir noch einmal unser Palau von oben.«

»Mach ich gerne. Das andere Palau zeige ich dir auch.«

»Wirklich? Wie sieht es aus?«

»Als hätte jemand grüne Hügel ins Blau gekleckst.«

Die Tante lächelte versonnen, summte mehr, als dass sie sprach: »Und wandert die Welt schon in fremdestem Schwunge, schmeckt uns das Charonsgeld längst unter der Zunge.«

»Wie bitte?«

»Wir saufen alle zu viel!«

Am nächsten Morgen waren wir bereits vor dem Frühstück von jeglicher Melancholie kuriert, denn ein geplatztes Abwasserrohr sorgte dafür, dass der Keller vollgelaufen war und wir, wie die Tante es treffend formulierte, »knietief in der eigenen Scheiße.«

Ich roch es schon beim Aufwachen. Ruth, Ania, Olga und Elisabeth rannten mit Eimern, Lappen und Schrubbern die Treppe runter und wieder rauf, jemand drückte mir einen verbeulten Blecheimer in die Hand und brüllte: »Der Keller!«

Unten angekommen, fiel mir nicht mehr ein als: »Ach du Kacke!«

»Kann man so sagen.«

»Entschuldigung, was kann ich tun?«

»Dreimal darfst du raten!«

Immerhin konnte ich etwas später damit punkten, dass ich mittels meines neugelegten *Zugangs zur Welt* binnen fünf Minuten einen Sanitär-Betrieb mit Sonntags-Notdienst ausfindig gemacht und kontaktiert hatte, nachdem das Branchen-Telefonbuch von Ruth mit derben Flüchen als verschollen gemeldet worden war.

»Sie werden in etwa vierzig Minuten hier sein!«

»Dass mir so lange keiner aufs Klo geht«, sagte die Tante und nickte mir anerkennend zu: »Hat sich schon gelohnt, die Maschine.«

Es dauerte dann doch über eine Stunde, bis der Laster über den Anfahrtsweg rangiert worden war und zwei freundliche Herren in blauen Overalls den Kameraschlauch ins palausche Rohrsystem einführten.

»Oje!«, sagte der Kräftigere der beiden, der sich als Wolfgang Müntner vorgestellt hatte. Was darauf folgte, war ganz und gar nicht das, was wir hören wollten.

Bis zum frühen Abend wurden mehrere Meter Kellerboden aufgebrochen und provisorisch wieder geschlossen, wir gingen alle mindestens einmal in die Dünen pinkeln, beseitigten den gröbsten Dreck und sahen zu, wie schließlich doch noch die Bruchstelle gefunden und geflickt wurde, mit dem Hinweis, da müsse man aber bald etwas Grundsätzliches mit der maroden Substanz unternehmen.

»Ja, sicher«, sagte die Tante und starrte finster auf das Desaster.

»Was wird Ihr heutiger Einsatz denn kosten?«, fragte Elisabeth, während sie den beiden Herren Kaffee und Streuselkuchen anbot.

»Machen Sie sich keine Sorgen, das übernimmt die Gebäudeversicherung. Oder die Hausrat. Ich weiß nicht genau, wie das bei Gewerbe ist. Fragen Sie am besten beide.«

Die Tante fasste sich ans Kinn und stieß geräuschvoll die Luft aus.

»Nein!«, rief Elisabeth.

Ruth drehte sich auf dem Absatz herum und knallte die Tür hinter sich zu.

Die Sanitär-Männer starrten ihr verblüfft hinterher. Müntner fing sich als erster und sagte: »Versicherungspolicen nicht bezahlt?«

Elisabeth ließ sich stumm auf einen Stuhl sinken, ich zuckte mit den Schultern, die anderen taten es mir nach.

»Das war leichtsinnig«, sagte der bis dahin schweigsame Kollege und hatte Glück, dass die Tante schon draußen war.

Ich verbrachte abends eine illegale Stunde in der Badewanne der Sommersuite und eine weitere, um alles wieder sauber zu machen, während von unten lautes, heftiges Diskutieren zwischen Elisabeth und der Tante zu hören war, dessen Wortlaut ich mich nicht zu verstehen bemühte.

Beim Versuch, mittels Durchzug den Kloaken-Muff aus den Räumen zu treiben, kühlte am nächsten Tag das gesamte Haus derart herunter, dass Heinrich, Ania und ich das Anschalten der Heizung forderten. Nachdem die Bitte mehrfach als unnötig zurückgewiesen worden war, rückte die Tante damit heraus, dass die Frage, ob Heizung an oder aus, nicht entschieden werden könne, solange die Öltanks ebenso leer wie das Konto seien.

»In Berlin gab es mal einen Finanzsenator, der den Sozialhilfeempfängern empfohlen hat, sich einen wärmeren Pulli anzuziehen, wenn ihnen die Heizkosten zu hoch werden«, sagte Heinrich, und während Elisabeth einmal mehr aufstöhnte, fauchte Ruth: »Noch ein Wort und du fliegst mitsamt deiner Steinsammlung raus!«

Wir liefen trotzdem fortan mit Strickjacken im Haus herum. Jemand legte mir einen *Waliki*-Herrenpullover aus Alpaka in Größe XXL vor die Tür, der mir bis knapp übers Knie ging und das gemütlichste Kleidungsstück war, das ich je besessen hatte.

Die Reinigung des Kellers nahm mehrere Tage und etliche Kanister Putz- und Desinfektionsmittel in Anspruch, aber der Geruch hing auch am Wochenende noch im Treppenhaus. Dass ein Kostenvoranschlag vom Schwager des Obstmannes, der eine Klempnerei in Halsung betrieb, verheerend gewesen sei, verriet mir Heinrich unter dem Siegel der Verschwiegenheit. Ruth habe fluchend den Umschlag zerrissen und dem LSF gesagt, er solle seinen Schwager zum Teufel schicken.

Am Montagmorgen saß die Tante länger als gewöhnlich stumm hinter ihrem *Tagblatt*, zog sich danach einen makellosen Blazer über den Rollkragenpulli und verabschiedete sich für die nächsten Stunden mit der Aussage, sie habe einiges in Lübeck zu erledigen, werde außerdem zur Bank gehen, und wir sollten mit dem Essen nicht auf sie warten.

»Soll ich mitkommen?«, fragte Elisabeth.

»Nicht nötig«, sagte Ruth.

»Dann nimm wenigstens Katia mit, etwas Stadtluft wird ihr guttun, und sie braucht noch irgendeinen Filter für die Kamera.«

»Nein«, sagte Ruth.

Was das denn heißen solle, schnappte Elisabeth, Ruth habe doch kürzlich erst darauf herumgeritten, dass ihre Nichte ermuntert werden müsse, ihre Kreise um das Palau herum endlich größer zu ziehen, sich nach draußen zu wagen und, statt in der Stube herumzuhocken und auf besseres Wetter zu warten, all die Sachen zu tun, die junge Frauen ihres Alters für gewöhnlich so machen. »Katia kann dich fahren, sie wird dir unterwegs schon nicht auf die Nerven gehen.«

»Heute kann ich keinen dabei brauchen.«

Ich beeilte mich, zu versichern, dass ich am Vormittag sowieso am Strand unterwegs sein würde und später mit Frank ein Bildbearbeitungsprogramm installieren wolle, also für einen Stadtbummel gar keine Zeit hätte, außerdem fehle mir rein gar nichts, die Tante solle ruhig ohne mich fahren. Während ich noch redete und mich zu erklären bemühte, dass mich noch nie interessiert hatte, was *junge Frauen meines Alters für gewöhnlich so tun*, erschien der Doc in der Kajüte, wartete, bis ich fertig war, nickte dann in die Runde und sagte zu Ruth: »Können wir?«

Elisabeth wandte sich brüsk ab und begann Gläser zu polieren, die absolut lupenrein gewesen waren. Ruth sagte: »Jau« und verschwand grußlos.

Ich sah den Glutpunkt am frühen Abend in der Zwölf aufglimmen, als ich die Steintreppe vom Strand aus zum Haus hochstieg.

»Da bist du wieder, Tante«, sagte ich und ließ mich neben ihr nieder, ohne eine Aufforderung abzuwarten.

»Nichte«, sagte Ruth und reichte mir ihren Tabaksbeutel.

»Wie war's in der Stadt?«, fragte ich, um dem Schweigen zu entkommen, das sich ausbreiten würde, wenn Ruth weiter derart aufs Wasser starrte.

»Schlimm.«

»Die Banksache?«

Ruth drehte mir ihr Gesicht zu, sah mich an, als wisse sie

gar nicht, wovon ich rede, sagte dann: »Ach ja, die Banksache. Blöd.«

»Wie blöd?«

»Sehr blöd. Es ist nicht gut gelaufen. Egal.«

Mir war bewusst, dass sie mit *schlimm* etwas anderes als einen vermasselten Banktermin gemeint haben musste, aber für einen Satz im Sinne von *Willst du darüber reden?* hätte die Tante mich zeternd aus dem Korb geworfen und Recht damit getan.

Also sagte ich: »Der Doc war mit.«

»War er.«

»Wegen der Bank?«

Die Tante sog an ihrer Zigarette.

»Du hast irgendetwas, das du mir nicht mitteilen willst.«

Eine Feststellung, keine Frage, das würde die Tante vielleicht schlucken. Ich weiß nicht, warum ich mich weiter vorwagte, obwohl ich glaubte, nur einen Schritt weit von einer Mine zu stehen.

»Einverstanden, nennen wir es *irgendetwas,* ich hab's mir heute angesehen, es hat mir nicht gefallen, und ich will nichts weiter darüber *mitteilen,* wie du so richtig erkannt hast.«

»Ist dein gutes Recht.«

»Nicht einmal mich selber würde ich es wissen lassen, wenn ich die Wahl hätte, aber Wissen oder Nichtwissen ändert nichts, also belassen wir es dabei und halten die Klappe.«

Sie warf ihre Kippe im hohen Bogen auf die Felsblöcke.

»Verstehe«, sagte ich.

»Glaub ich kaum«, sagte Ruth, nahm mir den Tabakbeutel aus der Hand und drehte zwei Zigaretten, die kaum zu ihren Glanzstücken gehörten, während ich mich bemühte, nicht auf ihre Hände zu sehen, um der Klärung der Frage, ob sie zitterten oder nicht, auszuweichen. Wir rauchten schweigend, bevor ich aufstand und zum Haus ging.

»Ich lass dich jetzt mal in Ruhe, ja?«

»Ist gut. Wir sehen uns später drinnen.«

»Ja, Tante.«

»Und rauch nicht so viel, das beschleunigt die Hautalterung.«

»Sagt genau die Richtige.«

»Eben.«

Dass ich wenigstens mit *ihr* hätte reden und sie informieren müssen, warf mir Elisabeth später vor, als wir rekonstruierten, an welchem Tag sich Ruth wohl erstmals den Tatsachen in Form von Röntgenbildern gestellt hatte, und dass mein Mangel an Vertrauen ihr, Elisabeth, gegenüber dem Verrat von Ruths Alleingang nahe käme. Wir hätten sie beide zutiefst enttäuscht mit unserer Eigenbrötlerei, von mir aber hätte sie mehr Offenheit erwartet als von einer störrischen alten Person und so weiter. Sie kriegte sich kaum wieder ein. Ich nahm es ihr nicht übel, wir hatten jede unsere Art zu reagieren. Elisabeth war eine Zeit lang verletzt, tieftraurig und stinksauer auf mich, weil sie glaubte, ich hätte von Ruths Zustand früher gewusst als sie, aber zumindest aus diesem Vorwurf machte ich mir nicht viel. Zu den wenigen Dingen, die ich im Palau richtig gemacht habe, und sei es auch nur aufgrund einer Mischung von Beschränktheit und Ignoranz, gehört, dass ich Ruth, wenn auch unbewusst, dabei behilflich war, noch eine Zeit lang in Ruhe ihrem Alltag nachgehen zu können, bevor sich unsere kleine Inselnormalität endgültig nicht mehr aufrechterhalten ließ.

Als Ruth etwa zwanzig Minuten nach mir die Kajüte betrat, war ich gerade dabei, die Diafunktion meines Computers vorzuführen und die anderen mit dem Anblick von hundert sich nicht wesentlich voneinander unterscheidenden Ostseeimpressionen des heutigen Tages zu beglücken.

»Sie ist eine Künstlerin!«, rief Heinrich, und Ruth sah eine Weile still lächelnd dem graugetönten Einerlei auf meinem Bildschirm zu, bevor sie sich hinter einer Teetasse niederließ, die Elisabeth ihr hinschob.

»Was haben sie bei der Bank gesagt?«

»Sie vergeben keine Kredite an Dinosaurier«, sagte die Tante, »irgendwie kann man das ja auch verstehen.«

»Was soll das denn heißen?«, fragte Elisabeth.

»Dass wir die Öltanks nur halb voll machen werden und die Sanierung der Abwasserrohre warten muss, bis Wunder geschehen.«

»Wunder!«, fauchte Elisabeth. »Ich erinnere dich daran, wenn uns das nächste Mal die eigenen Exkremente um die Knie schwappen!«

Die Tante nickte, und ich machte mir die meisten Sorgen, weil sie nicht willens war, sich mit Elisabeth zu streiten. Sie rührte in ihrem Tee, hob die Tasse zum Mund und schlürfte leise, während wir anderen den Atem anhielten, auf eine Explosion warteten. Aber Ruth blieb ruhig, regte sich nicht auf, lächelte sogar wieder und strich einer fetten, zerzausten Katze das Fell glatt.

»Ruthi!«, rief Elisabeth.

»Lizzy, du weißt so gut wie ich, dass die große Zeit des Palau vorbei ist«, sagte die Tante leise, »vielleicht sollten wir es nun gemeinsam zu einem guten Ende bringen.«

»Zu Ende? Das sagst du so lässig? Unsere Lebenskraft steckt

hier drin, unser Kapital, unsere besten Jahre, unser …« Elisabeths Stimme versagte.

»Der Yachtclubpräsident hat schon länger Interesse, und er ist bereit, einen fairen Preis zu zahlen.«

»Eher brenne ich es persönlich nieder!«, fuhr Elisabeth hoch und ließ es sich gefallen, dass Ruth sie sanft wieder auf die Bank drückte und ihr den Arm um die Schultern legte.

»In Ordnung, beruhige dich, wir warten noch ab, wir müssen heute nichts entscheiden. Und unsere besten Jahre, die bleiben sowieso hier, die kann uns keiner nehmen«, sagte die Tante und sah mich dabei an.

Ich fand, der Anflug von Pathos stand ihr nicht, und sie machte mir Angst in dieser Verfassung, aber Elisabeth schien es gutzutun, sie schnäuzte sich in eines der riesigen Herrentaschentücher, die sie immer mit sich herumtrug, und gewann ihre Fassung langsam wieder.

»Warum hast du den Doc mitgenommen?«

»Er hatte auch einen Termin in der Stadt.«

Wieder sah die Tante mich an, während sie mit Elisabeth sprach.

»Es wird uns schon noch etwas einfallen. Uns ist immer etwas eingefallen.«

»Ja.«

Als der Doc am nächsten Tag auf dem Deich an mir vorüberging, sagte er: »Katia, sei lieb zu deiner Tante!«

»Doc, ich bin so lieb zu meiner Tante, wie sie mich lässt!«, antwortete ich.

Und das war nichts als die Wahrheit.

Die Wahrheit war ferner: Sie hatten kein Geld mehr und würden auf Kredit vorerst keines mehr bekommen. Auf dem Palau lag bereits eine stattliche Hypothek, und sogar das Geld für die halbe Öltankfüllung, die wenige Tage später eintraf, war dem Doc geschuldet.

Nur ein Teil der Wahrheit, zugegeben, und nicht allzu lange danach erwies es sich, dass eine Katastrophe die andere relativieren kann, aber da hätte Tante Ruth mir gewiss auch widersprochen. »Jeder Tag hat seine eigene Plage« oder ein ähnlicher Satz wäre ihr eingefallen, und eine humorige Variante des gleichen Gedankens hätte sie garantiert auch noch aus dem Ärmel geschüttelt, Heine, Grillparzer oder Ringelnatz und dass man das eine nicht mit dem anderen aufwiegen könne. Aber auch das Zitieren wurde mit der Zeit weniger.

Wann hatte sie ihre Müllspaziergänge verkürzt?

Wann ist mir aufgefallen, dass sie abends immer früher müde wurde?

Die Tante gönnte sich und uns noch einige Wochen, in denen wir der Überzeugung sein durften, es mit einer Situation zu tun zu haben, gegen die mit Fleiß, Einsatz und Einfallsreichtum etwas unternommen werden konnte. Niemand und nichts war am Ende, so lange es noch etwas zu tun gab.

»Wie war das mit euren Kulturaktionen, die Geld in die Kasse spülen werden?«, sagte Ruth etwa vierzehn Tage, nachdem sie in Lübeck gewesen war, »einen Aufschub könnten wir schon noch versuchen!«

Der Doc, der gerade neben ihr vor seinem Bier saß, drehte sich für seine Verhältnisse ruckartig zu ihr herum, schien aber äußerst froh zu sein über das, was er gehört hatte.

»Kulturaktion?«, fragte er sichtlich erheitert. »Was, um Himmels willen, habt ihr vor?«

Frank sagte: »Katia hatte neulich so eine Idee.«

»Lass hören.«

Ich ging meinen Computer holen, drehte ihn, nachdem ich eine Weile gesucht hatte, so, dass alle Sicht auf den Bildschirm hatten, und sagte: »Das ist sie!«

Manu in ihrem sehr kleinen Schwarzen, einen glitzernden Federhauch ins Haar gesteckt, die tiefroten Lippen halb offen, ihre Hüfte an ein Klavier gelehnt, hinter dem der gelackte Haarschopf eines Mannes zu erahnen war.

UN COIN TOUT BLEU, Liederabend mit Manuela van Haiden.

»Na?« Ich schaute erwartungsvoll in die Runde.

»Sie hat sehr wenig an«, sagte Elisabeth.

»Das würde mich weniger stören«, sagte der Doc.

Ich sagte: »Wartet, bis ihr sie singen hört!«

Manu antwortete am Telefon das Gleiche wie die Tante in der Kajüte, als es um die Frage nach dem Liederabend ging: »Warum nicht?«

Wir versuchten es also, fanden nach einigem Hin und Her und vielen weiteren Telefonaten einen Termin, der allen Beteiligten passte. Ruth sagte: »Katia organisiert das!«, und niemand widersprach ihr.

»Wenn du Hilfe brauchst …«, sagte Frank.

Die Tante nickte: »Die Kleinen sollen es zusammen machen.«

»Bitte«, sagte Elisabeth, »wenn wir Alten nicht mehr gebraucht werden …«

Sie reiste am Vorabend des ersten Advent an, stand in Halsung am Bahnhof von Koffern und Taschen umringt, als hätte sie vor, den Winter bei uns zu verbringen, und winkte. Meine schöne Freundin Manu. Unsere ganze Oberschulzeit hindurch waren wir zusammen unterwegs gewesen. »Die Schöne und das Biest« hatte uns ein Lehrer getauft, und niemand zweifelte auch nur eine Sekunde daran, wer das Biest war. Manu musste sich einiges anhören, weil sie mit »Katia-dem-Kauz« herumhing, der »komischen Tusse«, die sich die Klamotten absichtlich zerriss, während des Unterrichts ihre Unterarme mit Kugelschreiberzeichnungen vollkritzelte, eine Sicherheitsnadel im Ohr trug, jeden zweiten Tag zu spät kam und ständig wegen irgendwelcher Vergehen zur Direktorin musste. Aber Manu war es vollkommen egal, was die anderen von mir dachten, sie war der Meinung, dass wir Freundinnen sein sollten, und hielt sich eisern daran. Bereits nach wenigen Tagen auf der neuen Schule hatte sie sich vor einem Siebtklässler aufgebaut, der damit beschäftigt gewesen war, mich »Dreckschlampe« zu nennen, hatte ihm ohne Vorwarnung eine gescheuert und mich, sich bei mir einhängend, fortgezogen. »Ich mag dich«, war ihre Antwort auf meine Frage, was sie denn von mir wolle. Und wenn Manu einen mochte, blieb einem keine Wahl, man ging mit. Vermutlich verdanke ich Manus unerschütterliche Zuneigung der Tatsache, dass ich sie nicht angehimmelt habe und dass mir ihr umwerfendes Aussehen sonst wo vorbei ging, nicht einmal aufgefallen war, bevor andere mir von ihr vorschwärmten. Ich war die Einzige, die nichts von ihr wollte. Umgekehrt kam das aber vielleicht auch hin. Sie hatte zwar beschlossen, dass ich ihre Freundin sei, aber ich brauchte dafür auch nichts weiter zu tun, als vorhanden zu sein, musste nichts an mir ändern oder anderweitige Verpflichtungen übernehmen. Sie holte mich gelegentlich raus aus dem, was sie »Kokon« nannte, aber wenn ich drin bleiben wollte, machte ihr das auch nichts aus, sie ignorierte es einfach. »Igel«, nannte sie mich, manchmal »borstiges Stachelschwein«, und sie wusste genau, dass mir das gefiel. Vielleicht war ich für sie auch so etwas wie ein Abwehrschild gegen aufdringliche Anbeter. Mir war es recht. Ich wäre kaum weitgehend unbehelligt durch die Oberstufe gekommen, hätten nicht sämtliche Jungs, einige der Mädchen und sogar der eine oder andere Lehrer in mir den Schlüssel zur begehrtesten Frau der Schule gesehen. Wer nicht nett zu mir war, wurde von Manu mies behandelt. So einfach war das. Allein durch unser Zusammensein während der Hofpausen waren wir einander perfekte Leibwächter: Sie starrten uns an, aber sie blieben uns fern.

Jetzt stand sie da, auf Gleis eins, in ihrem bodenlangen Wintermantel, ein pelzbesetztes Wolltuch um den Kopf geschlungen, rümpfte ihre wohlgeformte Nase und sagte: »Wohin hast du mich denn diesmal verschleppt?«

»Es wird dir gefallen«, sagte ich, »versprochen!«

Sie küsste mich, während ein verpickelter Basekappenträger am Gleis gegenüber sich den Hals verrenkte. So etwas wie Manu hatten sie in Halsung lange nicht mehr gesehen.

Frank behauptete, dass den Damen, die gewöhnlich um diese Jahreszeit hier landeten, von Weitem anzusehen war, wie zufrieden sie sein würden mit der angefressenen Siebziger-Jahre-Architektur in Form von leer stehenden Ferienwohnungsblöcken, aufgelockert von Fischbrötchenbuden, der geschlossenen Eisdiele, dem Billigkleidermarkt, dem Restaurant Akropolis und dem China-Wok, dem der Doc akut lebensverkürzende Wirkungen bescheinigte. Die einzige weibliche Attraktion außerhalb der Saison fand sich, Franks Meinung nach, im »Düt und Dat« in Form der vietnamesischen Gattin von Reiner, genannt Schmitte, dem ältesten Bruder vom Obstmann, der neben Postkarten und Zeitungen auch Souvenirs, Groschenromane, Gipsmöwen und selbst gefertigte Muschelmobiles vertrieb. Die übrigen schönen Frauen hatten rechtzeitig gesehen, dass sie nach Rügen oder Usedom fort kamen, wo mit staatlichen Fördergeldern alles hübsch renoviert worden war, so wie es der postmoderne Zeitgenosse inzwischen schätzte: außen weiß getünchte Jahrhundertwende, innen Bulthauptküchen in Edelstahloptik. »Bei uns drängen sich die Verbrechen fehlgeleiteter Architekten aus den frühen Achtzigern an der Strandpromenade, das will niemand mehr sehen«, hatte Ruth einmal gesagt. »Wir hier an der ehemaligen BRD-Ostseeküste gehören zu den wenigen Verlierern dessen, was man ›wiedervereinigt‹ nennt im Westen. Bei uns ging es nach der Wende steil bergab, das dicke Geld wird jetzt auf Usedom gemacht.«

Tatsache war: Die mondänen Zeiten von Halsung und Umgebung lagen lange zurück. Ab Oktober wurden sämtliche Geschäfte, außer dem *Düt und Dat,* dem *Edeka* und *Helgas-Hair-Shop* geschlossen, man lief durch menschenleere Straßen. Die Einheimischen, die es sich leisten konnten, überwinterten anderswo, die Jugend zog nach Berlin oder Hamburg, und der Rest trank das vom Edeka mitgebrachte Bier vor Schmittes Laden. Die Poststation hatte vor vier Jahren geschlossen, ebenso der Fleischer, der Bäcker, die Sparkassenfiliale. Der Bahnhof funktionierte noch einigermaßen: Vier Mal täglich konnte man zwischen den Richtungen Kiel oder Lübeck wählen, öfter aber dem IC nach Kopenhagen beim Durchrauschen zusehen.

Manu tat soeben genau das und sagte: »Was für ein Kaff!«

Ich sagte: »Bei uns draußen am Strand ist es schön!«

»Hast du gerade ›bei uns‹ gesagt?«

»Komm schon, ich steh im Halteverbot.«

In der Bahnhofshalle blieb Manu vor dem Plakat stehen, das wir an jede verfügbare Wand angeklebt hatten, grinste und nickte nicht unzufrieden. »Habt ihr da nicht ein bisschen zu dick aufgetragen?«

»Wieso, du bist doch an der Staatsoper.«
»Aber nicht als Solistin!«
»Bei uns singst du allein. Also.«
»Schon wieder!«
»Was?«
»Ach, vergiss es!«

Frank und ich hatten in den vorangegangenen Wochen all unsere freie Zeit mit der Organisation des Liederabends zugebracht, waren tagelang unterwegs gewesen, um die Plakate auszuhängen, die wir entworfen hatten. Wir waren dem Kulturreferenten des Bürgermeisters auf den Leib gerückt, hatten uns auf die Halsunger Homepage setzen lassen, Anzeigen in Auftrag gegeben, den Doc für die Druckkosten der Flyer angepumpt, absolut jeden Laden zwischen Liefgaard und Westerburg aufgesucht, dem Mann vom *Tagblatt* sieben Bier spendiert und bereits im Vorverkauf mehr Karten losgeschlagen, als wir Stühle zur Verfügung hatten.

Ruth ließ uns gewähren, segnete dann auch die Entwürfe für den bunten Hotelprospekt, den wir drucken lassen wollten, ohne Einwand ab, schien freundlich distanzierten Anteil an dem zu nehmen, was wir da trieben, und war ansonsten ziemlich still.

Elisabeth ließ sich schließlich sogar von unserer Begeisterung anstecken, nachdem ich ihr einen Nachmittag lang erklärt hatte, dass ohne ihre Beteiligung gar nichts liefe, und war vollkommen mit der Menüplanung und der Buffetlogistik für unseren *Kulturabend* beschäftigt: *Lieder und Lecker,* an der Terminologie hätten wir etwas strenger feilen müssen.

Es waren trotzdem bald schon die ersten Leute im Palau aufgetaucht, die aufgrund unserer Hinweise auf das Hotel aufmerksam geworden waren und vorab schon einmal schauen wollten, was von den Versprechungen zu halten war. Keine Massen, aber es bewegte sich etwas, immerhin, so dachten wir.

»Lass dich mal genauer ansehen«, sagte Manu, nachdem wir ihr Gepäck in der Sommersuite abgestellt hatten, und legte ihre Hände auf meine Schultern.

»Du hast zugenommen.«

»Du mich auch!«

»Steht dir aber, macht dich jünger.«

Ich lachte sie aus und wies auf die Fenster, wo sich eben die Sonne blicken ließ.

»Nerv nicht, mach die Augen auf!«

Manu sah nach draußen, breitete theatralisch die Arme aus: »Wahnsinn!«

»Sag ich doch!«

Bei der anschließenden Führung durchs Haus zeigte sie sich eher höflich denn ernsthaft begeistert und verbrachte mehr Zeit damit, mich verwundert anzuschauen, als die Antiquitäten und Kuriosa zu bewundern, die ich ihr anpries wie ein fanatischer Sammler seine Lieblingsobjekte.

»Überanstreng dich nicht, Igel, es reicht, wenn es dir gefällt.«

»Aber es ist etwas Besonderes, siehst du das denn nicht?«

»Doch«, sagte Manu, »das kann ich sehen.«

Wir erwischten die Tante auf dem Flur vor ihrem Zimmer in einem ihrer weniger leuchtenden Momente, so dass Manus erster Kommentar zu ihr verhalten ausfiel: »Schon ein bisschen speziell.«

»Sie hat verschiedene Seiten.«

»Muss wohl so sein.«

Beim gemeinsamen Abendessen erkundigte sich Ruth dann aber interessiert nach Manus Opernchoralltag, und auch die anderen Alten präsentierten sich von ihrer angenehmen Seite. Ich war darüber sehr erleichtert und genoss den Abend, und vor dem Schlafengehen bezeichnete Manu sie sogar als »eigentlich ganz reizend«.

Am folgenden Sonntag war bereits eine halbe Stunde vor Beginn der größte Raum des Palau bis vor die Tür mit Menschen gefüllt, die in gemäßigter Abendgarderobe Wein- und Sektgläser in den Händen hielten, angeregt miteinander plauderten und gierig die Winzigkeiten von den Silbertabletts pflückten, die Frau Scherer, zwei weitere Aushilfen und ich zwischen ihnen hindurchzubalancierten versuchten.

Dann kam Manu, in ihrem hochgeschlitzten Trägerkleid, schritt kirschrot durch die Menge in Richtung Klavier, ließ sich von ihrem Begleiter die Hand küssen, verneigte sich in Richtung Publikum und sah aus wie Michelle Pfeiffer in *the faboulos baker boys*, nur viel schöner.

Sie hatte als einzige Bedingung für ihren Auftritt verlangt, dass ich in der ersten Reihe, direkt vor ihr sitzen würde, und ich tat ihr den Gefallen gern. Drei Akkorde ertönten, Manus Stimme setzte ein: »Seit ich ihn gesehen … glaub ich blind zu sein …«

Ruth, die mit verschränkten Armen an der Seitenwand gelehnt hatte und die Einzige im Saal gewesen war, deren Blick Manu nicht bis nach vorne gefolgt war, drehte sich jetzt nach ihr um, schaute mit zusammengekniffenen Augen über den Rand ihrer Brillenfassung, ließ dann langsam die Arme nach unten sinken und nickte wissend.

»Wie im wachen Traume … schwebt sein Bild mir vor …
taucht aus tiefstem Dunkel heller nur empor …«

Die anwesenden Herren, meist weit jenseits der fünfzig,

starrten hingerissen auf die Sängerin. Die dazugehörigen Damen, wenn auch vermutlich mit etwas verschobener Motivationslage, starrten ebenfalls. Meine Tante schloss ihre Augen und ließ ein Lächeln aufscheinen, für das ich sie hilflos lieb hatte.

»...glaub ich blind zu sein.«

Klaus-Dieter, der seit gemeinsamen Akademietagen darauf wartete, dass Manu ihn einmal erhörte, lockte unserem alten Klavier warme Begleittöne hervor und bewies, dass das in den Klavierstimmer investierte Geld kein Luxus gewesen war.

»Wandle, wandle, deine Bahnen ...«

Manu war in Hochform: Sie schillerte selig oder verzweifelt, wie die Worte es gerade erheischten, ihre Brüste hoben und senkten sich, ein Schweißtropfen versickerte im Dekolleté, und manch einer hätte sein Leben gegeben, ihm zu folgen.

Nach dem dritten Lied klatschte jemand zögernd, dann brauste wilder Applaus auf, den die Tante ärgerlich wegzuwedeln versuchte. Niemand außer mir nahm davon Kenntnis. Manu verbeugte sich artig, legte dann ihren Finger an die Lippen, gab Klaus-Dieter ein Zeichen weiterzuspielen.

Ich tat es der Tante nach und schloss die Augen. Allerdings spürte ich, im Gegensatz zu ihr, einem Finger nach, der sachte meinen Nacken entlangfuhr.

»Süßer Freund, du blickest mich verwundert an«, sang Manu mit voller Hingabe, und Frank war der erste Mann, der mich wollte, während meine Freundin direkt vor ihm ihre Show abzog.

»Nun hast du mir den ersten Schmerz getan ...«

Manus Stimme wurde dramatisch, Klaus-Dieter schlug hart in die Tasten, knallte beinahe mit der Stirn an sein Notenblatt.

»Die Welt ist leer, ist leer ...«

Der Finger zog sich aus meinem Nacken zurück.

»Geliebet hab ich und gelebt …«

Ich schaute nach Ruth.

»Da hab ich dich und mein verlornes Glück …«

Etwas Feuchtes auf ihrer Wange spiegelte glitzernd den Schein der Lampe über ihr.

»Du meine Welt.«

Manus Stimme erstarb, sie ließ Kopf und Oberkörper vornübersinken in tiefem Kummer, das Klavier hatte noch einige Takte länger zu tun.

»Jetzt dürft ihr mal klatschen!«, rief Manu, spontan von Trauer genesen, und das Publikum tobte.

Als ich mich endlich bis zur anderen Seite des Saales durchgekämpft hatte, war Ruth nicht mehr da.

Manu und Klaus-Dieter machten noch gut eine halbe Stunde weiter, bis nach drei umjubelten Zugaben das Buffet in den unteren Räumen eröffnet wurde und die Massen sich Richtung Kajüte bewegten. Das Palau platzte aus allen Nähten, die Kasse konnte die Scheine kaum fassen, und Manu setzte dem Ganzen die Krone auf, als sie um Mitternacht noch mal ans Klavier trat, um, wie sie ausrief, »die heitere Muse auch noch zu bemühen«.

Manu gab alles, und Sergej sagte: »Macht sie Liebe mit Klavier.«

Die Tante blieb verschwunden.

»Hast du Ruth gesehen?«, fragte ich zwischendurch Elisabeth, deren Wangen glühten.

»Keine Ahnung. Wahrscheinlich in der Küche«, antwortete Elisabeth und versicherte strahlend, sie werde morgen garantiert einen Rollstuhl brauchen, weil ihre Füßen demnächst explodieren würden.

»Mach mal eine Pause!«

»Mach selber Pause!«

In der Küche waren nur Ania und Olga, die mich mit russischen Flüchen hinausscheuchte.

Ruth tauchte erst am nächsten Morgen wieder auf. Saß wie gewöhnlich beim Frühstück und gratulierte kurz angebunden zu dem gelungenen Abend, bevor sie sich wieder ihrer Zeitungslektüre zuwandte. Irritiert starrte Manu auf die Titelseite des *Tagblatts,* hinter dem die Tante sich verschanzt hatte, und schüttelte ungehalten den Kopf, als ich ihr zuflüsterte: »Lass sie einfach.«

Dass ich keine Zeit hatte, um eine Strandwanderung mit ihr zu machen, sie stattdessen lesend in ihrem Zimmer saß, während ich mit den anderen das Palau aufräumte, schien Manu nicht allzu viel auszumachen. Erst als sie eine Runde durchs Haus machte, um nach mir zu sehen, und mitbekam, wie die Tante einen ihrer Ausfälle wegen irgendeiner Lappalie hatte, regte Manu sich auf.

»Wie redet sie mit dir?«

»Sie ist alt, und sie meint es nicht so.«

»Selbst wenn sie hundert wäre, sie kann höflich sein!«

»Ist sie, auf ihre Art. Lern sie kennen, du wirst sie mögen.«

»Lieber nicht.«

»Du hast sie gestern zum Weinen gebracht.«

»Was hab ich?«

»Mit dem ersten Liederzyklus.«

»Oh!«

Manu musste am Dienstagabend bereits wieder auf der Bühne stehen und verabschiedete sich mit dem Versprechen, spätestens im Frühling wiederzukommen, mit einem neuen kleinen Liederprogramm.

»Vergessen Sie nicht, Ihre Gastwoche zu buchen!«, sagte Elisabeth, und Manu antwortete: »Bestimmt nicht.«

Ich brachte sie zum Zug und war im Nachhinein heilfroh, dass sie nicht mehr mitbekam, wie ich bei meiner Rückkehr den Artikel aus den *Lübecker Nachrichten*, die ich am Bahnhofskiosk besorgt hatte, vorlas:

Neuer Wind im alten Palau.
Am ersten Adventssonntag konnten sich zahlreiche Besucherinnen und Besucher an einer Kunstdarbietung der besonderen Art erfreuen: Manuela van Haiden, Solistin der Staatsoper Hamburg, gab im restlos ausverkauften Saal des »Strandhotel Palau« eine Kostprobe ihrer Sangeskunst.
Zwei junge kreative Köpfe haben dies möglich gemacht, die im alten Gasthof zwischen Liefgaard und Halsung ein kleines, exklusives Kunst- und Literaturfestival ins Leben gerufen haben, das uns auf weitere kulturelle Höhepunkte hoffen lassen kann. »Wir werden in Zukunft regelmäßig Künstler und Künstlerinnen einladen«, sagte die Organisatorin des Festivals, Katia Werner, der Redaktion, »auf dass das alte Palau mit neuem Leben gefüllt werde!« Ein Vorhaben, dem man nur dauerhaften Erfolg wünschen kann!

»Haha«, sagte ich, als ich den Artikel zu Ende gelesen hatte, »sie haben uns zu jungen Kreativen gemacht!«

Dann spürte ich das Schweigen, sah Elisabeths Gesicht aus den Fugen geraten und hörte auf zu lachen.

»Du hast allein mit einem Journalisten gesprochen?«, fragte Ruth.

»Da war eine Frau mit Block in der Hand, sie hat gefragt, ob sie mir ein paar Fragen stellen darf. Wir wollten doch die Presse mit im Boot haben, was ist jetzt falsch daran?«

»Du hättest uns wenigstens vorstellen können«, sagte Ruth.

»Entschuldige, ich habe in der Aufregung des Abends nicht daran gedacht.«

»Nicht daran gedacht?«, fuhr Elisabeth auf. »Du reißt hier alles an dich, lässt dich in der Zeitung als Alleinorganisatorin und Retterin feiern und denkst nicht einmal daran, zu erwähnen, dass es nicht *dein* muffiges altes Hotel ist, durch das jetzt, dank *junger kreativer Köpfe,* frischer Wind weht, sondern unseres?«

Ich war diese Art Heftigkeit von ihr nicht gewohnt, das war eigentlich Ruths Part. Ich hatte sie noch nie in solch einem Zustand gesehen, sie verlor restlos die Fassung:

»Glaubst du, ich habe nicht gemerkt, dass du von Anfang an vorhattest, hier herauszuholen, was nur geht? Studierst Fachliteratur über Hotelgewerbe und Gästebetriebe, um für den großen Tag bereit zu sein, nistest dich hier ein, als bräuchtest du nur auf unser Ende zu warten, machst dich unentbehrlich und tust so, als wäre es normal, dass eine junge, gesunde Person freiwillig mit alten Schachteln versauert ...«

Ich war unfähig, zu reagieren, stotterte bloß ab und zu ein »Nein!« oder »Das ist nicht wahr!« und sah sie weinen, kreischen, sich durch die Haare raufen, hörte, wie sie mich »eine rücksichtslose Erbschleicherin« titulierte, die sich noch wundern würde, und merkte nicht, wie der Rest der Palau-Mannschaft nach und nach in die Kajüte trat, um nachzusehen, was dort vor sich ging. Ich hatte die bislang schlimmste halbe Stunde meines Lebens.

»Aber bitte, es ist mir egal«, schloss Elisabeth, endlich leise geworden, ihre Tirade, »mach nur, übernimm hier alles, bring jungen Geist, wohin du willst, wir Alten werden sowieso bald tot sein.«

Die Tante hatte sie toben lassen, hatte die ganze Zeit mit gesenktem Kopf auf der Eckbank gesessen und Elisabeths Ausbruch scheinbar an sich abprallen lassen. Jetzt richtete sie sich auf und ihre Stimme klang ruhig und klar und scharf durchs Zimmer: »Lizzy, wer hier mit Sicherheit bald tot sein wird, das bin ich!«

Alle starrten zu Ruth hin, Elisabeth flüsterte etwas, das ich nicht verstand, Ruth erklärte seelenruhig: »Sie waren ursprünglich der Ansicht, ich hätte noch etwas Zeit, aber es wächst schneller, als sie dachten.«

Ich stand auf, sagte: »Mir reicht's!« und verließ das Haus.

Bei Anbruch der Dunkelheit klopfte ich an die Tür der Fischerhütte, Frank öffnete, trat beiseite, als hätte er mich erwartet. Er ließ mich wortlos eintreten und setzte Teewasser auf.

Kein Futon in seinem Schlafzimmer, sondern ein riesiges altes Holzdoppelbett, Eiche, mit zwei durchgelegenen Matratzen und einer Ritze dazwischen, in die man sogartig hineinrollte. Ringsherum aufgereiht: hohe Stapel von Büchern, aus denen Tausende von Zetteln ragten, die raschelten, wenn man mit dem Handrücken daran entlangfuhr. »Bücherstapelwaldrauschen«, sagte ich, und Frank sagte: »Schönes Wort.«

Am nächsten Morgen brachte er ein Tablett mit zwei Kaffeetassen ans Bett und fragte: »Willst du nicht drüben Bescheid sagen? Sie werden sich Sorgen machen.«

Ich schüttelte den Kopf: »Sag ihnen, ich hätte den Bus um zwölf genommen.«

»Ruth stirbt, und du willst abhauen?«

»Abhauen kann ich immer noch am besten!«

7
Gold und Grau

Es mag befremdlich klingen, wenn ich sage: Ich hatte am Bett meiner sterbenden Tante eine gute Zeit.

»Geh deiner Wege«, waren ihre Worte gewesen, als ich, von Franks Hütte kommend, vor dem Strandkorb stehen geblieben war, in dem die Tante hockte.

»Mache ich bestimmt«, hatte ich gesagt, und über das Gesicht der Tante war ein Grinsen gezogen, das ihrem Zustand reichlich unangemessen war. Sie steckte sich eine Zigarette zwischen die Lippen, bot mir ihren Tabaksbeutel an.

»Später vielleicht. Solltest du denn rauchen?«

Sie zuckte mit den Schultern und sah dabei fast heiter aus.

»Was kann mir denn noch passieren?«

»Auch wieder wahr.«

Wir haben früh damit angefangen, den Tod ab und zu auszulachen. Das änderte zwar nichts an den Tatsachen, aber es half gelegentlich weiter.

Drinnen fand ich Elisabeth hinter dem Tresen mit den Gläsern beschäftigt. Sie sah fürchterlich aus: die Augen rot und geschwollen, das Haar strähnig, die Haut aufgedunsen und fahl.

»Kann man hier einen Kaffee bekommen?«

»Katia! Gott sei Dank!«

Sie fiel mir fast entgegen, krallte sich an meinen Oberarmen fest, stotterte, dass es ihr leidtäte, so sehr, ich müsse ihr das glauben, dass sie nicht bei Sinnen gewesen sei und auch nicht wisse, wie … Sie stammelte und stotterte, es war nur schwer zu ertragen.

»Ist egal«, versuchte ich sie zu beruhigen, »das ist doch jetzt wirklich scheißegal. Verstehst du mich?«

Sie flocht mir laut schluchzend die Arme um den Hals, hing dort schwer und klebrig, und ich überlegte für einen kurzen Moment, ob es nicht doch besser wäre, zu verschwinden.

»Wir müssen die Nerven behalten«, sagte ich. Elisabeth nickte und fing sich ein wenig. Ich nahm vorsichtig ihre Hände von meinem Nacken, sie sackte leicht nach vorne und begann schon wieder, hemmungslos zu weinen. Ich trat einen Schritt von ihr zurück, hätte sie gerne geschüttelt oder angebrüllt oder beides, und war Sergej unendlich dankbar, als er aus der Küche kam, Elisabeth das Taschentuch aus der Kitteltasche zog, ihr rüde auf die Nase drückte und sagte: »Katia ist hier. Du hörst jetzt auf mit den Tränen, ja?«

»Ruth weigert sich, das Haus zu betreten, so lange ich in diesem Zustand bin«, sagte Elisabeth.

»Das würde ich an ihrer Stelle genauso machen«, antwortete ich. Sie starrte mich an und hörte auf der Stelle auf zu heulen, als hätte jemand einen Hebel bei ihr umgelegt.

Sergej murmelte etwas auf Russisch, das beschwichtigend klang, lächelte mir gequält zu und sagte: »Schick sie ins Bett jetzt. Später mache ich euch Fleischkäse mit Kartoffelbrei.«

Ich bat Elisabeth, auf ihr Zimmer zu gehen, erst einmal zu schlafen und sich dann ein Bad einzulassen, und war überrascht, dass sie mir in allem zustimmte.

»Ich laufe erst mal nach Liefgaard«, sagte ich. »Muss mit dem Doc sprechen.«

Auch hier kein Widerspruch.

»Ist gut. Du kommst doch wieder?«

»Sicher. So lange meine Tante lebt, will ich von hier nicht weg.«

Kaum hatte ich es ausgesprochen, glaubte ich beinahe selbst daran.

»Danke, Katia, ich danke dir!«

Ich fürchtete kurz, Elisabeth würde erneut zusammenbrechen, aber sie hielt sich zurück, wischte mit dem Ärmel durchs Gesicht und sagte: »Ich werde jetzt schlafen gehen und mich zusammenreißen.«

»Prima«, sagte ich, »das ist eine hervorragende Idee!«

Als ich nachmittags von Liefgaard zurückging, hörte ich kurz hinterm Yachthafen jemanden rufen. Ich schaute mich um und entdeckte die kleine flatternde Gestalt, die sich langsam über den Steinwall näherte. Sie hatte ihre Müllsammlerinnenmontur an, den Greifer in der Hand, eine Plastiktüte in der anderen, als wäre sie an einem gewöhnlichen Tag ganz normal unterwegs. Eben hatte ich mir noch vom Doc sagen lassen, ich solle künftig darauf achten, dass Ruth nicht mehr alleine auf ihre Wanderungen gehe, weil sie jederzeit umkippen könne und dann vielleicht nicht mehr in der Lage wäre, ohne Hilfe aufzustehen.

»Wie soll ich mir das vorstellen?«, hatte ich den Doc gefragt und seine Antwort war gewesen: »Ihr Bein kann durchbrechen.«

Ich brauchte keine weiteren Details.

»Wo kommst du her, Nichte?«

»Vom Doc.«

»Weißt du jetzt Bescheid?«

»In etwa.«

»Na dann.«

»Was machst *du* hier draußen, Tante?«

»Was schon? Ich sorge für Ordnung an meinem Strand, so lange das noch geht! Ich muss mich zum Sterben nicht ausruhen.«

»Ach, leck mich doch …«, sagte ich ohne sie anzusehen und ging weiter. Dann hörte ich ein klapperndes Geräusch, Knistern, Schnaufen; ich drehte mich auf dem Absatz um, war mit zwei großen Schritten wieder bei ihr und benötigte einige Sekunden, bis in meinem Hirn angekommen war, dass die Tante lachte. Frank wollte es mir später nicht glauben, aber Ruth hatte ihre Gerätschaften fallen lassen, stand im eiskalten Wind, stemmte ihre Arme in die Seite und lachte brüllend gegen die Winterbrandung an. Für einen Moment hatte ich Lust, ihr ins Gesicht zu schlagen.

»Was ist so lustig?«

»Ich sterbe, und du sagst, dass ich dich am Arsch lecken soll!«

Vor meinen Füßen lag ein zerknitterter Fetzen Papier, die Banderole einer Gemüsekonserve trieb mir einen blödsinnigen Werbespruch durchs Hirn: *Bonduell ist das famose Zartgemüse aus der Dose.* So etwas käme im Palau nie auf den Tisch, dachte ich, bückte mich nach dem Müllgreifer, versuchte damit das Papier aufzuklauben. Die Zange griff erst daneben, dann entglitt der Fetzen auf halber Höhe. Ich versuchte es noch einmal, mit demselben Ergebnis. Fluchend schmiss ich den Greifer in den feuchten Sand und trat gegen die halbvolle Plastiktüte, dass es schepperte und krachte. »Verfluchtes Dreckding!«

Eine zerbeulte Blechdose trudelte vor Ruths Füße.

»Du bist wütend«, stellte sie fest.

Ich fuhr zu ihr herum: »Fang jetzt bloß nicht an, mich zu

analysieren oder sonst einen Psychomist mit mir anzustellen!«

»Nein, mache ich nicht«, sagte die Tante freundlich und hakte sich bei mir unter. »Ich war auch lange wütend. Anfangs half es sehr gut. Jetzt hat es nachgelassen, das ist besser. Menschen sterben an diesem oder jenem, die einen früher, die anderen später, und in meinem Alter kann man es schon *später* nennen.«

»So ein Schwachsinn!«

»Mit zwanzig hätte ich die Garantie, dass ich beinahe die fünfundsiebzig erreiche, ein Glück genannt. Was soll ich mich jetzt beklagen?«

»Du hast Grund genug, verdammt!«

Die Tante legte mir die Hand an die Wange und lächelte: »Ihm zur Seite stand das Mädchen mit den Rätselbrauen und sah scharf aus zornigen Augen auf ihn hin ...«

»Hä?«

»Vergiss es.«

Sie hob Plastiktüte und Müllgreifer vom Boden auf, rieb mit dem Daumen den Sand aus der Mechanik und sagte: »Made in China, Billigschrott, zweimal hingeworfen und schon im Eimer.«

Mir kam das Bild wieder vor Augen, auf das ich beim Doc einen Blick geworfen hatte, bevor er meiner Bitte gefolgt war, die Patientenakte wieder zu schließen: ein Computerausdruck, Schemen eines Skeletts darauf, übersät von schwarzen Flecken, *r.schuhmann* am Rand gedruckt mit einem Geburtsdatum, das keinen Zweifel zuließ. Der Doc hatte gefragt, ob er mir noch mehr erklären solle.

»Nein danke, das genügt schon.«

Der Wind flaute etwas ab, das Gluckern und Schmatzen der

auslaufenden Wellen drängte sich ins Ohr, paarte sich mit dem hohen Ruf des Austernfischers, den mich Heinrich herauszuhören gelehrt hatte.

»Darf ich bei dir bleiben, Tante, so lange es dauert?«

»Lass uns mal schauen, Kleine, wie das alles so werden wird.«

»Warum hast du es mir nicht früher gesagt?«

»Das habe ich versucht.«

Mir fiel Ruths morgendlicher Besuch auf meinem Zimmer ein, der in einem schier endlosen Monolog meinerseits geendet hatte, und dass die Tante damals vermutlich für nichts weniger Sinn gehabt haben dürfte als die Bekenntnisse eines leichtfertigen Kindermädchens, das sich in ein Liebesabenteuer mit dem Hausherrn verstiegen hatte.

»Es tut mir so leid«, murmelte ich, aber Ruth antwortete: »Das muss es nicht. War vielleicht gut so.«

Sie nahm wieder meinen Arm, wir spazierten gemeinsam bis zum Haus, hatten es nicht eilig. Sie hielt die Tüte auf, und ich sammelte den angeschwemmten oder achtlos an den Strand geworfenen Mist auf, als gebe es augenblicklich nichts Wichtigeres zu tun.

Bevor wir hineingingen, rauchten wir noch eine Zigarette in der Elf und sahen Heinrich zu, wie er die Steintreppe hochstieg, seinen Hut vor der Brise zu retten versuchte. Dass seine Augen gerötet waren, mochte am Wind liegen.

»Grüß Gott, die Damen! Wollt ihr euch mal ansehen, was ich soeben gefunden habe?«

»Unbedingt!«, sagte die Tante. »Zeig her!«

In den folgenden Wochen ging es Ruth erstaunlich gut. Der Doc hatte erklärt: »Dass sie keine unnötigen Schmerzen haben muss, dafür sorge ich«, und fürs Erste schien er diesen Job gut hinzukriegen. Ruth wurde zwar zunehmend müde, legte sich zwischendurch öfter hin und ging früher schlafen, aber ansonsten war ihr kaum etwas anzumerken. Sie strich wie gewohnt durchs Haus, räumte Bücher von hier nach da, ging gelegentlich sogar noch auf einen ihrer Müllspaziergänge, wenn sie unbeobachtet entkommen konnte. Sie warf mehrmals täglich fluchend Katzen aus Küche und Speiseräumen hinaus, faltete mich zusammen, wenn sie mich beim Kaugummikauen während des Servierens erwischte, reparierte Glühbirnen, Türklinken, Wasserhähne und rauchte zu viel. Eigentlich alles wie immer.

Über Weihnachten und Silvester hatten wir Gäste im Haus, die aufwendig-feiertäglich versorgt werden wollten, so dass für die an solchen Tagen üblichen Sentimentalitäten glücklicherweise keine Zeit blieb. Von Ruth war unter wüsten Drohungen die Weisung ausgegangen, dass vorerst unter gar keinen Umständen über ihre Krankheit gesprochen werden durfte, was mir nicht schwerfiel. Wir hielten so etwas wie Normalität aufrecht, so lange es eben ging. Ich wusste das zu schätzen. Die Tante hatte sich an einem Nachmittag im Sommer entschieden, den Befund ihrer Krankheit mit Verweigerung zu kontern, und mir schien das keine schlechte Verfahrensweise für alle Beteiligten zu sein. Elisabeth allerdings war richtig zornig: »Sie hat keinem etwas gesagt! Sie weiß es seit Juni, verdachtsweise wahrscheinlich noch länger, und sie hat alles mit sich selbst ausgemacht, ohne an andere zu denken, ohne einen von uns zu informieren oder an ihrer Entscheidung zu beteiligen. Sie wollte sich nicht behandeln lassen, und wir können jetzt sehen, wie wir damit fertigwerden!«

»Das ist ihr gutes Recht«, sagte ich eines Tages, als ich genug von Elisabeths ewigen Schimpfkanonaden hatte.

»Wie bitte?«, fuhr sie auf. »Was für eine Berechtigung soll das denn sein? Seit über dreißig Jahren leben und arbeiten wir zusammen, und sie hat mich in dieser Sache vollkommen ausgeschlossen! Was glaubst du, wie ich mich dabei fühle?«

»Vielleicht geht es nicht um deine Gefühle.«

»Richtig! Ruth ist es immer nur um sich selbst gegangen!«

Ich überlegte, ob ich ihr von dem Dachbodengespräch erzählen sollte, das ich mit der Tante gehabt hatte, und dass Ruths Erzählung fast schon eine Liebeserklärung an Elisabeth und ihre gemeinsamen Anfangszeiten gewesen war, aber ich entschied mich dagegen. Elisabeth würde womöglich wieder anfangen zu heulen, und da war sie mir verärgert noch leichter zu ertragen.

»Wie du meinst«, sagte ich möglichst gleichgültig. Sollte sie denken, was sie wollte, so konnte sie wenigstens ihre Trauer mit Zorn verdünnen.

»Ich kenne sie viel länger als du.«

»Niemand bestreitet das.«

Dann kam der Morgen, an dem Ruth nicht zum Frühstück erschien und Elisabeth zu mir sagte: »Geh du bitte nachsehen.«

Ich fand sie neben ihrem Nachttisch zusammengesunken, half ihr, sich am Bettrand hochzuziehen, während sie vor Schmerz ächzte. Als ich sie endlich lang ausgestreckt und keuchend auf dem Bett liegen hatte, deckte ich sie mit einer Wolldecke zu und rief den Doc an:

»Es ist etwas passiert.«

»Ich komme sofort!«

Nachdem er über eine Stunde allein mit ihr in ihrem Zimmer gewesen war, kam er in die Kajüte herunter und sagte: »Ruth will nicht ins Krankenhaus. Sie wird jetzt mehr Hilfe brauchen.«

»Ich mache das«, rief ich und erschrak über mich.

Der Doc nickte und sagte: »Das wirst du auf Dauer nicht alleine schaffen.«

Die Formulierung »auf Dauer« irritierte mich.

Elisabeth schnauzte: »Die gnädige Frau will nicht, und deswegen müssen die anderen springen?« und bekam unmittelbar danach einen Heulkrampf.

Ich überließ das Trösten dem Doc, schnappte mir Müllgreifer nebst Tüten und beschäftigte mich für die nächsten Stunden am Strand.

»Wir brauchen einen Plan«, sagte Elisabeth, als ich zum Abendessen wieder auftauchte. »Für Ruths Pflege und für den weiteren Betrieb des Hotels. Es wird hilfreich sein, wenn wir alle dabei so vernünftig wie möglich bleiben.«

Ich hatte keine Ahnung, was in meiner Abwesenheit mit ihr geschehen war. Von Heinrich erfuhr ich später, dass der Doc sie in Ruths Zimmer geführt hatte und dass sie lange dort geblieben waren. Genaueres wollte ich gar nicht wissen, das Ergebnis genügte. Elisabeth sah zwar zerzaust, aber auch – zum ersten Mal, seit die Nachricht über uns hereingebrochen war – wieder klar aus. Sie hatte etwas Entschlossenes im Blick, das sie fortan fast bis zum Ende wie einen Schild vor sich hertrug. Ich drückte ihr den Arm und erklärte mich mit allem, was sie vorhatte, einverstanden.

Der Doc erläuterte, dass Ruth am Morgen etwas zugestoßen sei, das man einen »Schmerzdurchbruch« nennt, er habe das aber für diesmal in den Griff bekommen und werde uns instruieren, was beim nächsten Mal zu tun sei. »Es geht ihr jetzt besser, sie hat im Augenblick keine Schmerzen und wird für die nächsten sieben, acht Stunden sehr fest schlafen.«

»Und danach?«, fragte Elisabeth.

»Wir werden sehen. Bisher hatten wir Glück. Es wird jetzt schneller bergab gehen.«

»Was können wir tun?«

Der Doc sprach von der Gemeindekrankenschwester, die bereits auf Abruf gewesen sei und künftig zwei Mal am Tag vorbeikommen werde. Ruth habe eingesehen, dass es notwendig sei, und zugestimmt. Er nannte medizinische Begriffe, schlug Maßnahmen zur Arbeitserleichterung vor, erläuterte pflegerische Notwendigkeiten, wenn Ruth nicht mehr in der Lage wäre, alleine zu laufen, und was möglicherweise sonst noch auf uns zukommen könnte. Ich hörte nur mit halbem Ohr zu, dachte: wir können noch was machen, es bleibt genug zu tun, und beobachtete draußen vor dem Fenster zwei Möwen, die sich um die Reste eines zerfetzten Fischleibs zankten.

Später ging ich zu Ruth, setzte mich auf ihre Bettkante und sagte: »Was für ein Scheiß!«

Die Tante strich mir mit dem Finger über den Handrücken und sagte: »Ich könnte es nicht besser ausdrücken.«

Die darauf folgende Zeit verwischt sich zu aneinandergereihten Erinnerungsfetzen, aus denen einige scharf herausleuchten, andere verschwommen, mal heller, mal dunkler gefärbt, je nachdem. Aber dass wir durchgehend in Trauer ertränkt gewesen wären, kann man nicht sagen.

Stunden und Stunden, die ich an ihrem Bett saß, lesend, vorlesend, mit ihr redend, mit ihr schweigend, ihren Schlaf bewachend. Bilder, die vorbeilaufen ohne anzuhalten, wenn ich den Film erst einmal gestartet habe.

Wir sahen uns die Gästekartei an, lasen uns die skurrilsten

Passagen daraus vor, und Ruth erzählte mir die dazu passenden Geschichten.

Ich lernte, dass man Retardpräparate nicht zerstoßen durfte, Tropfen direkt auf die Zunge zu geben und wie die malträtierte Haut vor und nach Anbringen der Morphiumpflaster zu versorgen war; ich übte die Handhabung einer Injektion für den Notfall, obwohl der Doc betonte, er dürfe mir das eigentlich weder zeigen noch gestatten; ich führte Buch über Pflasterwechsel und Dosierung, wurde Expertin für Schmerzpumpen, opioide Medikamente, Magenschutz und die Vorbeugung von Übelkeit, Erbrechen, Verstopfung oder Blasenentleerungsstörungen.

Aber es war nicht so, dass sich mein Alltag ausschließlich um solche Dinge drehte.

Manu sagte am Telefon: »Schrecklich!« und: »Wie hältst du das aus?« Ich sagte: »Nein, nicht schrecklich. Oft ist es sogar schön.« Und wunderte mich, dass meine Freundin mich irre nannte.

Körperlicher Verfall und der Umgang mit Gebrechlichkeit waren nicht das Vorherrschende in dieser Zeit. Ich dachte nicht in den Kategorien von Aushalten und Schrecken. Erst später, nachdem alles zu Ende war, wurde ich von Entsetzen überfallen, aber auch das nur kurz.

Wie soll ich erzählen, was ich nicht verstehe?

Wir kämpften gegen den Schmerz mit allem, was wir zur Verfügung hatten, und fühlten uns mit Hilfe der Rezepte, die der Doc ausstellte, als Gewinner vieler Schlachten, obwohl wir wussten, dass der Krieg verloren war, weil der Gegner die Hand am Aus-Knopf hatte.

»Drauf gepfiffen«, sagte die Tante, wenn sie nach einem Anfall wieder Atem zum Sprechen hatte, »noch bin ich da!«

Um alles andere konnten wir uns später kümmern.

Vielleicht war es Ruths Umgang mit dem Ganzen, der mich dazu brachte, bei ihr zu bleiben.

Vielleicht hatte ich vom Zusammensein mit dieser todkranken Frau mehr, als ich ihr half.

Die Tante ergab sich, aber sie gab nicht auf.

Sie machte es uns allen so leicht wie möglich, für sie da zu sein, indem sie uns über weite Strecken vergessen ließ, womit wir es zu tun hatten. Darin war sie eine Meisterin.

»Über die Krankheit könnt ihr reden, wenn ich nicht dabei bin. Erzählt mir lieber etwas Vernünftiges!«

»Schaut nicht so tragisch aus der Wäsche, hebt euch das für später auf!«

Wir lachten viel miteinander, bis zum letzten Tag, auch wenn sie dafür gegen Ende immer öfter eine Zusatzdosis Tropfen benötigte. Und wir redeten: Nicht von verloren gegangenen Müttern, hilflosen Vätern oder ähnlichen Dingen, wie Elisabeth es vermutete.

»Worüber habt ihr heute denn die ganze Zeit wieder gesprochen?«

»Über Bücher, über Filme und dass Heinrich eine besondere Sandsteinform gefunden hat.«

»Ihr werdet mit eurer Vergangenheit doch Wichtigeres zu bereden gehabt haben als dies?«

»Etwas Wichtigeres als einen Strenuella an der Ost-Holsteinischen Küste? Lass das mal nicht den Alten hören!«

»Du ermüdest sie!«

»Und wenn schon!«

Ich war immer seltener mit der ohnehin konstant abnehmenden Gästezahl beschäftigt, achtete nicht mehr auf die Strandkorbfähnchen, nahm jetzt lieber meinen Laptop mit zur

Tante, zeigte ihr neue Fotos, Einkaufsmöglichkeiten im Internet, lustige Videoclips über durcheinanderpurzelnde Kleinkinder und herumhüpfende Katzenbabys, eine alte Aufnahme des Doktor Benn, wie er feierlich sein Gedicht rezitiert, und jeden Morgen die frischen Bilder der Webcam von der Halsunger Seebrücke.

»Wieso können die Leute nicht ›Netzkamera‹ dazu sagen?«

»Weil es nur halb so lässig klingt, Tante!«

»Schwachsinn!«

Bei manchen Stichworten kann ich sie noch heute hören, als ob sie neben mir steht.

Frank besorgte uns mehr von den englischen Literaturverfilmungen, an denen Ruth Gefallen gefunden hatte. Wir schoben die DVDs in den Computer, stellten das Gerät auf den Nachttisch, aßen Elisabeths Kekse und sahen den Janes, Lizzys, Kittys und Emmas zu, wie sie ihr Glück oder Unglück fanden. Ruth schaffte es immer seltener, einen ganzen Film lang wach zu bleiben, aber wenn sie das Ende verschlafen hatte, bestand sie darauf, dass ich ihr alles haarklein erzählte, obwohl sie die Buchvorlagen sowieso besser kannte als jeder von uns. Je nachdem, wie viele Mitgucker ihre Nasen vor dem kleinen Bildschirm zusammengesteckt hatten, wurde dies ein wirres Durcheinander, über dem sie oft genug wieder einschlief.

Nachdem Ruth, auf Elisabeths Beschluss hin, in die Sommersuite umgebettet worden war, weil wir damit eine Etage weniger zu überwinden und sie dort mehr Platz, stufenlosen Zugang zum Bad und eine schönere Aussicht hatte, wurde das Krankenlager der Tante eine Zeit lang zum nachmittäglichen Treffpunkt der Palau-Mannschaft. Sie kamen und gingen, brachten Tee, Kaffee und Kuchen mit, picknickten auf Ruths Tagesdecke, krümelten den Bettvorleger voll und erzählten sich Hotelgeschichten von Zechprellern und Angebern, von berühmten Sommergästen, deren Namen ich noch nie gehört hatte, und immer wieder von den »Goldenen Zeiten«, als sich die Leute an der Rezeption noch um die Zimmer gestritten hatten, die Warteliste nach Sympathiewerten gehandhabt wurde und Ruth der Mittelpunkt von allem gewesen war. Ich hörte mir manche Geschichten fünf Mal oder mehr an, amüsierte mich über verschiedene Varianten ein und desselben Ereignisses, hätte viele dieser Stunden gerne eingefroren. Ich sang *If I could save time in a bottle …* und die Tante sagte: »Bloß keine duselige Musik auf meiner Beerdigung, das müsst ihr mir versprechen!«

»Weißt du, was ich in meiner ersten Nacht im Palau gelesen habe?«, fragte ich Ruth, als ich ihr den Tee mit den Tropfen für die Nacht ans Bett brachte.

»Grimm«, sagte die Tante ohne zu zögern und schmunzelte.

»Wie kannst du das wissen?«

»Sag ich dir nicht. Welches Märchen war es?«

»Die Bremer Stadtmusikanten.«

»Sie sind nie bis Bremen gekommen.«

»Stimmt. Schade eigentlich.«

»Wieso? Die hatten es doch schön im Waldhaus.«

Einmal schreckte die Tante mittags aus dem Schlaf hoch, sah mich im Ohrensessel neben dem Bett sitzen, ließ sich zurück in die Kissen fallen, flüsterte »Katia! Wie gut!« und schlief lächelnd wieder ein.

Wie könnte ich behaupten, dass es schrecklich gewesen ist?

Mitte März wurden, mit den immer größeren Morphiumpflastern, die Schlafzeiten der Tante deutlich länger als die, in denen sie wach war. Den Nachmittagstee verdämmerte sie jetzt nahezu komplett, und die Besuche der restlichen Palau-Mannschaft wurden seltener. Dafür durften die Katzen neuerdings drin bleiben, was sie weidlich ausnutzten, und stets hatte die Tante eine oder zwei, nicht selten sogar drei zusammengerollte Tiere auf den Füßen liegen. Sie hielt mich davon ab, sie wegzuscheuchen: »Die Viecher sind mir lieber als die stinkende Gummiwärmflasche!«

Dann begann die Belegschaft zu schrumpfen, gerade als die Jahreszeit angefangen hatte, in der wir wieder mehr Leute hätten sein sollen. Und zum ersten Mal wurde mir klar, dass ich keine zweite Sommermannschaft mehr erleben würde, dass es stimmte, wenn Elisabeth sagte: »Das Palau ist nicht zu halten.«

Bascha machte den Anfang. Sie ließ über Ania ausrichten, dass sie diesen Frühling nicht mehr ins Palau werde kommen können, weil ihre Tochter eine Arbeit an der Universität gefunden habe und sie sich fortan ganz um ihre Enkelkinder kümmern müsse.

Ich hatte vorher nie darüber nachgedacht, dass auf jede der Schwestern ein Leben in Polen wartete, Männer, Kinder, Enkel, Häuser und Schäferhunde, für die ich nicht ein einziges Mal Interesse gezeigt hatte. Für mich hatten sie beide jeweils aufgehört zu existieren, wenn sie in den Zug gestiegen waren, und hatten ihre Existenz wieder aufgenommen, wenn ich ihnen behilflich gewesen war, die Koffer durchs Treppenhaus zu schleppen. Dabei war ihr Dasein im Palau nur das Zweitleben gewesen, das dazu gedient hatte, ihr eigentliches Leben zu finanzieren. Wir waren die Parallelexistenz zum wirklichen Leben, nicht der Vorort von Warschau oder das Dorf in Masuren, von dem ich nichts wusste. Ich kannte nicht einmal Anias oder Baschas Nachnamen.

»Erzähle mir von euren Familien«, bat ich beim nächsten Frühstück, und Ania ging einen dicken Packen Fotos holen. Ich schaute mir eine halbe Stunde lang Aufnahmen von polnischen Vorgärten, stolzen Söhnen, frisch diplomierten Töchtern sowie rosigen Enkelbäckchen und putzigen Haustieren an und wunderte mich nicht wenig über mich selbst, als ich gegen eine Druckstelle in meinem Hals ankämpfen musste, die sich bei näherem Hinsehen womöglich als der blanke Neid herausgestellt hätte.

»Große Familie, ja?«

»O ja, alle sehr, sehr lieb! Du kommst mit nach Polen, und ich stelle sie dir vor!«

»Das wäre schön.«

Sie küsste mich schmatzend auf beide Wangen und sagte: »Baschas Familie auch viele! Lernst sie kennen, wenn du kommst! Wir machen Essen am großen Tisch in meinem Garten, wenn Sommer ist. Ja, Kaschka, du machst Urlaub bei mir!«

»Ja, warum nicht, eines Tages …«

»Gut! Du hast versprochen! Sag ich Bascha, sie wird sich so freuen!«

»Warum kommt deine Schwester nicht noch einmal hierher, um auf Wiedersehen zu sagen?«

»Bascha kann nicht mit ansehen«, gestand mir Ania unter Tränen, ich musste schwören, der Tante nichts davon zu sagen, und machte mich schleunigst davon, um nicht noch einmal an ihren gewaltigen Busen gedrückt zu werden.

Mich bei Sergej nach Olgas Rückkehr zu erkundigen unterließ ich, nachdem ich in der Küche ein Telefonat mit angehört hatte, in dem er irgendeinem Dimitri versicherte, kalte Küche sei für ihn kein Problem, er werde sich dann eben blaue Knöpfe annähen.

»Willst du auch weg?«, fragte ich ihn.

»Noch nicht«, sagte er, und ich ergänzte: »Aber bald.«

Sergej zuckte mit den Schultern: »Was soll man machen?«

Als Frank sich am selben Tag für irgendeinen Literaturworkshop in Berlin verabschieden wollte, schnauzte ich ihn an, dass von mir aus auch alle sofort verschwinden könnten, für immer, mir wäre es sowieso vollkommen egal. Frank blieb gelassen, sagte nur: »Quatsch!« und dass er nächsten Mittwoch wieder da sei. So war es dann auch. Er saß bereits am frühen Nachmittag neben dem Doc am Tresen: ein schmaler langer und ein breiter kurzer Rücken, jeder still vor einer Bierschaumkrone, und ich war nicht wenig verwirrt über die Feststellung, wie sehr mich dieser Anblick beruhigte. Frank drehte sich nach mir um und sagte: »Doc, schau sie dir an: Sie lächelt! Die Frau meiner Träume!«

Ich sagte: »Hau bloß wieder ab, Idiot!«

Der Doc sah über seine Schulter, nickte mir zu, blickte wieder auf sein Bierglas und sagte: »Euch zwei in den Sack getan, Ruth und dich; und wenn man draufhaut, trifft man immer die Richtige.«

Bevor die Pflegerin Anfang April für eine Woche in Urlaub ging, fragte sie mich, ob ich das Waschen der Tante morgens übernehmen könne, dann brauche ihre Vertretung nur abends zu kommen, die habe ohnehin einen zu vollen Arbeitsplan.

»Sie wird das nicht wollen«, sagte ich unsicher.

»Ich habe Frau Schuhmann selbstverständlich gefragt, ob es

ihr recht wäre. Sie hat nichts dagegen, wenn es Ihnen nichts ausmacht. Für Frau von Kroix wäre es zu schwer.«

Die Schwester wertete mein Schweigen als Bereitschaft, tat so, als sei es selbstverständlich, dass ich diese Aufgabe übernahm. Ich bekam noch eine praktische Einführung, bei der sie launig zu Ruth sagte: »Gut, dass Ihre Nichte so groß ist, Frau Schuhmann, da haben Sie beide es leichter miteinander!«

Die Tante witzelte: »Leicht miteinander! Hast du es gehört, Nichtlein? Wenn wir das nur früher gewusst hätten!«

Ich lachte höflich mit ihr und gab mir Mühe, nicht auf den entblößten alten Körper zu sehen.

»Seien Sie ganz locker und natürlich«, empfahl mir die Schwester beim Abschied, »so kommen Sie beide mit der Situation am besten zurecht.«

Am ersten Morgen, an dem ich allein mit der Tante ins Bad sollte, schwitzte ich vor Aufregung und musste mir erst die Handflächen trocknen, bevor ich die Arme vorsichtig unter ihre Achseln schob, wie die Schwester es mir gezeigt hatte. Ich hatte Angst, Ruth weh zu tun, sie fallen zu lassen und sie in ihrer Nacktheit zu beschämen, wenn mit dem Fehlen der Pflegerin keine »offizielle Seite« mehr vorhanden war, die uns durch professionelle Sachlichkeit schützen konnte. Am meisten Angst aber hatte ich davor, dass ich mich vor ihr ekeln könnte und sie dies merken würde.

Es war aber dann völlig anders, als ich es mir die halbe Nacht lang vorzustellen versucht hatte. Ruth sagte: »Dann mal los!« und tat so, als hinge sie zum hundertsten Mal in meinen Armen.

Auf dem Weg zum Badezimmer stöhnte die Tante kurz auf.

»Geht's?«

»Ja. Kannst du die Hände bitte etwas lockern?«

»Drücke ich zu doll?«

»Nein, liegt an mir.«

»Wie das?«

»Wenn ich so weitermache, bestehe ich den Erbsentest und darf den Königssohn heiraten!«

»Das kannst du knicken!«

Sie spreizte den kleinen Finger ab: »Hach, wie empfindlich ich doch bin!«

Auf dem weiteren Weg zum Bad entstand kein weiterer Schaden, als dass ich wegen Hans Christian Andersen eine Wette verlor, weil das Märchen mit der empfindsamen Prinzessin von ihm und nicht von den Brüdern stammte.

»Du und Prinzessin?«

»Im nächsten Leben garantiert!«

Vor der Duschkabine brauchte die Tante eine Pause. Sie ließ sich aus meinen Armen auf den Badeschemel gleiten, den die Schwester mitgebracht hatte, eine Art dreiviertel Klobrille mit fahrbarem Untersatz. Dann knöpfte sie sich ihr Pyjamaoberteil auf und sagte: »Zieh mal an den Ärmeln!«

Ich zog, und da saß sie dann vor mir, klein, nackt und mager wie ein Vogeljunges, das man zu früh aus dem Nest geworfen hat. Um sie in die Dusche schieben zu können, musste ich ihren Rücken anfassen: kühl und erstaunlich glatt, unter den Schulterblättern etwas faltige Weichheit, die nachgab, wenn man den Fingern Halt zu geben suchte. Eine angewelkte Orchidee mochte sich so anfühlen. Es war nicht schwierig.

In der Kabine hatte ich die Handhabung des Rollhockers noch nicht so drauf, ließ ihr Knie gegen die Seitenwand knallen, was auch einem Menschen, dessen Knochen in gutem Zustand waren, weh getan hätte. Aber Ruth meinte, alles sei bestens und dass sie Haare waschen wolle. Als ich ihr die

Shampooflasche reichte, gab der Hocker nach, ich glitt auf den Fliesen aus und konnte es nur knapp vermeiden, dass ich auf die Tante krachte, indem ich mich an der Duschstange festkrallte. Ich blieb schräg über ihr an die Armatur geklammert hängen, über meine Nase rann Wasser auf ihr Gesicht. Eine Schrecksekunde lang sahen wir uns in die Augen, dann prusteten wir beide gleichzeitig los.

»Was soll's«, sagte ich und streifte die klatschnassen Klamotten ab.

Ruth schaute mit erhobenen Brauen an mir herauf, dann wieder herunter und sagte: »Ich dachte, ihr jungen Frauen rasiert euch heutzutage überall.«

»Hätte ich gewusst, dass ich einen Nacktauftritt habe, wären meine Vorbereitungen gründlicher gewesen.«

Sie lachte wieder, dann wurde sie ernst:

»Hättest du gedacht, dass du mir eines Tages noch einmal den Hintern würdest abtrocknen müssen?«

»Nee. Du?«

»Was hättest du getan, wenn es dir jemand vorhergesagt hätte?«

»Die Flucht ergriffen, was denkst du denn?«

Sie versuchte, mir eine Kopfnuss zu geben, kriegte aber den Arm nicht hoch genug.

»Verdammt, nicht mal verkloppen kann ich dich mehr!«

»Etwas Gutes muss der Scheiß doch haben.«

»Ha ha!«

Am zweiten Morgen zog ich erst sie und dann gleich mich aus; wir wurden ein eingespieltes Duschteam.

Elisabeth sagte: »Ruth hat auch dunkle Momente, sie wird genauso von Bitterkeit und Verzweiflung überfallen wie jeder andere Mensch in solch einer Situation. Auch sie hat Angst, aber die zeigt sie dir nicht.«

»Zeigt sie dir sie denn?«

»Sie macht es mit sich aus.«

»Wir sollten ihr dankbar sein.«

»Du weißt nicht, was du sagst!«

»Doch, weiß ich.«

»Wir lassen Ruth alleine!«

»Sie hat es selbst so entschieden.«

Am ersten Mai wurde dann auch faktisch der Gästebetrieb eingestellt.

Sergej verließ uns nach dem Frühstück, um seine neue Arbeit anzutreten.

»Wer stellt dich denn noch ein? Du bist viel zu alt!«, schimpfte Elisabeth, als sie davon erfuhr.

»Du bist älter.«

»Ich bin nicht angestellt. Also: Wer?«

»Ein Restaurant. Der Cousin meines Schwagers ist Sous-Chef.«

»Und wo, bitte schön, waltet der Herr Schwager?«

Sergej druckste herum, wand sich, bis Elisabeth es doch aus ihm herausholte.

»Bansin«, sagte Sergej, »Usedom«, als wäre das ein Frevel.

Nach Elisabeths Meinung war es das auch.

»Ausgerechnet!«

Ruth scherte sich nicht darum, wo Sergej einen Job angenommen hatte, sie sagte nur: »Jetzt muss ich doch noch ihn gehen lassen statt umgekehrt«, und wünschte ihm Glück.

Am Nachmittag wurden die große Kaffeemaschine und der Konvektomat abgeholt.

Tags darauf stand Heinrich mit zwei Koffern im Treppenhaus und sagte: »Ich gehe dann auch mal.«

»Nein!«, rief ich, aber Frank, der ihm bei der Übersiedlung ins *Sonnenglück* behilflich war, sagte: »Lass ihn. Er wartet seit einem halben Jahr, dass ein Platz frei wird.«

»Nein!«

»Es ist nicht weit. Wir werden ihn besuchen.«

»Nein.«

Elisabeth, Ania, die Tante, ich und etwa zwölf Katzen blieben zurück in dem leeren, an Regentagen nach Kanalisation stinkenden Haus.

»Immerhin mäuse- und rattenfrei«, sagte die Tante, und Elisabeth bot mir ein größeres Zimmer an: »Such dir eines aus.«

»Nein danke.«

»Es gab Zeiten, da hatte nicht einmal der Holsteinische Wirtschaftsminister freie Zimmerwahl im Palau.«

Ich wollte trotzdem nicht umziehen, schlief sowieso jede zweite Nacht bei der Tante auf dem Sofa und ließ meine Sachen im Haus herumliegen, wo es mir gerade passte.

Frank lehnte Elisabeths Angebot, das Dachgeschoss zu beziehen, ebenfalls dankend ab, blieb lieber in seiner kleinen Fischerhütte und hielt dort, nach eigener Aussage, »warmen Kräutertee und einen Zufluchtsort für Katia bereit«.

In der einen oder anderen Nacht, in der Elisabeth bei Ruth schlief, machte ich davon Gebrauch.

»Glaub bloß nicht, dass wir jetzt ein Paar fürs Leben werden!«

»Auf diesen abwegigen Gedanken würde ich nie kommen!«

Der Mai wurde warm und sonnig, am Steinblock blieb das Schild stehen: GESCHLOSSEN.

Eines Morgens verweigerte die Tante das Frühstück und sagte: »Ich hab keinen Hunger.«

Ich schob ihr ein Kissen in den Rücken, zog die Vorhänge auf. »Schau doch, Tante, die Sonne gibt heute eine extra Vorstellung!«

Ruth sah nach draußen, sagte: »Gold und Grau« und machte die Augen wieder zu.

Von da an sprach sie kaum noch und verweigerte gänzlich die Nahrung.

Der Doc sagte: »Lasst sie jetzt in Ruhe.«

Sie starb in der Nacht von Dienstag auf Mittwoch, machte sich davon, ohne dass es einer mitbekam. Elisabeth hatte die Nachtbetreuung übernommen und Ruth friedlich atmend hinterlassen, als sie kurz nach Mitternacht in die Küche hinunterging, um sich frischen Tee zu kochen. Der Kessel sei ihr dann vom Gas gerutscht, sie habe deshalb noch den Boden aufwischen und eine kleine Brandblase an ihrer Hand versorgen müssen, bevor sie wieder nach oben gehen konnte, wo ihr Ruths Zimmer gleich so ungewöhnlich still vorgekommen sei. Und die Katzen seien mit einem Mal auch verschwunden gewesen.

Ich weiß nicht, wann Elisabeth gemerkt hat, dass Ruth gegangen war. Als ich gegen sieben in der Frühe zur Ablösung in die Sommersuite kam, fand ich sie auf der Bettkante sitzend, die bereits kühle Hand der Tante umklammert, den Blick aus dem weit geöffneten Fenster auf die schillernd in der Morgensonne glitzernde See gerichtet.

Der Doc kam wenig später und wusste, was zu tun war. Ich ging nach draußen, verbrachte den halben Tag am Yachthafen, ließ die Beine ins Hafenbecken baumeln, hörte Chet Baker an die zwanzig Mal »I get along without you very well« singen und übte mich im Drehen von Zigaretten.

Nachdem ich von Weitem beobachtet hatte, wie der Leichenwagen vom Gelände gerollt war, kehrte ich zum Haus zurück. Elisabeth saß mit Frank und dem Doc am Personaltisch. Sie erhob sich, als sie mich eintreten sah, holte eine weitere Tasse und goss mir Tee ein, tat einen großen Schluck aus der Flasche *Legendario Elixir de Cuba,* die in der Mitte des Tischs stand, dazu und sagte: »Du musst etwas essen.«

»Wo ist Ania?«

»Sie hat den Zehn-Uhr-Zug genommen.«

Ich weiß nicht mehr, wann ich meinen Vater und Manu verständigte, geschweige denn, was wir in den Tagen vor der Beerdigung gesprochen oder getan haben. Elisabeth organisierte alles, was zu organisieren war, der Doc stand ihr zur Seite. Frank half, wenn es etwas zu tragen oder zu räumen gab, wartete abends in seiner Hütte, ohne tags darauf ein Wort darüber zu verlieren, dass ich wieder nicht gekommen war. Ich ging meistens spazieren.

Der Pfarrer konnte es nicht lassen, von »Lebenswerk« und einem »Original« zu sprechen, was auch immer das heißen mochte. Halb Halsung war gekommen, dazu eine Menge Leute, die ich noch nie gesehen hatte. Die meisten schüttelten Elisabeth die Hand, einige weinten.

Als der Sarg über dem offenen Grab schwebte, nahm Frank einen Zettel aus seiner Jacketttasche, faltete ihn auseinander.

Jetzt bloß nichts Selbstempfundenes, dachte ich, nur keinen *Brief an eine tote Freundin* oder Ähnliches, und machte mich auf das blödsinnigste Geschwafel gefasst.

»Rot …« Frank räusperte sich, Elisabeths Gesicht flog ruckartig zu ihm herum.

»Rot ist der Abend auf der Insel von Palau,
und die Schatten sinken …«

Seine Stimme passte ausgezeichnet zu diesem Gedicht.

Ich ging fort, noch während er am Vorlesen war, ließ die Pforte zum Friedhof offen stehen, als würden mir die anderen unmittelbar folgen wollen, schimpfte auf eine Welt voller gefühlsduseliger Idioten und heulte Rotz und Wasser.

»Die Stunde des sterbenden Blau«, hatte Ruth am Tag vor ihrem Tod vor sich hin gemurmelt, nachdem ich ihr die Morphiumdosis eigenmächtig erhöht hatte, »die Stunde des sterbenden Blau«, immer wieder. Sie hatte nach meiner Hand gegriffen: »Katia, das Blau!«

»Ist gut, Tante, wir finden die grünen Kleckse darin, die Inseln. Du brauchst keine Angst zu haben.«

Danach war sie für die nächsten Stunden eingeschlafen.

Ruth war bereits mehrere Monate tot, Elisabeth längst wieder in Wien zuhause, als der Brief vom Doc mit der gleichen Post wie das Schreiben vom Notar ankam. Ich las die letzten Zeilen schon im Stehen, ließ das Papier fallen, packte den Rucksack und warf mit dem Notizbuch auch das Sturmfeuerzeug hinein.

Franks Hütte hatten sie schon platt gemacht, als ich ankam.

Eine Planierraupe stand gelb und stumm im Weg.

Ich setzte mich in den letzten noch stehenden Strandkorb, machte ein paar Fotos, schaute auf die See. Irgendwann muss ich eingeschlafen sein.

Als der Abend heraufdämmerte, bin ich ins Haus gegangen. Der Schlüssel lag noch immer unter dem großen Kiesel, wo Elisabeth ihn für mich deponiert hatte. Die Hintertür klemmte ein wenig, der Strom war abgeschaltet, drinnen roch es nach kaltem Rauch und Katzenpisse. Die Vorhänge waren größtenteils noch vorhanden, trocken und leicht entflammbar, wie die Tante jeden neuen Gast gewarnt hatte.

Ich warf meine letzte Zigarette in die Sommersuite.

Dann ging ich bis zur Bank am Strandpfad, setzte mich hin, machte noch einige Fotos, wartete.

Gegen Mitternacht rief ich die Feuerwehr.

An diesem Montagmorgen würden sie die Maschinen nicht anwerfen, die Eisenkugel würde den ganzen Tag nutzlos in der Sonne baumeln, vom Ruß geschwärzt, ihrer Arbeit beraubt. Sie würden sie vielleicht reinigen müssen, bevor sie sie andernorts wieder einsetzen konnten, aber wen interessierte es schon, ob eine Abrissbirne sauber war?

»Was schreiben Sie?«, fragte ein Feuerwehrmann, »sind Sie von der Presse?«

»Nein«, sagte ich, »nein, ich wohne hier.«

Der Krankenwagen, der nicht benötigt worden war, fuhr gerade vom Gelände, nur ein Polizeiauto und das letzte große Löschfahrzeug standen noch da. Hinter mir öffnete jemand zischend eine Getränkebüchse, verhaltenes Männergelächter erklang zwischen ernsteren Tönen.

Der Hauptmann näherte sich, stellte sich vor und bat, ich möge noch bleiben, »für ein paar Fragen«, sagte er, »reine Routine, machen Sie sich keine Sorgen«.

Ein höflicher Mann mit dunklen Schlieren im Gesicht.

Einer der Männer in Uniform sah mich merkwürdig an, dann raunte er dem Hauptmann etwas zu.

Ich summte. Leise. Zu laut. Wie lange schon? Es war mir nicht aufgefallen.

Maikäfer flieg.

»Sind Sie okay?«

»Ja«, sagte ich, »alles in Ordnung.«

»Sicher?«

»Ganz sicher.«

Ob er etwas dabeihabe, wo ich die Katzen hineintun könnte, um sie ins Tierheim zu bringen, fragte ich. Er sagte: »Lassen Sie sie laufen.«

»Katzen gehören nicht an den Strand, es ist zu windig und an den meisten Tagen zu kalt dort, sie fühlen sich nicht wohl. Und dann die Nähe zum Wasser.«

»Sie sind alle längst schon weg.«

»Kein Nachruf«, hatte Tante Ruth gebeten, »ich will nichts nachgerufen bekommen!«

Wir haben uns daran gehalten.

Was erzählt worden ist, bleibt, den Rest erledigt das Feuer.

Elisabeth wird es verstehen.

Und wer zuletzt davon erzählt hat, dem ist der Mund noch warm, schreiben die Brüder und beenden das Märchen.

Frank kam von irgendwoher, sprach etwas mit dem Hauptmann, legte seinen Mantel um meine Schultern, obwohl ich noch immer vor Hitze glühte, und setzte sich neben mich.

Ich sagte: »Komm, lass uns abhauen!«

Nachbemerkung und Danksagung

Die Benn-Gedichte sind zitiert nach:
Gottfried Benn, Gesammelte Werke, Band 3,
herausgegeben von Dieter Wellershoff,
Stuttgart 1977

Das Strandhotel Palau, seine Bewohner und Besucher, ebenso die Gemeinden Halsung und Liefgaard sind frei erfunden. Sämtliche Ähnlichkeiten mit real existierenden Personen oder Orten sind rein zufällig.

Philipp Brandt und seinem Hotel *Genueser Schiff* in Hohwacht verdanke ich die Idee des Strandkorb-Cafés, viele weitere Anregungen für den Roman und unzählige schöne Momente an der Ostsee.

Veronika Peters,

geboren 1966 in Gießen, verbrachte ihre Kindheit in Deutschland und Afrika. Im Alter von fünfzehn Jahren verließ sie ihr Elternhaus, schlug sich mit Gelegenheitsjobs durch und absolvierte eine Ausbildung zur Erzieherin. Sie arbeitete in einem psychiatrischen Jugendheim, bis sie 1987 in ein Kloster eintrat, wo sie beinahe zwölf Jahre verbrachte. Veronika Peters ist verheiratet, hat eine Tochter und lebt als freie Autorin in Berlin.

Mehr von Veronika Peters:

Was in zwei Koffer paßt. Klosterjahre
An Paris hat niemand gedacht. Roman (auch als E-Book erhältlich)

GOLDMANN
Lesen erleben